HIPPIE

BOEKEN VAN
PAULO COELHO BIJ
DE ARBEIDERSPERS:

De pelgrimstocht naar Santiago
De alchemist
Aan de oever van de Piedra huilde ik
De Vijfde Berg
Veronika besluit te sterven
De duivel en het meisje
De strijders van het licht
Elf minuten
Leven – de mooiste citaten
De Zahir
Als een rivier
De heks van Portobello
De hoogste gave
Brida
De winnaar staat alleen
Liefde – de mooiste citaten
De beschermengel
Aleph
Manuscript uit Accra
Overspel
De spion
Maktub

OVER PAULO COELHO:

Juan Arias, *Paulo Coelho. De bekentenissen van een pelgrim*
Fernando Morais, *Paulo Coelho. Het leven van een strijder*

Bezoek ook de website van Paulo Coelho:
http://paulocoelhoblog.com

Paulo Coelho

HIPPIE

Vertaald door Piet Janssen

Roman

Uitgeverij De Arbeiderspers

Amsterdam · Antwerpen

MIX
Papier van verantwoorde herkomst
FSC® C004472

Oorspronkelijke titel: *Hippie*
Oorspronkelijke uitgave: Editora Paralela, een imprint van Editora Schwarcz S.A.
This edition was published by arrangements with Sant Jordi Asociados Agencia Literaria S.L.U., Barcelona, Spain. (www.santjordi-asociados.com)

Basisontwerp omslag: Alceu Nunes
Omslag & zetwerk: Nico Richter
Tekening routekaart & portret auteur: Christina Oiticica

ISBN 978 90 2952630 2 / NUR 302

www.arbeiderspers.nl
http://paulocoelhoblog.com

Heilige Maria, onbevlekt ontvangen,
bid voor ons die onze toevlucht tot u zoeken.
Amen

Men liet Hem weten: 'Uw moeder en uw broers staan daarginds en willen U zien.' Hij antwoordde hun: 'Mijn moeder en mijn broers zijn zij die het woord van God horen en doen.'

Lucas 8: 20-22

Ik dacht dat mijn reis ten einde was,
Mijn krachten uitgeput,
De weg die voor me lag, versperd,
Mijn voorraad op,
En dat de tijd gekomen was
Om te schuilen in stille duisternis.
Maar ik voel dat Uw wil in mij geen einde kent,
En dat als oude woorden sterven op de tong,
Nieuwe melodieën opwellen uit het hart.
Waar oude wegen eindigen, breekt een nieuwe wereld aan.

Rabindranath Tagore

Voor Kabir, Rumi, Tagore, Paulus van Tarsus, Hafez,
Die me, sinds ik hen heb ontdekt, vergezellen, en
Die een deel van mijn leven schreven,
Waarover ik in dit boek – vaak met hun woorden – vertel.

De hieronder vertelde verhalen maken deel uit van mijn eigen levenservaring. Ik heb de gebeurtenissen anders geordend, namen en details van personen veranderd en sommige scènes ingekort, maar alles is waargebeurd. Ik vertel mijn verhaal in de derde persoon om de verschillende personages hun leven met hun eigen stem te laten beschrijven.

In september 1970 streden twee plekken om het voorrecht als het middelpunt van de wereld te worden beschouwd: Piccadilly Circus in Londen en de Dam in Amsterdam. Maar lang niet iedereen wist daarvan: als je de meeste mensen ernaar gevraagd had, hadden ze geantwoord: 'Het Witte Huis in de Verenigde Staten en het Kremlin in de Sovjet-Unie.' Dat zouden ze gezegd hebben, omdat ze voor hun informatie afhankelijk waren van kranten, televisie en radio, volkomen achterhaalde nieuwsmedia die nooit meer zo belangrijk zouden worden als ze waren in de tijd dat ze werden uitgevonden.

In september 1970 waren vliegreizen zo duur dat alleen de elite kon reizen. Goed, maar dat verhaal gold niet voor een grote groep jongeren voor wie de ouderwetse media alleen maar aandacht hadden voor zover het ging om hun uiterlijk: ze hadden lang haar, droegen kleurige kleding, wasten zich niet (wat een leugen was, maar de jongeren lazen geen kranten en de ouderen geloofden alle nieuws dat mensen die ze als een bedreiging voor de maatschappij zagen in diskrediet kon brengen), ze vormden met hun losbandigheid en 'vrije liefde', zoals het minachtend werd gezegd, een risico voor een hele generatie studenten die van hun leven een succes probeerden te maken. Maar de alsmaar groeiende groep jongeren beschikte wel over een systeem voor het verspreiden van nieuws, dat voor iedereen, echt iedereen, onzichtbaar bleef.

De *Onzichtbare Post* had weinig of niets te maken met het verspreiden en becommentariëren van het nieuwste model Volkswagen of de nieuwste waspoeders die in die tijd wereldwijd werden gelanceerd. De berichten van de *Onzichtbare Post* beperkten zich tot wat de volgende *trail* zou zijn die zou worden afgelegd door die drieste, ongewassen jeugd die de vrije liefde bedreef en zich hulde in kleren die niemand met een beetje gevoel voor smaak ooit zou dragen. De meisjes met hun bloemen in het haar, hun lange rokken, hun kleurige blouses zonder bh, en hun halskettingen met alle mogelijke stenen in alle mogelijke kleuren; de jongens met hun in maanden niet geknipte haar en baard, hun verschoten en door het vele dragen versleten spijkerbroeken die overal ter wereld duur waren – behalve in de Verenigde Staten, waar ze het getto van de fabrieksarbeiders hadden verlaten en nu gezien werden op de megaconcerten in San Francisco en omstreken.

De *Onzichtbare Post* functioneerde omdat die jongeren steeds naar deze concerten gingen en ideeën uitwisselden over waar ze elkaar opnieuw zouden treffen, over hoe ze de wereld konden ontdekken zonder in een touringcar te stappen met een gids die het landschap beschreef terwijl zij zich verveelden en de ouderen zaten te slapen. En zo, van mond tot mond, wist iedereen waar het volgende concert zou zijn of de volgende grote trail zou worden afgelegd. En financiële beperkingen waren er niet, voor niemand, want de favoriete auteur van die groep was niet Plato, of Aristoteles, en ook niet deze of gene striptekenaar die het tot celebrity had geschopt. Het belangrijke boek dat praktisch iedereen die naar het oude continent reisde bij zich had, heette *Europe on 5 Dollars a Day* van Arthur Frommer. Door hem wist iedereen waar je moest overnachten, wat je moest zien, waar je moest eten, waar je gelijkgezinden kon treffen en wat de plekken waren waar je naar muziekoptredens kon die nagenoeg gratis waren.

De enige fout van Frommer was dat hij zijn gids toen nog tot Europa beperkt had gehouden. Bestonden er geen andere interessante plekken? Gingen de mensen eigenlijk niet liever naar India dan naar Parijs? Binnen een paar jaar zou Frommer dat manco hebben verholpen, maar ondertussen maakte de *Onzichtbare Post* reclame voor een route door Zuid-Amerika naar de verloren stad Machu Picchu, waarbij iedereen op het hart werd gedrukt om tegenover iemand die de hippiecultuur niet kende de mond te houden, anders zou die plek binnen de kortste keren overspoeld worden door barbaren met hun fototoestellen en hun uitvoerige maar snel vergeten verhalen over hoe een groep indianen een stad had gebouwd, zo goed verborgen dat ze alleen maar ontdekt zou kunnen worden vanuit de lucht – iets waarvan ze niet hadden geloofd dat het ooit kon gebeuren, want mensen vlogen niet.

Laten we fair zijn: er bestond een tweede, gigantische bestseller, wel niet zo populair als Frommers boek, maar het werd verslonden door mensen die hun socialistische, marxistische of anarchistische fase al achter de rug hadden – fases die stuk voor stuk uitliepen op een diepe teleurstelling over het systeem dat uit de koker kwam van diegenen die zeiden dat 'de machtsovername door de arbeiders in de hele wereld onvermijdelijk was'. Of dat 'godsdienst het opium is van het volk', een domme uitspraak waarmee de auteur bewees dat hij van het volk geen verstand had en van opium nog veel minder. Want de slordig en bont geklede jongeren geloofden onder andere in God, goden, godinnen, engelen en zulke dingen. Het enige probleem was dat het betreffende boek, *Dageraad der magiërs* geheten, van de Fransman Louis Pauwels en de uit de Sovjet-Unie afkomstige Jacques Bergier – wiskundige, voormalig spion en onvermoeibaar onderzoeker van het occultisme – exact het tegengestelde van de politieke handboeken zei: de wereld bestaat uit bijzonder interessante dingen, er bestaan alchemisten, magiërs, katharen, tempeliers en meer van die woorden die ervoor zorgden dat er een groot lezerspubliek ontstond – elk exemplaar werd gelezen door minimaal tien lezers – maar door de exorbitante prijs zou het boek nooit Frommers verkoopaantallen halen. Maar ja, Machu Picchu stond in het boek, en daar wilde iedereen naartoe; het lag in Peru, en daar bevonden zich dan ook jongeren uit de hele wereld (oké, uit de hele wereld is wat overdreven, want wie in de Sovjet-Unie woonde kon niet zo makkelijk zijn land uit).

Maar om terug te keren naar het onderwerp: jongeren van over de hele wereld, die de hand wisten te leggen op een goed van onschatbare waarde dat paspoort heet troffen elkaar op de zogenaamde 'hippietrails'. Niemand wist precies wat het woord 'hippie' wilde zeggen, maar dat deed er niet toe. Misschien stond het voor zoiets als 'een grote groep zonder leider' of 'randfiguren die niet agressief zijn', of alle beschrijvingen die meteen aan het begin van dit hoofdstuk zijn gegeven.

Het paspoort, dat door de overheid verstrekte boekje – samen met het geld (veel of weinig was niet relevant) opgeborgen in een tasje aan de riem – had twee doelen. Het eerste, zoals we allemaal weten, was om grenzen te kunnen passeren – tenminste als de douaniers zich niet lieten leiden door de berichten die ze lazen en niet besloten de persoon in kwestie terug te sturen omdat ze niet gewend waren aan die kleren en haardracht en bloemen en halskettingen en bedeltjes en de stralende glimlach van jongeren die in een constante staat van extase verkeerden die, al was dat ook onterecht, doorgaans werd toegedicht aan de duivelse drugs die de jeugd, zo beweerde de pers, in steeds grotere hoeveelheden tot zich nam.

De tweede functie van het paspoort was de eigenaar te redden uit een extreem lastige situatie – als het geld op was en er niemand was om op terug te vallen. De *Onzichtbare Post* bood altijd de noodzakelijke informatie over waar je je pas kon verkopen. De prijs varieerde per land: een paspoort uit Zweden, waar iedereen blond en lang was en blauwe ogen had, was heel weinig waard – omdat het alleen maar kon worden doorverkocht aan blonde, lange mensen met blauwe ogen. Maar een Braziliaans paspoort deed op de zwarte markt een vermogen – omdat Brazilië een land is waar je behalve blonde, lange types met blauwe ogen, ook lange en kleine zwarte mensen hebt met donkere ogen oosterlingen met amandelogen, mulatten, indianen, Arabieren en joden, afijn een grote smeltkroes zodat het een van 's werelds meest begeerde documenten was.

Was het paspoort verkocht, dan ging de oorspronkelijke eigenaar naar het consulaat van zijn land, deed daar alsof hij bang en depressief was, zei dat hij beroofd was en dat ze hem alles hadden afgepakt, waardoor hij nu zonder geld en paspoort zat. De consulaten van de rijkste landen verstrekten niet alleen een paspoort maar ook een gratis ticket terug naar huis, dat meteen geweigerd werd met als argument 'iemand is me nog een heel bedrag schuldig, en ik moet mijn geld terug'. Arme landen, met over het algemeen een militair regime, onderwierpen de aanvrager aan een heus verhoor om te achterhalen of hij al of niet op de 'terroristenlijst' stond en gezocht werd wegens ondermijnende activiteiten. Was eenmaal geconstateerd dat het meisje of de jongen niets op haar of zijn kerfstok had, dan waren ze, zij het met tegenzin, verplicht het document te verstrekken. Een ticket werd niet verstrekt, omdat ze vonden dat het geen enkel belang diende om een generatie, die was grootgebracht met respect voor God, gezin en eigendom, door zulke freaks te laten bederven.

Terug naar de trails: na Machu Picchu was de beurt aan Tiahuanaco, in Bolivia. Vervolgens Lhasa, in Tibet, waar het heel moeilijk was om binnen te komen omdat er – zo berichtte de *Onzichtbare Post* – een oorlog gaande was tussen monniken en Chinese soldaten. Natuurlijk kon niemand zich nauwelijks iets voorstellen bij zo'n oorlog, maar iedereen nam het voor waar aan en niemand wilde aan een vreselijke lange reis beginnen met het risico te eindigen als gevangene van de monniken of van de soldaten. Ter afsluiting waren er nog de grote filosofen van dat tijdperk, die juist in april van dat jaar uit elkaar waren gegaan, maar niet nadat ze kort voor dat gebeuren nog hadden verklaard dat de Indiase wijsheid in de wereld haar gelijke niet kende. Dat was voldoende voor jongeren zich uit de hele wereld naar dat land te begeven, op zoek naar wijsheid, kennis, goeroes, geloften van armoede, verlichting, en hopend op een ontmoeting met My Sweet Lord.

De *Onzichtbare Post* bracht echter naar buiten dat de grote goeroe van The Beatles, Maharishi Mahesh Yogi, had geprobeerd Mia Farrow te verleiden tot seks. De actrice, die geen gelukkig liefdesleven had, was in India op uitnodiging van The Beatles, mogelijk om genezing te zoeken voor haar seksgerelateerde trauma's, die haar als een slecht karma leken te achtervolgen.

Nu wijst alles erop dat het karma van Mia Farrow naar dezelfde plek zou reizen als John, Paul, George en Ringo. Volgens haar was ze aan het mediteren in de grot van de grote goeroe toen die haar beetpakte en haar tot seksuele handelingen probeerde te dwingen. Toen dat gebeurde zat Ringo al weer in Engeland omdat zijn vrouw niet van Indiaas eten hield, en had ook Paul besloten niet langer aan de retraite deel te nemen, ervan overtuigd dat die nergens toe leidde.

Alleen George en John waren nog in de tempel van de Maharishi toen Mia in tranen naar hen toe kwam, en vertelde wat er was gebeurd. Onmiddellijk pakten beiden hun koffers en toen de verlichte kwam vragen wat er aan de hand was, antwoordde Lennon bot: 'Was jij verdomme niet verlicht dan? Je weet best wat er aan de hand is.'

Maar in september 1970 hadden de vrouwen het voor het zeggen in de wereld – beter gezegd, de hippiemeisje domineerden de wereld. De mannen sloofden zich uit, in het besef dat wat de vrouwen verleidde niet de mode was – zij waren veel beter dan de mannen wat dat onderwerp aanging – zodat ze voor eens en voor altijd besloten te accepteren dat ze afhankelijk waren, hulpeloosheid uitstraalden, en impliciet vroegen 'bescherm-me alsjeblieft, want ik ben alleen en kan niemand vinden, ik ben bang dat iedereen me vergeten is en dat de liefde me voor altijd verlaten heeft'. De vrouwen kozen hun macho's uit en dachten helemaal niet aan trouwen, alleen maar aan een aangename en leuke tijd met intense en creatieve seks.

En zowel in belangrijke als oppervlakkige en niet-relevante dingen, hadden zij de beslissende stem. Dus, toen de *Onzichtbare Post* het bericht verspreidde dat Mia Farrow was lastiggevallen en hoe de reactie van Lennon was geweest, besloten ze onmiddellijk van route te wisselen.

Ze bedachten een andere hippietrail: van Amsterdam naar Kathmandu, in Nepal, een busreis die ongeveer honderd dollar kostte en door landen ging die wel heel interessant moesten zijn: Turkije, Libanon, Iran, Irak, Afghanistan, Pakistan en een deel van India (behoorlijk ver van de tempel van de Maharishi, het zal maar gezegd zijn). De reis duurde drie weken, en een absurd aantal kilometers werd afgelegd.

Karla zat op de Dam en vroeg zich af wanneer de figuur zou komen opdagen die haar op dat magische avontuur (volgens haar dan) zou vergezellen. Ze had haar baan in Rotterdam, een uurtje met de trein, opgezegd, maar omdat ze elke cent kon gebruiken was ze liftend gekomen en had de reis bijna een dag geduurd. Ze had de busreis naar Nepal ontdekt in een van de tientallen alternatieve krantjes die met veel zweet en liefde werden gemaakt door mensen die vonden dat ze de wereld iets te melden hadden, en die vervolgens hun waar verkochten voor een habbekrats.

Na een week wachten begon ze zenuwachtig te worden. Ze had een stuk of tien jongens aangeklampt. Uit de hele wereld kwamen ze, maar ze wilden maar één ding en dat was daar blijven, op dat plein dat verder niets te bieden had dan een monument in de vorm van een fallus die op zijn minst toch mannelijkheid en moed zou moeten aanwakkeren. Maar nee; geen van hen had zin om naar zulke onbekende plekken te gaan.

Aan de afstand lag het niet: de meesten kwamen uit de Verenigde Staten, uit Latijns-Amerika, uit Australië en uit andere landen waar je een hoop geld kwijt was aan vliegtickets en veel grensposten moest passeren waar je kon stranden en dan terug moest naar de plaats waar je vandaan kwam, zonder dat je een van de twee hoofdsteden van de wereld had leren kennen. Ze kwamen aan, zonken neer op het plein, dat niets bekoorlijks had, rookten marihuana, werden daar blij van omdat ze het konden doen onder het oog van de politie en werden vervolgens letterlijk ontvoerd door een van de sekten of culten waar de stad van overliep. Voor even waren ze in ieder geval verlost van wat er voortdurend tegen hen werd gezegd: jongen, je moet naar de universiteit, ga naar de kapper, maak je ouders niet te schande want de anderen (de anderen?) zullen zeggen dat we je heel slecht hebben opgevoed, waar jij naar luistert, dat is géén muziek, het wordt tijd een baan te zoeken, of kijk eens naar je broer (of zus), die jonger is maar al genoeg geld heeft om te doen waar hij zin in heeft en die niet meer bij ons hoeft aan te kloppen.

Ver van het eeuwige gezeur van de familie waren ze nu vrije mensen, en Europa was een veilige plek (als ze tenminste niet zo ondernemend waren om zich achter het befaamde IJzeren Gordijn te begeven en een communistisch land 'binnendrongen') en ze waren tevreden, want op reis leer je alles wat je voor de rest van je leven nodig hebt, zolang je het maar niet aan je ouders hoeft uit te leggen.

'Pa, ik weet dat jij wilt dat ik een diploma haal, maar dat kan ik mijn leven lang nog, waar het me nu aan ontbreekt is levenservaring.'

Er was geen vader die die logica kon volgen, en dus bleef er niets anders over dan wat geld bij elkaar zien te scharrelen, iets te verkopen en het huis te verlaten op het moment dat de familie nog op één oor lag.

Oké, Karla werd omringd door vrije mensen die vastberaden waren dingen te beleven waartoe de meesten de moed niet hadden. Maar waarom niet met de bus naar Kathmandu gereisd? Omdat het geen Europa is, antwoordden ze. En omdat we het daar helemaal niet kennen. Maar áls er iets gebeurt, kun je altijd op een consulaat vragen om gerepatrieerd te worden (Karla kende geen enkel geval waarin dat was gebeurd, want het was een leugen, en een leugen wordt waarheid als hij veel wordt herhaald).

Na vijf dagen wachten op de kandidaat die ze als haar 'reisgezel' zou kiezen begon ze te wanhopen – ze gaf haar geld uit aan een hostel, terwijl ze evengoed kon slapen in de Magic Bus (de officiële naam van die bus van honderd dollar en duizenden kilometers). Ze besloot eens binnen te lopen in de praktijk van de helderziende, aan haar route naar de Dam. Er zat niemand zoals altijd – in september 1970 beschikte iedereen over paranormale gaven of was die aan het ontwikkelen. Maar Karla was een praktisch ingestelde vrouw en, hoewel ze iedere dag mediteerde en ervan overtuigd was dat ze haar derde oog aan het ontwikkelen was – een onzichtbare, tussen de ogen gelegen plek –, ze had tot dan toe alleen maar de verkeerde jongens ontmoet, ook al verzekerde haar intuïtie haar dat het de juiste waren.

Daarom besloot ze een beroep te doen op de helderziende, vooral omdat dat eindeloze wachten (er was al bijna een week voorbij, een eeuwigheid!) haar ertoe bracht te overwegen zich verder te richten op een vrouwelijke reisgezel, wat een suïcidale actie kon zijn, met name omdat ze door vele landen zouden trekken waar twee vrouwen zonder man op zijn minst scheef aangekeken zouden worden en, in het ergste geval, volgens haar grootmoeder, uiteindelijk verkocht zouden worden als 'blanke slavinnen' (de term had voor haar een erotische lading, maar ze wilde het niet aan haar eigen lijf ondervinden).

De helderziende noemde zich Layla en was iets ouder

dan Karla. Ze was helemaal in het wit gekleed, had de vrome glimlach van iemand die in contact staat met het Allerhoogste Wezen en ontving haar met een buiging (ze dacht vast: eindelijk gaat er wat geld binnenkomen om de huur van vandaag te betalen), verzocht haar te gaan zitten, wat ze deed, en waarop de vrouw haar prees omdat ze precies het krachtpunt van de kamer gekozen had. Karla hield zichzelf voor dat het haar echt begon te lukken haar derde oog te openen, maar haar onderbewustzijn waarschuwde dat Layla zoiets waarschijnlijk tegen iedereen zei – of beter, tegen de enkeling die haar opzocht.

Afijn, dat had er weinig mee te maken. Er werd wierook aangestoken ('de wierook komt uit Nepal,' merkte de helderziende op, maar Karla wist dat het daar vlakbij werd gefabriceerd – wierook hoorde tot de corebusiness van de hippies, samen met halskettingen, batikhemden en *patches* met het symbool van de hippies of met bloemen en het opschrift 'Flower Power' om op je kleren te bevestigen. Layla pakte een stok kaarten en begon de kaarten te schudden. Ze vroeg Karla twee stapeltjes te maken, waarna ze drie kaarten uitlegde en die op een clichématige manier begon te interpreteren. Karla onderbrak haar.

'Daar ben ik niet voor gekomen. Ik wil alleen maar weten of ik een reisgezel zal vinden om naar dezelfde plek te gaan als waar u zei dat...' – ze legde nogal de nadruk op *waar u zei*, want ze wilde geen slecht karma. Als ze alleen zou hebben gezegd *ik wil naar dezelfde plek gaan*, zou ze misschien eindigen in een van de voorsteden van Amsterdam, waar de wierookfabriek stond – '... waar u zei dat de wierook vandaan kwam.'

Layla glimlachte, hoewel de stemming totaal was veranderd – ze kookte innerlijk van woede omdat ze op zo'n plechtig moment was onderbroken.

'Ja, natuurlijk ga je.' Het behoort tot de plicht van helderzienden en kaartlegsters om altijd te zeggen wat hun klanten horen willen.

'En wanneer?'

'Voordat de dag van morgen voorbij is.'

Ze waren allebei verrast.

Karla voelde dat de ander nu de waarheid sprak, haar stem klonk positief, nadrukkelijk, alsof hij uit een andere dimensie kwam. Maar Layla was geschrokken – zo ging het niet altijd, en als het wel zo ging, werd ze bang dat ze gestraft zou worden omdat ze zonder veel omhaal was binnengestapt in die wereld die zowel vals als echt leek, ook al zocht ze elke avond een rechtvaardiging in haar gebeden, door te zeggen dat het enige wat ze op aarde deed was anderen helpen optimistischer te zijn over wat ze wilden bereiken.

Karla stond onmiddellijk op van het 'krachtpunt', betaalde voor een half consult, en vertrok voordat de volgende klant zich zou melden. 'Voordat de dag van morgen voorbij is' was vaag, dan kon de reis ook vandaag nog beginnen. Maar ze wist in ieder geval dat ze niet voor niks wachtte.

Ze liep terug naar haar plek op de Dam, opende het boek dat ze aan het lezen was en dat niet veel mensen kenden – wat de schrijver een cultstatus gaf – *In de ban van de ring*, van J.R.R. Tolkien, dat over mythische plaatsen ging, zoals de plaats waar zij naartoe wilde. Ze deed net of ze de jongens niet hoorde die haar te pas en te onpas kwamen storen met een idiote vraag, een slappe smoes om een nog slapper gesprek te beginnen.

Paulo en de Argentijn hadden het al over alles gehad waarover maar een gesprek te voeren viel en nu keken ze met een afwezige blik naar de vlakke velden buiten. En met hen mee reisden herinneringen, namen, nieuwsgierigheid en vooral grote angst voor wat er zou kunnen gebeuren aan de Nederlandse grens, over waarschijnlijk zo'n twintig minuten.

Paulo probeerde zijn lange haar onder zijn jas te stoppen.

'En jij denkt dat de douane daarin trapt?' vroeg de Argentijn. 'Die kennen alle trucs, die maak je niks wijs.'

Paulo zag af van het idee. Vroeg of de Argentijn er niet tegenop zag.

'Ja, natuurlijk wel. Vooral omdat ik al twee inreisstempels van Nederland heb. Dan denken ze dat ik er vaak kom. En dat kan maar één ding betekenen.'

Drugssmokkel. Maar, voor zover Paulo wist, waren drugs in Nederland niet verboden.

'Natuurlijk wel. Op opiaten staan zware straffen. Datzelfde geldt voor cocaïne. Op lsd controleren kan natuurlijk met geen mogelijkheid, want je hoeft maar een pagina van een boek of een lapje stof in dat mengsel te dopen, en dat later in stukjes te knippen en te verkopen. Maar alles wat traceerbaar is, kan tot de gevangenis leiden.'

Paulo vond het beter het gesprek maar te beëindigen,

omdat hij vreselijk nieuwsgierig was en de Argentijn wilde vragen of hij iets bij zich had, het weten echter alleen al zou hem medeplichtig maken. Ze hadden hem één keer gevangengezet, hoewel hij compleet onschuldig was – in een land waar op alle deuren van de luchthavens stond: 'Hou van ons Brazilië, of laat ons.'

Zoals altijd gebeurt met gedachten die we, omdat ze zo negatief zijn, proberen te verdringen – waardoor we juist nog meer duivelse energieën oproepen – zorgde nu de simpele herinnering aan de gebeurtenis uit 1968 er niet alleen voor dat zijn hart als een gek tekeerging, maar ook dat hij tot in detail die avond in het restaurant in Ponta Grossa herbeleefde, in Paraná, de deelstaat die, zoals iedereen wist, paspoorten verstrekt met daarop foto's van blonde inwoners met blauwe ogen.

Het was op de terugweg van zijn eerste lange reis, de hippietrail die toen in was. Hij reisde samen met zijn elf jaar oudere, in het communistische Joegoslavië geboren en getogen vriendin die afkomstig was uit een adellijke familie, die alles had verloren maar die haar wel een opleiding had gegeven waardoor ze vier talen sprak. Ze was gevlucht naar Brazilië, in gemeenschap van goederen getrouwd met een miljonair, van wie ze gescheiden was toen ze erachter kwam dat hij haar op haar drieëndertigste als 'oud' beschouwde en was overgestapt op een meisje van negentien. Paulo's vriendin had een uitstekende advocaat genomen die er zoveel schadeloosstelling uit had weten te slepen dat ze voor de rest van haar leven geen dag meer hoefde werken. De twee waren vertrokken naar Machu Picchu aan boord van de 'Trein des Doods', die in niets leek op de trein waar hij zich nu in bevond.

'Waarom noemen ze hem de Trein des Doods?' vroeg zijn vriendin aan de man belast met de controle van de kaartjes. 'Ik zie nergens steile hellingen of zo.'

Paulo had niet de geringste interesse, maar desalniettemin kwam het antwoord.

'In het verleden hebben ze de trein gebruikt voor het vervoer van leprozen, zieken en lijken van een zware gele koortsepidemie die het gebied rond Santa Cruz destijds had getroffen.'

'Ik stel me zo voor dat ze de trein prima hebben ontsmet.'

'Sindsdien is verder niemand ziek geworden, of het moest zijn door de hand van mijnwerkers die meenden wat rekeningen te moeten vereffenen.'

De man doelde op de mijnwerkers die zich dag en nacht afbeulden in de Boliviaanse zinkmijnen. Goed, ze bevonden zich in een beschaafd deel van de wereld, te hopen was dat ze niet net die dag besloten de rekeningen te vereffenen. Ter geruststelling van de twee bestond het merendeel van de passagiers uit vrouwen, met bolhoeden en fleurige kleren.

Ze kwamen aan in La Paz, de hoofdstad van het land, gelegen op een hoogte van 3.610 meter, maar omdat ze gearriveerd waren per trein, hadden ze nauwelijks last van de ijle lucht. Toch zagen ze toen ze uitstapten een jongen in klederdracht, waaraan je kon zien tot welk volk hij behoorde, aangeslagen op de grond zitten. Ze vroegen wat er aan de hand was ('ik krijg bijna geen lucht'). Een voorbijganger opperde cocabladeren te kauwen, van oudsher het middel dat de inwoners hielp de hoogte te trotseren, en dat vrij te koop was bij marktkraampjes op straat. Maar de jongen voelde zich al beter en stuurde hen weg – hij ging dezelfde dag nog naar Machu Picchu.

De receptioniste van het hotel dat ze gekozen hadden riep zijn vriendin bij zich, zei iets tegen haar en vervolgens schreef ze hen in. Ze gingen naar hun kamer boven en sliepen vrijwel meteen in, nadat Paulo haar nog had gevraagd wat de vrouw zei.

'De eerste twee dagen geen seks.'

Dat viel makkelijk te begrijpen. Ze hadden niet de minste zin in wat ook.

Ze brachten twee seksloze dagen door in de hoofdstad van Bolivia, zonder enig merkbaar effect van het gebrek aan zuurstof, de zogenaamde *soroche*. Zowel hij als zijn geliefde schreven het toe aan de therapeutische werking van het cocablad, dat er in werkelijkheid niets mee te maken had; de soroche doet zich voor bij mensen die plotseling vanaf zeeniveau naar grote hoogte stijgen – oftewel per vliegtuig – waardoor ze hun lichaam geen tijd geven om te wennen. Maar de twee hadden zeven lange dagen doorgebracht in de Trein des Doods, voortdurend klimmend. Veel beter om je aan te kunnen passen aan de plek, en veel veiliger dan het vervoer door de lucht – want Paulo had op de luchthaven van Santa Cruz de la Sierra een monument gezien voor de 'heldhaftige piloten van de maatschappij, die hun leven hebben opgeofferd bij de uitvoering van hun plicht'.

In La Paz troffen ze de eerste hippies – die, als een over de aardbol verspreid levend volk zich bewust van de verantwoordelijkheid en solidariteit die ze ten opzichte van elkaar dienden te hebben, zich steeds sierden met het fameuze symbool van het omgekeerde runenteken van de Vikingen. In het geval van Bolivia, een land waar ze allemaal kleurige poncho's, jacks, hemden en colbertjes droegen, was het praktisch onmogelijk te weten wie wie was zonder de hulp van het op jassen, truien en broeken genaaide runenteken.

Die eerste hippies waren twee Duitsers en een Canadese. Paulo's vriendin, die Duits sprak, werd uitgenodigd om een rondje door de stad te maken, terwijl hij en de Canadese elkaar aankeken zonder precies te weten wat te zeggen. Toen het drietal een halfuur later terugkwam van het rondje, besloten ze meteen te vertrekken en in La Paz geen geld te blijven uitgeven: ze zouden doorreizen naar het hoogstgelegen zoetwatermeer ter wereld, dat per boot oversteken, op Peruaans grondgebied uitstappen, en rechtstreeks doorgaan naar Machu Picchu.

Alles zou volgens plan zijn verlopen als ze, aangekomen bij het Titicacameer (het hoogstgelegen meer van de wereld), niet op een eeuwenoud monument waren gestuit dat bekendstond als de Zonnepoort. Daaromheen voerden hippies hand in hand een ritueel uit dat Paulo en de zijnen weliswaar niet wilden onderbreken maar waar ze tegelijkertijd toch graag aan deelnamen.

Een meisje zag hen, wenkte hen met een knikje om erbij te komen zitten.

Het was niet nodig uit te leggen waarom ze daar waren; de poort sprak voor zich. Er was een scheur vrijwel in het midden van de 'bovenbalk', misschien veroorzaakt door bliksem, maar voor de rest was het een ware pracht aan bas-reliëfs, die verhaalden van een al vergeten tijd, verhalen die er wel nog waren, en die herinnerd en opnieuw ontdekt wilden worden. De poort was gehouwen uit één enkele steen, en op de bovenbalk stonden de engelen, de heren, de verloren symbolen van een cultuur die volgens de plaatselijke bewoners de manier markeren waarop de wereld te herstellen is in het geval deze vernietigd zou worden door menselijke hebzucht. Paulo, die door de opening van de poort het Titicacameer in de verte kon zien liggen, begon te huilen, alsof hij in contact stond met de bouwers – die in allerijl waren vertrokken, voor ze het werk hadden voltooid, uit angst voor iemand die eraan was gekomen en hun had gevraagd te stoppen. Het meisje dat hen naar de kring had geroepen glimlachte, ook met tranen in haar ogen. De anderen zaten met hun ogen gesloten, in stille dialoog met de ouden, terwijl ze, het mysterie respecterend, probeerden te achterhalen wat hen daarheen had gevoerd.

Wie magie wil leren dient te beginnen met om zich heen te kijken. Alles wat God de mens heeft willen vertellen, heeft Hij vrijwel pal voor hem neergezet, de zogeheten Zonnetraditie.

De Zonnetraditie is democratisch en niet gemaakt voor geleerden of zuiveren, maar voor gewone mensen. De kracht bevindt zich in al het kleine dat deel uitmaakt van de weg van een mens; de wereld is een leslokaal, de Hoogste Liefde weet dat je leeft en gaat je dingen leren.

En allemaal waren ze stil en zwegen, besteedden aandacht aan iets wat ze niet goed konden begrijpen, maar waarvan ze wisten dat het waar was. Een van de meisjes zong een lied in een taal die Paulo niet verstond. Een jongen – wellicht de oudste van allemaal – stond op, opende zijn armen, en hief een aanroep aan:

Moge de Verheven Heer ons geven
Een regenboog voor iedere storm
Een glimlach voor iedere traan
Een zegening voor iedere moeilijkheid
Een vriend voor ieder moment van eenzaamheid
Een antwoord op iedere bede

En precies op dat moment klonk de fluit van een boot, een in Engeland gebouwd schip, gedemonteerd en naar een stad in Chili getransporteerd, in delen door muildieren gedragen naar de hoogte van 3800 meter, waar zich het meer bevindt.

Iedereen ging aan boord, op weg naar de oude, verloren stad van de Inca's.

Ze brachten er onvergetelijke dagen door – want zelden slaagde iemand erin die plek te bereiken, alleen diegenen die kinderen van God waren, vrijen van geest, bereid om zonder angst de confrontatie aan te gaan met het onbekende.

Ze sliepen in verlaten huizen zonder daken en bedreven de liefde onder de sterren, leefden van wat ze bij zich hadden aan eten, zwommen alle dagen naakt in de rivier onder aan de berg, praatten over de mogelijkheid dat de goden in feite astronauten waren geweest en in die streek voet op aarde hadden gezet. Ze hadden allemaal het boek gelezen van de Zwitser die de tekeningen van de Inca's interpreteerde alsof ze zich probeerden kenbaar te maken aan de sterrenreizigers, zoals ze ook Lobsang Rampa hadden gelezen, de Tibetaanse monnik die sprak over het openen van het derde oog – totdat een Engelsman aan allen die op het centrale plein van Machu Picchu bijeen waren verklaarde dat die monnik Cyril Henry Hoskins heette en loodgieter was ergens op het Engelse platteland. Onlangs was zijn ware identiteit ontdekt, terwijl eerder al de Dalai Lama zijn authenticiteit had ontkend.

De hele groep was nogal teleurgesteld, vooral omdat ze, ook Paulo, ervan overtuigd was dat er tussen de twee ogen echt een klier bestond, pijnappelklier genoemd, waarvan het echte nut nog niet door de wetenschap was ontdekt. Dus, het derde oog bestond – zij het dan niet in de vorm zoals Lobsang Cyril Rampa Hoskins had beschreven.

Op de derde ochtend besloot zijn vriendin naar huis terug te keren, en besloot ook – zonder ook maar enige twijfel daarover te laten bestaan – dat Paulo met haar mee moest. Zonder afscheid te nemen of om te kijken vertrokken ze voor zonsopkomst en brachten twee dagen lang door met het afdalen van de noordkant van de bergkam in een bus vol mensen, kleinvee, eten en ambachtelijke producten. Paulo nam de gelegenheid waar een kleurige tas te kopen, die hij kon dubbelvouwen en opbergen in zijn rugzak. Ook besloot hij nooit meer een busreis te maken die langer duurde dan een dag.

Vanuit Lima liftten ze naar Santiago – het was een veilige wereld, auto's stopten, ook al waren de mensen door hun kleding een beetje huiverig voor het stel. Daar, na een gezonde nachtrust, vroegen ze iemand om een kaartje te tekenen met erop aangegeven hoe ze terug de Andes door moesten om uit te komen bij de tunnel die het land met Argentinië verbond. Ze vervolgden hun weg richting Brazilië – opnieuw liftend, omdat zijn vriendin zei dat het geld dat ze nog had nodig kon zijn in geval van ziekte – voorzichtig zoals ze altijd was en nog altijd de oudste, altijd handelend vanuit een communistische traditie die haar geen moment volledige rust gunde.

Eenmaal in Brazilië en in de deelstaat waar het merendeel van de paspoortbezitters blond is en blauwe ogen heeft, besloten ze nog eenmaal een stop te maken, op voorstel van zijn vriendin.

'We gaan Vila Velha verkennen. Ze zeggen dat het een fantastische plek is.'

Ze hadden de nachtmerrie niet voorzien.

Ze hadden de hel niet voorvoeld.

Ze hadden zich niet voorbereid op wat hun wachtte.

Ze waren een heleboel fantastische, unieke plaatsen voorbijgereden, allemaal met iets waaraan je zo al kon zien dat ze in de toekomst platgelopen zouden worden door hordes kooplustige toeristen. Maar de manier waarop zijn vriendin sprak, bood geen ruimte aan twijfel, haar zinnen eindigden niet met een vraagteken, hem werd alleen iets meegedeeld.

We gaan Vila Velha verkennen, ja, natuurlijk. Een fantastische plaats. Een geologische site met indrukwekkende spontaan ontstane sculpturen, gebeeldhouwd door de wind – een site die het gemeentebestuur van de dichtstbijzijnde stad koste wat kost had proberen te promoten; een fortuin was eraan uitgegeven. Iedereen wist van het bestaan van Vila Velha, maar de wat minder serieuze types parkeerden bij een strand niet al te ver van Rio, anderen vonden het wel erg interessant, maar hadden de omweg er niet voor over.

Paulo en zijn vriendin bleken de enige bezoekers, en ze waren onder de indruk van hoe de natuur erin slaagt kelken, schildpadden en kamelen te scheppen – beter gezegd hoe het ons lukt namen te geven aan alles, zelfs als voor zijn vriendin de kameel in werkelijkheid leek op een granaatappel en voor hem op een sinaasappel. Nou ja, anders dan wat ze gezien hadden in Tiahuanaco, boden de zandstenen sculpturen alle mogelijkheden tot interpretatie.

Vandaar liftten ze naar de dichtstbijzijnde stad. Vera, die besefte dat het niet lang meer zou duren voor ze thuis zouden zijn, besloot – zij was echt degene die alles besliste – dat ze die nacht voor het eerst in weken in een goed hotel zouden slapen en vlees zouden eten bij het diner! Vlees, het eten bij uitstek in die streek van Brazilië, iets wat ze sinds hun vertrek uit La Paz niet meer geproefd hadden – de prijs ervan leek altijd exorbitant hoog.

Ze checkten in in een echt hotel, namen een bad, vreeën en gingen naar beneden, om bij de receptie te informeren naar een goed restaurant waar ze zoveel konden eten als ze maar wilden, volgens een systeem dat in Brazilië *rodízio* heet.

Terwijl ze wachtten tot de portier kwam opdagen, naderden twee mannen die hen op ruwe toon verzochten mee naar buiten te komen. De twee hadden de handen in hun zakken, alsof ze een wapen vasthielden en dat ook heel duidelijk wilden laten blijken.

'Rustig maar,' zei Vera, ervan overtuigd dat ze overvallen werden. 'Ik heb boven een ring met briljanten.'

Maar meteen werden ze bij hun arm gevat, naar buiten geduwd en van elkaar gescheiden. In de verlaten straat stonden twee auto's zonder verdere kenmerken, en nog twee mannen, van wie er een zijn wapen op het stel richtte.

'Verroer je niet, en geen verdachte beweging. Jullie worden gefouilleerd.'

En ze betastten ruw de lichamen van de twee. Vera deed een poging iets te zeggen, terwijl Paulo van pure angst in een soort trance raakte. Het enige wat hij kon doen was opzij kijken of iemand getuige was van de scène en ten slotte de politie zou bellen.

'Kop dicht, hoer,' zei een van hen. Ze rukten hun tasjes – met paspoort en geld – van hun riem, en zetten hen op de achterbank van de geparkeerde auto's, ieder in een andere auto. Paulo kreeg niet eens de tijd om te zien wat er met zijn vriendin gebeurde – zoals zij evenmin wist wat ze met hem deden.

Daar was een andere man.

'Trek over je hoofd,' zei hij en reikte hem een kap aan. 'En ga op de vloer van de auto liggen.'

Paulo deed precies als bevolen. Zijn hersenen reageerden niet meer. De auto scheurde met grote snelheid weg. Hij had willen zeggen dat zijn familie geld had, dat ze iedere losprijs zouden betalen, maar kon geen woord uitbrengen.

De trein minderde snelheid, vermoedelijk omdat ze de Nederlandse grens naderden.

'Alles goed met jou, man?' vroeg de Argentijn.

Paulo knikte, koortsachtig op zoek naar een gespreksonderwerp om de gedachten van daarnet te verdrijven. Het was al meer dan een jaar geleden dat hij in Vila Velha was, en meestal lukte het hem om de duivels in zijn hoofd onder de duim te houden, maar steeds als er POLITIE in zicht kwam, al was het maar een gewone douanier, kwam de paniek terug. Alleen ging de paniek deze keer vergezeld van een heel verhaal dat hij wel aan een paar vrienden had verteld, maar steeds op een afstandelijke manier, alsof hij als een buitenstaander naar zichzelf keek. Nu vertelde hij het verhaal – voor het eerst – aan zichzelf.

'Als ze ons aan de grens niet doorlaten, is dat niet erg. Dan reizen we door naar België en gaan we via een andere plaats het land in,' vervolgde de Argentijn.

Hij had geen zin meer nog veel tegen de man te zeggen – zijn paranoia was terug. En als die Argentijn nu eens echt harddrugs vervoerde? En als ze de conclusie trokken dat hij zijn handlanger was en besloten hem in de cel te gooien – totdat hij zijn onschuld zou kunnen bewijzen?

De trein stopte.

Het was nog niet de douane, maar een klein station, ergens achteraf, waar twee mensen in- en vijf uitstapten.

De Argentijn, die zag dat Paulo niet bijzonder genegen was om te praten, besloot hem alleen te laten met zijn gedachten, hoewel hij zich zorgen maakte – zijn gezicht was totaal veranderd. Hij vroeg hem nog maar eens: 'Dus, alles is goed met jou, toch?'

'Ik ben een paar duivels aan het uitdrijven.'

Hij begreep het en zei niets meer.

Paulo wist dat zulke dingen in Europa niet gebeurden. Of beter gezegd: ze waren in het verleden ooit gebeurd – en hij vroeg zich af waarom mensen op weg naar de gaskamers in de concentratiekampen of in een rij voor een massagraf, nadat ze de rij voor hen gefusilleerd hadden zien worden, geen enkele reactie vertoonden, niet probeerden te vluchten, het vuurpeloton niet aanvielen.

Het is simpel: de paniek is zo groot dat ze niet langer daar zijn. Het brein blokkeert alles, er is geen schrik of angst, alleen een vreemde onderwerping aan wat er gebeurt. De emoties verdwijnen om plaats te maken voor een soort voorgeborchte, alles gebeurt in een gebied waar wetenschappers tot nu toe geen verklaring voor hebben. Medici plakken er het etiket 'tijdelijke schizofrenie veroorzaakt door stress' op, maar wat precies de consequenties zijn van het *flat affect*, zoals ze het noemen, is door hen nooit onderzocht.

En misschien om zo de spoken uit het verleden voor eens en voor altijd te verdrijven, beleefde hij nu de geschiedenis opnieuw, tot het einde aan toe.

De man op de achterbank leek menselijker dan de anderen die hen aanspraken in het hotel.

'Maak je geen zorgen, we zullen je niet vermoorden. Ga op de vloer liggen.'

Paulo maakte zich nergens zorgen over – zijn hoofd werkte niet meer. Het leek of hij een parallelle werkelijkheid was binnengegaan, zijn hersenen weigerden te accepteren wat er op dat moment gebeurde. Hij vroeg alleen: 'Mag ik je been vasthouden?'

'Ja, natuurlijk,' was het antwoord van de man. Paulo greep hem stevig vast, misschien steviger dan hij vermoedde, misschien deed hij hem wel pijn, maar de ander reageerde niet, liet hem begaan – wist wat Paulo voelde, en was misschien allerminst blij dat hij een jonge, levenslustige jongen voor zich had die dit allemaal moest meemaken. Maar hij deed wat hem was opgedragen.

De auto reed een tijdje, en hoe langer hij reed, hoe meer Paulo ervan overtuigd raakte dat hij op weg was naar zijn executie. Hij was al zover bij zinnen dat hij enigszins begreep wat er aan de hand was – hij was aangehouden door paramilitairen en was wat 'officieel verdwenen' heette. Maar wat deed dat er nu toe?

De auto stopte. Hij werd ruw naar buiten getrokken en door een soort gang geduwd. Plotseling stootte hij zijn voet tegen iets op de grond, een balk of zo.

'Langzamer, alsjeblieft,' verzocht hij.

Dat leverde hem zijn eerste klap tegen zijn hoofd op.

'Hou je bek, terrorist!'

Hij viel op de grond. Ze bevalen hem op te staan en zich helemaal uit te kleden, en er daarbij voor te zorgen dat hij de kap ophield. Hij gehoorzaamde. Onmiddellijk kreeg hij klappen, en omdat hij niet wist waarvandaan die kwamen, kon zijn lichaam zich er niet op voorbereiden, zijn spieren konden zich niet samentrekken, waardoor de pijn heftiger was dan hij bij een vechtpartij in zijn jeugd had meegemaakt. Hij viel opnieuw, en de klappen maakten plaats voor trappen. Hij werd tien of vijftien minuten lang geschopt, totdat een stem bevel gaf te stoppen.

Hij was bij bewustzijn, maar wist niet of er iets was gebroken, omdat hij zich niet kon bewegen van de pijn. Toch gebood de stem, die het einde van de eerste marteling had bevolen, hem op te staan. Hij stelde een reeks vragen over guerrilla, over medestrijders, over wat hij in Bolivia had gedaan, of hij in contact stond met de kameraden van Che Guevara, waar de wapens waren verborgen en ze dreigden hem een oog uit te rukken zodra ze zekerheid zouden hebben dat hij erbij betrokken was. Een andere stem, die van de *good cop*, zei het tegenovergestelde. Dat hij maar beter de overval, die ze op een lokale bank hadden gepleegd, kon bekennen. En dat Paulo, zodra alles was opgehelderd, voor zijn misdaden in de gevangenis zou worden gezet, maar slaag zou hij niet meer krijgen.

En het was op dat moment, toen hij met veel moeite opstond, dat hij de lethargische toestand waarin hij zich bevond van zich afschudde en weer iets kreeg waarvan hij altijd gevonden had dat het deel uitmaakte van wat de mens kenmerkte: de drang om te overleven. Hij moest uit die situatie zien te komen. Hij moest zeggen dat hij onschuldig was.

Ze zeiden hem alles te vertellen wat hij de voorgaande week gedaan had. Paulo vertelde het tot in detail, als was hij zich ervan bewust dat die mannen nooit over Machu Picchu gehoord hadden.

'Bespaar je de moeite ons voor de gek te houden,' zei de *bad cop*. We hebben de kaart op jullie hotelkamer gevonden. Jij en de blondine zijn gezien op de plek van de overval.

Kaart?

Door de spleet in de kap liet de man de tekening zien die iemand in Chili had gemaakt, met daarop aangegeven de plek waar de tunnel onder een bergkam van de Andes door ging.

'De communisten denken dat ze de komende verkiezingen gaan winnen. Dat Allende het goud van Moskou zal gaan gebruiken om heel Latijns-Amerika om te kopen. Maar dat is onzin. Wat is jouw rol in het samenwerkingsverband dat ze aan het opzetten zijn? En wat zijn hun contacten in Brazilië?'

Paulo smeekte, zwoer dat niets daarvan waar was, dat hij alleen maar wilde reizen en de wereld leren kennen – en in dezelfde adem vroeg hij wat ze met zijn vriendin deden.

'Die uit een communistisch land, uit Joegoslavië, hiernaartoe is gestuurd om een einde te maken aan de democratie in Brazilië? Die krijgt de behandeling die ze verdient,' was het antwoord van de bad cop.

De paniek dreigde terug te komen, maar hij wilde zich beheersen, zelfcontrole. Wilde weten hoe hij uit die nachtmerrie kon komen. Wilde wakker worden.

Iemand zette een kist met draden en een hendel tussen zijn voeten. Een ander meldde dat ze dat 'de telefoon' noemden – ze hoefden maar de metalen klemmetjes op zijn lichaam te zetten en aan de hendel te draaien en Paulo zou een shock krijgen waar 'geen macho tegen bestand was'.

En ineens, toen hij het apparaat zag, wist hij dat dit de enige uitweg was die hij had. Hij liet zijn onderworpen houding varen en verhief zijn stem: 'Jullie denken dat ik bang ben voor elektroshocks? Jullie denken dat ik bang ben voor pijn? Maak je dan maar geen zorgen – ik martel mezelf wel. Ik heb in een gekkenhuis gezeten, en niet één, niet twee, maar drie keer; ik heb ik-weet-niet-hoeveel elektroshocks gehad, dus ik kan die klus wel even voor jullie klaren. Jullie weten daar vast wel van, ik stel me zo voor dat jullie alles weten over mij.'

En dat gezegd hebbende, zette hij zijn nagels in zijn vel, hij krabde zijn huid open, bloedde, terwijl hij schreeuwde dat ze alles wisten, dat ze hem mochten vermoorden omdat het hem niet kon schelen, dat hij in reïncarnatie geloofde en hen zou komen halen. Hen en hun gezinnen, zo gauw hij in de andere wereld zou zijn.

Iemand pakte zijn handen vast. Iedereen scheen geschrokken van wat hij deed, ook al had niemand iets gezegd.

'Hou daarmee op, Paulo,' zei de good cop. 'Kun je me die kaart uitleggen?'

Paulo's stem klonk als van iemand die getroffen was door een aanval van waanzin. Schreeuwend en krijsend legde hij uit wat er was gebeurd in Santiago – ze hadden uitleg nodig gehad om naar de tunnel tussen Chili en Argentinië te komen.

'En mijn vriendin dan, waar is mijn vriendin?'

Hij schreeuwde steeds harder, in de hoop dat zij het zou kunnen horen. De good cop probeerde hem te kalmeren – de repressie was nog niet zo bruut als ze in de latere jaren van de dictatuur zou worden.

De man vroeg hem op te houden met beven, zei dat als hij onschuldig was, er geen reden was zich druk te maken, maar dat ze eerst alles moesten verifiëren wat hij had gezegd – dus hij moest nog een tijdje daar blijven. Hij zei niet hoe lang, maar bood hem een sigaret aan. Paulo merkte dat de anderen de kamer uit gingen, al niet meer in hem geïnteresseerd.

'Wacht tot ik de kamer uit ga en je de deur hoort dichtslaan. Dan mag je de kap afdoen. Iedere keer als je iemand hoort aankomen en hij klopt op de deur, doe je de kap weer op. Zodra we alle noodzakelijke informatie hebben, zul je worden vrijgelaten.'

'En mijn vriendin dan?' herhaalde hij met overslaande stem.

Hij verdiende dit niet. Hoe slecht hij als zoon ook was geweest, hoeveel hoofdpijn hij zijn ouders ook had bezorgd, dit verdiende hij niet. Hij was onschuldig – maar als hij daarnet een wapen in zijn handen had gehad zou hij in staat zijn geweest al die lui neer te schieten. Er is geen verschrikkelijker gevoel dan bestraft te worden voor iets wat je niet hebt gedaan.

'Maak je geen zorgen. We zijn geen verkrachters. We hebben het alleen op die lui voorzien die het op ons land hebben voorzien.'

De man ging weg, de deur sloeg dicht, en Paulo trok de kap van zijn hoofd. Hij bevond zich in een geluiddichte kamer, vandaar die stootrand waarover hij bij het binnenkomen was gestruikeld. Rechts in de kamer was een grote matglazen ruit – vermoedelijk om degene te observeren die er opgesloten zat. In de muur zaten twee of drie kogelgaten, en het leek wel of uit één ervan een haar naar buiten stak. Maar hij moest maar net doen alsof dat alles hem niet interesseerde. Hij bekeek zichzelf, de bebloede schrammen die hij zelf veroorzaakt had, betastte zijn hele lijf en constateerde dat ze niets hadden gebroken – ze waren meesters in het voorkomen van blijvende sporen, en misschien had zijn reactie hen daarom ook zo laten schrikken.

Hij vermoedde dat hun volgende stap zou zijn contact op te nemen met Rio de Janeiro om het verhaal bevestigd te krijgen van de opnames, van de elektroshocks, en van de levenswandel van hem en zijn vriendin – wier buitenlandse paspoort haar misschien bescherming bood óf haar veroordeling betekende, omdat ze uit een communistisch land kwam.

Had hij gelogen, dan zou hij dagenlang achter elkaar gemarteld worden. Had hij de waarheid gesproken, dan kwamen ze misschien tot de conclusie dat hij echt een gedrogeerde hippie was, uit een rijke familie, en zouden ze hem laten gaan.

Hij had niet gelogen, en hij hoopte vurig dat ze dat snel zouden ontdekken.

Hij wist niet hoe lang hij daar al was – er waren geen ramen, het licht bleef de hele tijd aan, en het enige gezicht dat hij had kunnen zien, was dat van de fotograaf van het martelcentrum. In een kazerne? Politiebureau? De man beval hem zijn kap af te doen, plaatste de camera voor zijn gezicht, op zo'n manier dat niet zou blijken dat Paulo naakt was, hij vroeg hem een kwartslag te draaien voor de profielfoto, maakte nog een foto, en ging weg zonder nog een woord met hem te wisselen.

Zelfs uit het kloppen op de deur viel geen enkele regelmaat op te maken – soms werd het ontbijt met maar een korte tussenpoos gevolgd door het middageten, en bleef het avondeten heel lang uit. Wanneer hij naar de wc moest, klopte hij op de deur met de kap al op, waarna ze via het matglas waarschijnlijk concludeerden wat hij wilde. Soms probeerde hij een gesprek aan te knopen met degene die hem naar het toilet bracht, zonder reactie tot gevolg. Alleen maar zwijgen.

Hij sliep het grootste deel van de tijd. Op zekere dag (of nacht?) probeerde hij de situatie waarin hij verkeerde te gebruiken om te mediteren of om zich te concentreren op iets hogers. Hij herinnerde zich dat Sint-Jan van het Kruis sprak over de donkere nacht van de ziel, herinnerde zich dat monniken jaren in grotten verbleven, in de woestijn of in de bergen, en kon zich richten op hun voorbeeld, en wat er zich nu afspeelde gebruiken om te proberen een beter mens te worden. Uit wat er gebeurd was leidde hij af dat de portier van het hotel – Vera en hij waren waarschijnlijk de enige gasten geweest – het koppel had aangegeven; nu eens wilde hij, zodra hij vrijkwam naar dat hotel teruggaan en die man vermoorden, en dan weer vond hij dat hij God het best kon dienen door de portier uit de grond van zijn hart te vergeven, omdat hij niet wist wat hij deed.

Maar iemand vergeven is geen geringe kunst. Op al zijn reizen zocht hij contact met het universum, maar daar hoorde, tenminste op dat moment in zijn leven, niet bij dat hij die mensen ook verdroeg die hem uitlachten om zijn lange haar, hem midden op straat vroegen hoe lang hij zich niet gewassen had, zeiden dat kleurige kleren een teken waren dat hij niet zeker was van zijn seksuele geaardheid, hem vroegen met hoeveel mannen hij naar bed was geweest, zeiden dat hij moest stoppen met nietsnutten, de drugs moest opgeven, een fatsoenlijke baan zoeken, en meehelpen het land uit de crisis te halen.

Zijn boosheid over het onrecht, zijn verlangen naar wraak en het ontbreken van vergiffenis maakten het hem onmogelijk zich voldoende te concentreren, en dus werd zijn meditatie onderbroken door naar zijn idee terecht boosaardige gedachten. Zouden ze zijn familie op de hoogte hebben gesteld?

Zijn ouders wisten niet wanneer hij dacht te zullen terugkomen, en zouden daarom zijn lange afwezigheid niet vreemd vinden. Zij weten alles aan het feit dat hij een elf jaar oudere vriendin had die probeerde hem te gebruiken voor haar schandelijke verlangens om haar saaie bestaan van gefrustreerde *socialite* te doorbreken, van buitenlandse in het verkeerde land, van manipulator van jongens die behoefte hebben aan een surrogaatmoeder en niet aan een partner – zoals al zijn vrienden wel hadden, zoals al zijn vijanden ook, en zoals alle anderen op de wereld ook, die hun dingen doen zonder een ander in de problemen te brengen, zonder de familie te verplichten uitleg te geven, zonder te worden aangekeken als ouders die gefaald hebben in de opvoeding van hun kinderen. Paulo's zus studeerde scheikunde en onderscheidde zich als een van de briljantste leerlingen, maar zij was geen reden tot trots voor hun ouders die te zeer bezig waren hem, Paulo, op het rechte pad te brengen.

Na een tijd, waarvan de duur onmogelijk viel te schatten, begon Paulo uiteindelijk te geloven dat wat er gebeurde precies in lijn was met wat hij verdiende. Sommige van zijn vrienden waren toegetreden tot de gewapende strijd en wisten wat hun wachtte, en hij betaalde slechts voor de gevolgen daarvan – dit moest wel een door de goden en niet door mensen opgelegde straf zijn. Vanwege het vele verdriet dat hij veroorzaakt had, was het zijn verdiende loon naakt te zijn, daar op de vloer van een cel met drie kogelgaten (hij had ze geteld), terwijl hij nadacht over zichzelf en geen greintje kracht of troost vond, geen stem hoorde die tot hem sprak zoals eerder was gebeurd bij de Zonnepoort.

En het enige wat hij deed was slapen. Steeds in de hoop wakker te worden uit een nachtmerrie en telkens weer ontwakend op dezelfde vloer in dezelfde ruimte. Steeds meende hij dat het ergste achter de rug was, en steeds werd hij zwetend wakker, bang, telkens als hij het geklop op de deur hoorde – misschien hadden ze niets kunnen verifiëren van wat hij hun had verteld, en zou het martelen opnieuw beginnen, heviger.

Iemand klopte op de deur – Paulo had net het avondeten op, maar wist dat ze hem nu ook het ontbijt zouden kunnen serveren en hem op die manier nog meer in de war brengen. Hij trok de kap over zijn hoofd, hoorde dat de deur werd geopend en dat iemand spullen op de grond gooide.

'Kleed je aan. Zorg dat je de kap ophoudt.'

Het was de stem van de good cop, of van de 'goeiige folteraar', zoals hij hem in gedachten liever noemde. Hij bleef erbij, terwijl Paulo zich aankleedde en zijn schoenen aantrok. Toen hij klaar was, pakte de man hem bij zijn arm, waarschuwde hem voor de balk bij de deur (waarover hij al vele malen heen gestapt was als hij naar de wc ging, maar misschien voelde de ander behoefte om iets aardigs te zeggen) en hij herinnerde hem eraan dat de enige littekens die hij had, door hemzelf waren veroorzaakt.

Ze liepen een drietal minuten, en een andere stem zei: 'De Variant wacht op de binnenplaats.'

Variant? Later begreep hij dat het een automerk was, maar op dat moment vermoedde hij dat het een geheime code was, zoiets als 'het vuurpeloton staat al klaar'.

Hij werd naar de auto geleid en onder de kap door reikten ze hem een vel papier en een pen aan. Hij overwoog niet eens het te lezen en zou tekenen wat ze maar wilden, elke bekentenis die een einde zou maken aan dat gekmakende isolement. Maar de goeiige folteraar legde uit dat het een lijst van zijn eigendommen was, die gevonden waren in het hotel. De rugzakken lagen in de kofferbak.

De rugzakken! Daar werd een meervoud gebruikt. Maar Paulo was zo afgestompt dat het hem niet opviel.

Hij deed wat ze hem bevalen. De deur aan de overkant ging open. Door de spleet van de kap zag Paulo de kleding – zij was het! Ze vroegen haar ook een document te ondertekenen, maar zij weigerde, ze wilde eerst lezen wat er stond. Uit de toon van haar stem maakte hij op dat ze geen enkel moment in paniek was geraakt, ze had haar emoties volledig onder controle, en de man accepteerde – gehoorzaam – dat ze het las. Toen ze klaar was, zette ze ten slotte haar handtekening en meteen vond haar hand die van Paulo.

'Lichamelijk contact is niet toegestaan,' zei de goeiige folteraar.

Ze negeerde hem, en Paulo dacht even dat ze weer mee naar binnen genomen zouden worden en bestraft wegens het niet opvolgen van orders. Hij deed een poging zijn hand los te rukken, maar zij verstevigde haar greep en stond het niet toe.

De 'goeiige folteraar' deed simpelweg de deur dicht en gaf bevel te vertrekken. Paulo vroeg of het goed met haar was, en haar antwoord werd een heel protest tegen alles wat er was voorgevallen. Iemand op de voorbank barstte in lachen uit, en Paulo vroeg zijn vriendin alsjeblieft haar mond te houden, ze konden straks praten of op een andere dag, of op een plek waar ze naartoe gebracht werden – misschien een echte gevangenis.

'Niemand ondertekent een document waarop staat dat onze spullen werden teruggegeven als niet de bedoeling zou zijn ons vrij te laten,' antwoordde zij. De man op de bank voorin lachte opnieuw – in werkelijkheid waren het twee lachsalvo's. De chauffeur was niet alleen.

'Ik heb altijd gehoord dat vrouwen moediger en intelligenter zijn dan mannen,' merkte een van hen op. 'En dat is ons hier de laatste tijd bij de gevangenen wel opgevallen.'

Wie dit keer vroeg of zijn partner niet zijn mond wilde houden, was de lifter. De auto reed een tijdje, stopte, en de man naast de chauffeur verzocht beiden hun kap af te doen.

Het was een van de mannen die het stel in het hotel had opgepakt, iemand van oosterse afkomst – dit keer met een glimlach. Hij stapte tegelijk met hen uit, liep naar de kofferbak, haalde de rugzakken eruit en reikte ze hun aan, in plaats van ze op de grond te gooien.

'Jullie kunnen gaan. Sla bij de volgende kruising linksaf, dan is het nog een minuut of twintig en je bent bij het busstation.'

Hij liep terug naar de auto die zonder haast optrok, alsof hun alles wat er was voorgevallen, nauwelijks iets interesseerde – en dat was de nieuwe werkelijkheid van het land, zij deelden de lakens uit en niemand die ergens nog zijn beklag kon doen.

Paulo keek zijn vriendin aan, en zij beantwoordde zijn blik. De twee omhelsden elkaar en kusten elkaar lang en toen gingen ze op weg naar het busstation. Het was gevaarlijk om in dezelfde plaats te blijven, vond hij. Zij leek onaangedaan, alsof die dagen – weken, maanden, jaren? – slechts een onderbreking van een droomreis waren, alsof de positieve herinneringen overheersten en door het gebeurde niet zouden kunnen worden overschaduwd. Hij versnelde zijn pas, om te voorkomen dat hij zou zeggen dat het haar schuld was, dat ze niet hadden moet stoppen om die door de wind gemaakte sculpturen te zien, dat als ze niet waren uitgestapt, het allemaal niet zou zijn gebeurd – ook al was het niet de schuld van zijn vriendin, en niet van Paulo, en van niemand die ze kenden.

Hoe belachelijk en zwak was hij niet. Plotseling voelde hij een immense hoofdpijn, zo erg dat hij nauwelijks nog kon lopen, kon vluchten naar zijn stad of terugkeren naar de Zonnepoort en de oude en vergeten bewoners daar vragen wat er was gebeurd. Hij zocht steun tegen een muur en liet zijn rugzak op de grond glijden.

'Weet je wat je hebt?' vroeg zijn vriendin – en ze antwoordde zelf: 'Ik weet het antwoord omdat ik dat al heb meegemaakt tijdens de bombardementen in mijn land. Al die tijd is je hersenactiviteit beperkt geweest, het bloed vloeide niet op de manier waarop het normaal door de vaten van je hele lichaam vloeit. Over een paar uur is het voorbij, maar we zullen wat aspirientjes kopen in het busstation.'

Zij pakte zijn rugzak, ondersteunde hem, dwong hem te lopen – eerst langzaam, en algauw sneller.

Wat een vrouw, wat een vrouw. Jammer dat ze, toen hij voorstelde om samen naar de twee middelpunten van de wereld te gaan – naar Piccadilly Circus en de Dam – antwoordde dat ze het reizen moe was en om eerlijk te zijn niet meer van hem hield. Ieder zou zijn eigen weg moeten volgen.

De trein stopte, en buiten was in verschillende talen dat gevreesde bord te zien: DOUANE.

Er kwamen een paar politiemensen binnen, ze begonnen de wagons door te lopen. Paulo was rustiger nu, de duiveluitdrijving was afgelopen, maar een zin uit de Bijbel, preciezer gezegd uit het boek Job, kreeg hij maar niet uit zijn hoofd: 'Wat ik het meest vreesde, heeft me getroffen.'

Hij moest zich zien te beheersen – angst is iets wat iedereen kan ruiken.

Oké. Als, zoals de Argentijn zei, niet toegelaten worden het ergste was wat er gebeuren kon, was er niets aan de hand. Er waren nog andere plaatsen waar hij de grens over zou kunnen. En als het niet zou lukken, was er nog altijd het andere middelpunt – Piccadilly Circus.

Nu hij de verschrikking van anderhalf jaar geleden had herbeleefd, voelde hij een intense rust. Alsof je alles zonder angst tegemoet moest zien, als iets wat gewoon bij het leven hoort – we hebben nou eenmaal niet te kiezen wat ons overkomt, maar we kunnen wel kiezen hoe we erop reageren.

En hij besefte dat de kanker van onrecht, wanhoop en onmacht tot op dat moment bezig was geweest zich langzaam in zijn hele astrale lichaam uit te zaaien, maar nu was hij vrij.

Hij begon opnieuw.

De politie kwam de coupé binnen waar Paulo en de Argentijn zaten, met vier anderen die ze niet kenden. Zoals hij had verwacht, liet de politie hen allebei uitstappen. Buiten was het een beetje koud, al was het nog niet helemaal donker.

Maar de natuur kent een cyclus die zich in de mensenziel herhaalt: de plant brengt de bloem voort om de bijen te lokken en die kunnen vervolgens de bloem bestuiven. De vrucht daarvan brengt zaden voort die weer veranderen in planten, die op hun beurt de bloemen laten ontluiken die de bijen aantrekken, die opnieuw de plant bestuiven en zorgen dat die vruchten voortbrengt enzovoort tot aan het einde der tijden. Welkom herfst, het seizoen dat al het oude en de angsten uit het verleden laat vertrekken, en het mogelijk maakt dat het nieuwe ontstaat.

Een tiental jongens en meisjes werd de douanepost binnengeleid. Niemand zei iets, en Paulo zorgde ervoor zo ver mogelijk uit de buurt van de Argentijn te blijven – die dat merkte en zich niet opdrong of een gesprek begon. Misschien begreep hij op dat moment dat hij werd beoordeeld, dat de jongen uit Brazilië vast het een en ander vermoedde, maar hij had gezien dat zijn gezicht onder een donkere schaduw schuilging, en nu weer straalde – misschien was 'straalde' overdreven, maar de intense triestheid van straks was verdwenen.

De jongeren werden een voor een binnengeroepen, en niemand wist van tevoren wat daarbinnen besproken werd omdat ze door een andere deur de kamer verlieten. Paulo was als derde aan de beurt.

Achter een tafel zat een politieman in uniform die hem om zijn paspoort vroeg en door een map vol namen bladerde.

'Een van mijn dromen is...' begon Paulo, maar hij werd meteen gewaarschuwd de man niet te storen bij zijn werk.

Zijn hart begon sneller te kloppen, en Paulo moest vechten tegen zichzelf om te blijven geloven dat de herfst was gekomen, dat de dode bladeren al vielen, en er een nieuwe mens oprees uit wat tot dan toe een emotioneel wrak was geweest.

Negatieve vibes trokken nog meer negatieve vibes aan, en dus probeerde hij kalmer te worden, en hij vatte moed vooral toen hij zag dat de politieman een ringetje in zijn oor droeg, iets ondenkbaars in de andere landen waar hij was geweest. Hij deed een poging afleiding te vinden in die kamer vol documenten, een foto van de koningin en een poster met een windmolen. De man liet de map voor wat het was en vroeg hem niet eens wat hij in Nederland ging doen – hij wilde slechts weten of hij geld had voor een ticket terug naar zijn land.

Paulo knikte – hij had al geleerd dat dit de belangrijkste voorwaarde was om willekeurig welk land binnen te komen. Hij was naar Rome gevlogen, het ticket daarnaartoe was vreselijk duur geweest, zelfs al was de terugkeerdatum op een jaar na aankomst gesteld. Hij bracht zijn hand naar de beurs achter zijn riem, klaar om te bewijzen wat hij had gezegd, maar de man zei dat het niet nodig was, hij wilde weten hoeveel geld hij had.

'Rond de 1600 dollar. Iets meer misschien, want ik weet niet hoeveel ik in de trein heb uitgegeven.'

Hij was in Europa geland met 1700 dollar op zak, verdiend als docent aan de vooropleiding van de toneelschool die hij volgde. De goedkoopste bestemming was Rome, waar hij was aangekomen en waarover hij via de *Onzichtbare Post* had gehoord dat de hippies er samenkwamen op het Piazza di Spagna. Hij had een slaapplek gevonden in een park, leefde op boterhammen en ijs en had prima in Rome kunnen blijven, waar hij een Spaanse uit Galicië had ontmoet. Hij had met haar vriendschap gesloten die al gauw tot een liefde was uitgegroeid. Hij had er ook de grote bestseller van zijn generatie gekocht, *Europe on 5 Dollars a Day*, dat een grote rol in zijn leven zou gaan spelen. Tijdens zijn verblijf op het Piazza di Spagna, zag hij dat niet alleen de hippies maar ook de brave burgers, bekend als 'de aangepasten', dat boek gebruikten waarin lijstjes stonden met de goedkoopste restaurants en hotels, en daarnaast de belangrijke toeristische trekpleisters in iedere stad.

Hij zou zijn weg in Amsterdam wel weten te vinden. Toen de Spaanse had gezegd dat ze naar Athene ging, had hij besloten door te gaan naar zijn eerste bestemming (de tweede was Piccadilly Circus, zoals hij maar niet moe werd te herhalen).

Opnieuw maakte hij aanstalten zijn geld te laten zien, maar hij kreeg zijn paspoort al terug, gestempeld en al. De politieman vroeg of hij iets van fruit of planten bij zich had. Twee appels had hij, en de man vroeg hem die voor het station in een vuilnisbak te gooien, zodra hij de deur uit was.

'En hoe kom ik nu in Amsterdam?'

Hij kreeg te horen dat hij een lokale trein moest nemen, die om het halfuur ging – zijn internationale reisbiljet, gekocht in Rome, was geldig tot de eindbestemming.

De man wees hem een andere deur dan die waardoor hij was binnengekomen, en ineens bevond Paulo zich weer in de gezonde buitenlucht, wachtend op de volgende trein, verbaasd en tevreden omdat ze hem op zijn woord geloofd hadden over zijn vliegticket en het geldbedrag.

Dit was echt een andere wereld waarin hij binnenstapte.

Karla had niet haar hele middag verspild met op de Dam zitten, en dat kwam vooral doordat het was gaan regenen en de kaartlegster haar had verzekerd dat de persoon op wie ze wachtte, de volgende dag zou komen. Ze had besloten naar de film te gaan, naar *2001: A Space Odyssey*, een meesterwerk volgens iedereen, ook al was ze in sciencefictionfilms niet zo geïnteresseerd.

Maar het was een heus meesterwerk, het had haar geholpen de tijd door te komen, en het einde toonde wat zij voor zichzelf al dacht te weten – maar het ging er niet om of zij dat dacht of niet dacht, het was een absolute en onweerlegbare waarheid: de tijd is rond en keert altijd terug naar hetzelfde punt. We worden geboren uit een zaadje, we groeien, worden oud, sterven, keren terug naar de aarde en worden opnieuw een zaadje dat, vroeg of laat, zich opnieuw zal reïncarneren in een ander persoon. Hoewel uit een luthers nest, had ze een tijdlang geflirt met het katholicisme. Ze was de mis gaan bijwonen, en een onderdeel daarvan was het opzeggen van de geloofsbelijdenis. De passage waar ze het meest van hield, was: *Ik geloof* [...] *in de verrijzenis van het vlees en in het eeuwige leven. Amen.*

De verrijzenis van het vlees – ze had eens een poging gedaan daar met de pastoor over te praten, en had de vraag gesteld of het misschien over reïncarnatie ging, maar de geestelijke zei van niet. Ze vroeg waar het dan wel over ging. Zijn volstrekt idiote antwoord was dat zij nog niet volwassen genoeg was om dat te bevatten. Vanaf toen had ze beetje bij beetje afstand genomen van het katholieke geloof, omdat ze merkte dat de pastoor ook niet wist waar die zin over ging.

'Amen,' herhaalde ze nu terwijl ze terugliep naar het hostel. Ze hield voortdurend haar oren gespitst, voor het geval God met haar wilde praten. Nadat ze afstand genomen had van de Kerk, had ze ervoor gekozen in het hindoeïsme, taoïsme, boeddhisme, in Afrikaanse culten, in diverse vormen van yoga, een soort antwoord te zoeken op de vraag naar de zin van het leven. Een dichter had vele eeuwen geleden gezegd: *Jouw licht vult heel het heelal/De lamp van de liefde brandt en redt de Kennis.*

Omdat de liefde een ingewikkeld iets was in haar leven, zo ingewikkeld dat ze altijd vermeden had erover na te denken, kwam ze ten slotte tot de conclusie dat de Kennis zich in haarzelf bevond – wat trouwens ook verkondigd werd door de stichters van die religies. En nu herinnerde alles wat ze zag haar aan de Godheid, ze spande zich in om ieder gebaar een manier van dankzeggen te laten zijn voor het feit dat ze leefde.

Dat was voldoende. De ergste moord is die welke onze levensvreugde doodt.

Ze ging een coffeeshop binnen, ze nam alleen maar een kop koffie en praatte wat met een meisje, ook een Nederlandse die er verdwaald leek en eveneens koffiedronk. Wilma heette ze. Ze besloten naar Paradiso te gaan, maar veranderden al snel van gedachte, misschien omdat het nieuwe er voor hen wel vanaf was, net als met de drugs die in de coffeeshop verkocht werden. Leuk voor toeristen, maar niet boeiend voor iemand die het altijd binnen handbereik had.

Op een dag – in een verre toekomst, dat wel – zouden de overheden tot de conclusie komen dat de beste manier om een einde te maken aan wat ze een 'probleem' noemden, was alles vrij te laten. De mystiek van de hasj lag er vooral in dat het spul verboden was, en daardoor begeerd.

'Maar dat interesseert toch niemand wat,' was het commentaar van Wilma toen Karla haar vertelde waar ze aan dacht. 'Ze verdienen miljarden dollars aan de repressie ervan. Ze houden zich voor superieur. Redders van gezin en samenleving. Een geweldige kans voor politici om zich te laten zien – een einde maken aan drugs. Welk ander idee zouden ze hebben om ervoor in de plaats te zetten? Ja, een einde maken aan de armoe, alleen geloofde niemand daar meer in.'

Ze zwegen een tijdje en staarden in hun kopjes. Karla dacht aan de film, aan *In de ban van de ring* en aan haar leven. Ze had nooit iets echt interessants meegemaakt. Ze kwam uit een strenggelovig gezin, ging naar een lutherse middelbare school, kende de Bijbel uit haar hoofd, had op het laatst van haar puberteit haar maagdelijkheid verloren aan een Nederlander die ook nog maagd was, had een tijd door Europa gereisd, was gaan werken op haar twintigste (ze was nu drieëntwintig), en de dagen leken lang en altijd hetzelfde. Ze werd katholiek alleen uit opstandigheid tegen haar familie, ging uit huis om op zichzelf te gaan wonen, had een hele reeks vriendjes met wie ze het leven en het bed deelde in een frequentie die varieerde van twee dagen tot twee maanden, vond dat Rotterdam de schuld van dat alles was, die stad met haar hijskranen, grauwe straten en een haven die veel interessante verhalen te bieden had, interessanter dan die ze gewoonlijk van haar Nederlandse vrienden hoorde.

Met buitenlanders kon ze beter overweg. De enige keer dat ze zich niet hield aan haar keuze voor de absolute vrijheid, was toen ze besloot hartstochtelijk verliefd te worden op een tien jaar oudere Fransman en ze zichzelf ervan overtuigde dat ze erin zou slagen die meeslepende liefde tot een wederzijdse uit te bouwen – ook al wist ze heel goed dat het de Fransman alleen maar ging om de seks, een domein waarin ze heel goed was en probeerde steeds beter te worden. Een week later liet ze haar Fransman achter in Parijs, tot de conclusie gekomen dat ze de functie van de liefde in haar leven maar niet echt kon ontdekken – en dat was een mankement aan haar, want iedereen die ze kende begon vroeg of laat opmerkingen te maken over het belang van trouwen, kinderen krijgen, koken, iemand hebben om tv mee te kijken, mee naar het theater te gaan, mee over de wereld te reizen, om cadeautjes voor mee te brengen wanneer je terugging naar huis, om zwanger van te worden, om samen voor de kinderen te zorgen, om net te doen of je elkaars slippertjes niet opmerkte, om tegen te zeggen dat kinderen in het leven het enige zijn wat ertoe doet, om mee te overleggen over wat de kinderen zouden eten, over wat ze later zouden worden, over hoe het op school ging, op het werk, in het leven.

Zo verlengden ze hun gevoel van tot nut te zijn op deze aarde voor nog een aantal jaren, totdat ze vroeg of laat allemaal het huis uit gingen – het huis bleef leeg achter en het enige wat belangrijk was, was de lunch op zondag, de familie bijeen, terwijl ze steeds deden alsof alles in orde was, alsof er geen jaloezie was of onderlinge wedijver, terwijl de onderhuidse hatelijkheden over en weer door de lucht vlogen, want ik verdien meer dan jij, míjn vrouw heeft bouwkunde gedaan, we hebben net een huis gekocht, dat zal je niet geloven, en meer van die dingen.

Twee jaar geleden had ze de conclusie getrokken dat het geen zin meer had door te gaan met in absolute vrijheid te leven. Ze begon aan de dood te denken, speelde met het idee in een klooster in te treden, ging er zelfs toe over langs te gaan bij de Ongeschoeide Karmelietessen, een orde zonder enig contact met de buitenwereld. Ze zei dat ze gedoopt was, Christus had ontdekt en voor de rest van haar leven zijn bruid wilde zijn. Moeder-overste verzocht haar er een maand over na te denken voordat ze het besluit zou nemen. En in die maand had ze tijd om zichzelf voor te stellen in een cel, met de plicht om van 's ochtends tot 's avonds te bidden, steeds dezelfde woorden te herhalen totdat ze hun betekenis verloren, en ze kwam tot het besef dat ze niet in staat was een leven te leiden waarin een zich steeds herhalend dagprogramma haar misschien tot krankzinnigheid zou drijven. De moeder-overste had gelijk – ze was er nooit meer teruggekeerd; hoe slecht het dagprogramma van de absolute vrijheid ook was, er viel altijd wel iets interessants te vinden om te doen.

Een zeeman uit Bombay bleek niet alleen een fantastische minnaar – iets wat ze maar zelden tegenkwam – maar bracht haar ook in aanraking met de oosterse mystiek, en dat was ook het moment waarop ze begon te denken dat de uiteindelijke bestemming van haar bestaan was heel ver weg te gaan, te wonen in een grot in de Himalaya, te geloven dat de goden vroeg of laat met haar zouden komen praten, zich te verwijderen van alles wat haar nu omringde en wat haar saai leek, verschrikkelijk saai.

Zonder verder uit te wijden, vroeg ze Wilma wat ze van Amsterdam vond.

'Saai. Doodsaai.'

Dat dus. Niet alleen Amsterdam, maar heel Nederland, waar iedereen vanaf zijn geboorte in de watten werd gelegd, en niemand zich ooit zorgen maakte of hij op zijn oude dag niet aan zijn lot zou worden overgelaten, want er bestonden tehuizen en levenslange uitkeringen, ziektekostenverzekeringen die gratis waren of heel weinig kostten, en de koningen van de laatste jaren waren in werkelijkheid koninginnen – koningin-moeder Wilhelmina, de huidige koningin Juliana en de toekomstige erfgename van de troon, Beatrix. Terwijl in de Verenigde Staten vrouwen hun bh's verbrandden en gelijkheid eisten, leefde Karla – die geen bh droeg, ook al waren haar borsten nou niet bepaald klein – op een plek waar die gelijkheid al lang geleden veroverd was, zonder veel ophef of exhibitionisme, maar door de voorouderlijke logica te volgen dat de vrouwen de macht hebben – zij zijn het die hun mannen aansturen en hun kinderen, hun premiers en hun koningen, die op hun beurt bij iedereen de indruk proberen te wekken dat zij uitstekende generaals, staatshoofden, ondernemers zijn.

Mannen. Ze menen dat ze het voor het zeggen hebben in de wereld, toch lukt het ze niet ook maar één stap te verzetten zonder aan het eind van de dag hun vrouw, minnares, moeder te vragen wat zij ervan vindt.

Ze moest een radicale stap zetten, een land in haar of buiten haar ontdekken dat nooit eerder was verkend, en uit die dodelijke verveling zien te raken die haar elke dag opnieuw leek uit te putten.

Ze hoopte dat de kaartlegster het goed had. Als de man die ze haar in het vooruitzicht had gesteld, de volgende dag niet zou komen, ging ze toch naar Nepal, in haar eentje, ondanks het risico tot blanke slavin te worden gemaakt en ten slotte verkocht te worden aan een dikke sultan van een land waar harems de gewoonste zaak van de wereld waren – al betwijfelde ze of iemand de euvele moed had dat met een Nederlandse te doen die zich beter wist te verdedigen dan een man met een dreigende blik en een scherp zwaard.

Ze nam afscheid van Wilma, met de afspraak dat ze elkaar de volgende dag in Paradiso zouden zien, en ze ging op weg naar het hostel waar ze haar saaie dagen in Amsterdam doorbracht, de stad der dromen van zoveel mensen die de wereld over reisden om er te komen. Ze liep door de straatjes zonder trottoir, haar oren voortdurend gespitst op een teken – ze wist niet wat ze moest verwachten, maar zo is dat met tekens, die komen onverwachts en in de vorm van gewone dingen. De motregen op haar gezicht bracht haar terug in de werkelijkheid – niet in die om haar heen, maar in het feit dat ze leefde, volstrekt veilig door donkere steegjes liep, de route kruiste van dealers uit Suriname die in het verborgene opereerden – en die wel degelijk een gevaar waren voor hun klanten, omdat ze de drugs van de Duivel te koop aanboden, cocaïne en heroïne.

Ze kruiste een plein – en het leek wel of deze stad, anders dan Rotterdam, op iedere straathoek een plein had. Het begon harder te regenen, en ze was blij dat ze kon lachen ondanks haar gedachten in de coffeeshop.

Ze liep terwijl ze in stilte bad, zonder lutherse of katholieke woorden te gebruiken, en dankte voor het leven waarover ze uren geleden aan het klagen was, en ze ervoer een intense adoratie voor hemel en aarde, bomen en dieren, waarvan de simpele aanblik maakte dat de tegenstellingen in haar ziel oplosten en alles omhuld werd door een diepe vrede – niet de vrede waarin geen problemen of uitdagingen meer waren, maar een vrede die de opmaat vormde tot een avontuur waartoe ze had besloten, of ze nu wel of geen reisgezel zou vinden, in de wetenschap dat de engelen haar vergezelden en liedjes zongen die ze niet kon horen, maar die haar hersenen lieten trillen en zuiverden van onreine gedachten, in contact brachten met haar eigen ziel en 'ik hou van jou' tegen haarzelf lieten zeggen, ook al had ze de liefde nog niet leren kennen.

Ik voel me niet schuldig om wat ik eerder dacht, misschien kwam het door de film of het boek, maar, zelfs al kwam het gewoon door mezelf, met mijn onvermogen om de schoonheid te zien die er in me huist, ik smeek je mij te vergeven, ik hou van je, en dank je dat je altijd bij me bent, jij die me zegent met jouw gezelschap en me bevrijdt van de bekoring van vleselijke geneugten en van de angst voor pijn.

Voor de verandering begon ze zich schuldig te voelen dat ze was wie ze was, en woonde in een land met de hoogste concentratie musea ter wereld, terwijl ze een van de 1281 bruggen van de stad overstak, opkeek naar huizen met maar drie ramen op de begane grond – meer ramen werd beschouwd als pronkzucht en een poging de buren te vernederen –, een land dat trots was op de wetten die haar volk bestuurden, of op de zeevaarders die ze waren in het verleden, ook al herinnerde men zich elders alleen maar de Spanjaarden en Portugezen.

Ze hadden maar één keer in hun historie een slechte deal gesloten, toen ze het eiland Manhattan aan de Amerikanen hadden verkocht. Maar niemand is volmaakt.

De nachtwaker opende de deur van de slaapzaal, ze ging naar binnen, probeerde zo min mogelijk geluid te maken, sloot haar ogen en voordat ze in slaap viel, dacht ze aan het enige wat haar land niet had.

Bergen.

Jawel, ze zou naar de bergen gaan, ver van dat immense vlakke land dat op de zee was veroverd door mensen die wisten wat ze wilden en die erin slaagden hun wil op te leggen aan een natuur die weigerde onderworpen te worden.

Ze besloot vroeger op te staan dan gewoonlijk. Ze had zich aangekleed en was die ochtend al tegen elf uur, en niet pas om één uur, klaar om naar buiten te gaan. Het was volgens de kaartlegster de dag dat ze degene zou ontmoeten op wie ze wachtte, en de zieneres kon het niet mis hebben, omdat beiden in een mysterieuze trance waren geraakt, ondanks hun beider zelfbeheersing, zoals trouwens bij de meeste trances het geval is. Layla had iets gezegd wat niet uit haar mond was gekomen, maar uit een grote ziel die haar hele spreekkamer vulde.

Er waren nog niet veel mensen op de Dam – de grote drukte begon na het middaguur. Maar ze zag – eindelijk! – een nieuw gezicht. Hetzelfde haar als iedereen, een jas zonder veel patches (het meest opvallende was een vlag met bovenin de tekst: *Brasil*), een kleurige, gebreide tas met schouderband, gemaakt in Zuid-Amerika, en die populair was onder jongeren die over de wereld trokken – zoals ook de poncho's en de flinke mutsen die tot over de oren gingen. Hij rookte een sigaret – een normale, want ze zat dicht bij de plek waar hij zat en behalve tabak rook ze niets speciaals.

Hij werd erg in beslag genomen door zijn nietsdoen, door het kijken naar het gebouw aan de overkant van het plein en de hippies rondom. Eigenlijk zou hij een gesprek moeten beginnen met iemand, maar zijn ogen verrieden verlegenheid – beter gezegd, overmatige verlegenheid.

Ze ging op veilige afstand zitten, met de bedoeling hem in de gaten te houden en hem niet te laten vertrekken voordat ze had geprobeerd hem mee te vragen op haar reis naar Nepal. Als hij al door Brazilië had getrokken en door Zuid-Amerika, zoals zijn schoudertas aangaf, waarom zou hij dan niet geïnteresseerd zijn in een verre reis? Waarschijnlijk was hij van haar leeftijd, weinig ervaren, en zou het niet moeilijk zijn hem over te halen. Of hij nou lelijk was of knap, dik of mager, lang of klein, dat was niet van belang. Het enige waar het haar echt om ging was gezelschap te hebben bij haar avontuur.

Ook Paulo was de hippieschoonheid opgevallen die vlak langs de plek was gelopen waar hij zat, en tegen wie hij misschien wel had durven glimlachen, als hij niet zo verschrikkelijk verlegen was. Maar dat lef had hij niet – ze scheen hem afstandelijk toe, misschien wachtte ze op iemand of wilde ze alleen maar de ochtend bewonderen die bewolkt was, maar zonder dreiging van regen.

Hij richtte zich weer op het gebouw tegenover hem, een waar architectonisch wonder dat door *Europe on 5 Dollars a Day* werd beschreven als een koninklijk paleis, gebouwd op 13.659 palen (nog steeds volgens de gids: de hele stad was gebouwd op palen, ook al zag niemand dat). Er stonden geen wachters bij de deur, en toeristen kwamen en gingen – hele menigten, lange rijen, het soort plek dat hij, zolang hij daar was, nooit zou bezoeken.

We voelen het altijd, wanneer iemand naar ons kijkt. Paulo wist dat het mooie hippiemeisje nu buiten zijn blikveld zat, haar ogen strak op hem gericht. Hij draaide zijn hoofd, en inderdaad zat ze daar, maar toen de twee paar ogen elkaar kruisten, begon ze te lezen.

Wat moest hij doen? Bijna een halfuur lang zat hij te peinzen of hij moest opstaan en naast haar gaan zitten – dat was wat je verwachtte in Amsterdam, waar mensen op elkaar afstapten zonder dat een excuus of uitleg verschuldigd was, gewoon omdat je zin had, zin om wat te praten en ervaringen uit te wisselen. Aan het eind van dat halfuur, na duizendmaal tegen zichzelf herhaald te hebben dat hij absoluut helemaal niets te verliezen had, en dat het niet de eerste en de laatste keer zou zijn dat hij zou worden afgewezen, kwam hij overeind en liep haar kant op. Ze keek niet op uit haar boek.

Karla zag dat hij dichterbij kwam. En hij deed iets wat zelden gebeurt op een plek waar ze allemaal elkaars persoonlijke ruimte respecteren, hij ging vlak naast haar zitten en zei het meest absurde dat iemand dan kan zeggen: 'Sorry.'

Ze keek hem aan, en wachtte de rest van de zin af – maar er kwam niets. Vijf onbeholpen minuten verstreken, totdat zij besloot het initiatief te nemen.

'Sorry, maar waarvoor precies?'

'Nergens voor.'

En tot haar vreugde en opluchting, kwam hij niet met een stommiteit als 'ik hoop dat ik je niet lastigval', of 'welk gebouw is dat tegenover ons?', of 'wat ben je mooi' (buitenlanders hielden van dat zinnetje), of 'uit welk land kom je?', 'waar heb je die kleren gekocht?', zulke dingen.

Ze besloot hem een handje te helpen, temeer omdat ze veel meer belangstelling voor hem had dan die jongen kon bedenken.

'Vanwaar de vlag van Brazilië op je mouw?'

'Dat is voor als ik Brazilianen tegenkom – uit dat land kom ik. Ik ken niemand in de stad, en wie weet kunnen die me helpen interessante mensen te leren kennen.'

Dus, die jongen, die intelligent leek en donkere ogen had waaruit een intense energie straalde en een nog grotere vermoeidheid, was de Atlantische Oceaan overgestoken om in het buitenland Brazilianen te ontmoeten?

Te absurd voor woorden, maar ze besloot hem enig krediet te geven. Ze kon onmiddellijk over Nepal beginnen en het gesprek voortzetten óf daar voorgoed van afzien, op de Dam een ander plekje zoeken, zeggen dat ze een afspraak had of gewoon opstappen, wat op geen enkele manier bevredigend was.

Maar een andere plek zoeken wilde ze niet, en het feit dat ze, terwijl ze haar keuzes overwoog, bij Paulo – zo heette hij – bleef zitten, zou uiteindelijk haar leven volledig veranderen.

Want zo is het met de liefde – ook al was juist dat nou net het laatste waar ze op dat moment aan dacht, aan dat geheime woord en aan de gevaren die het met zich meebracht. De twee waren samen, de kaartlegster had het goed, de binnen- en buitenwereld stevenden af op een ontmoeting. Misschien voelde hij hetzelfde, maar was hij te verlegen – of misschien wilde hij alleen maar met iemand een joint roken of, wat veel erger was, zag hij in haar alleen maar iemand om seks mee te hebben in het Vondelpark en daarna afscheid te nemen alsof er niet iets veel belangrijkers was gebeurd dan een orgasme.

Hoe moet je vaststellen hoe iemand is of niet is, in maar een paar minuten? Natuurlijk, we weten wanneer de ander onze afkeer opwekt en we afstand gaan zoeken, maar daar was nu helemaal geen sprake van. Hij was wel wat mager, maar zijn haar leek goed verzorgd, waarschijnlijk had hij die ochtend gedoucht. Hij rook nog naar zeep.

Op het ogenblik dat hij naast haar ging zitten en dat rare 'sorry' zei, ervoer Karla een groot welbevinden, alsof ze niet langer alleen was. Zij was met hem, en hij met haar, en dat wisten ze allebei – ook al was er verder niets gezegd en herkende geen van beiden wat er aan het gebeuren was. De verborgen gevoelens waren niet onthuld, maar verborgen bleven ze evenmin, ze wachtten alleen maar het moment af om getoond te worden. Dat was het ogenblik waarop veel relaties, die tot een grote liefde konden uitgroeien, de weg kwijtraakten – of omdat onze zielen wanneer die elkaar op aarde ontmoeten, al weten waarheen ze samen op weg zijn, waarop de angst toeslaat, of omdat we zo geconditioneerd zijn dat we onze ziel niet eens tijd geven om de ander te leren kennen, en we op zoek gaan naar iets 'beters' en op die manier de kans van ons leven mislopen.

Karla liet haar ziel spreken. Soms legt onze ziel ons met haar woorden in de luren, want ze is niet bepaald heel trouw en ze accepteert soms situaties die nergens op slaan, ze heeft de neiging het brein te behagen en negeert dan datgene waarin Karla zich steeds meer aan het onderdompelen was: de Kennis. Je zichtbare Ik, die je gelooft te zijn, is beperkt en valt beslist niet samen met je ware Ik. Daardoor kost het mensen grote moeite om te luisteren naar wat hun ziel zegt, ze proberen haar te controleren en daarmee te bereiken dat ze exact de route volgt die ze voor ogen hadden – hun verlangens, hun verwachtingen, hun toekomst, hun behoefte om tegen hun vrienden te zeggen 'eindelijk heb ik de liefde van mijn leven ontmoet', de angst om in je eentje in een bejaardentehuis te eindigen.

Ze kon zichzelf niet langer voor de gek houden. Ze wist niet wat ze voelde en probeerde de dingen dan maar zo te laten, zonder grootse rechtvaardigingen of verklaringen. Ze was er zich van bewust dat ze eens de sluier die haar ziel bedekte zou moeten weghalen, maar wist niet hoe en daar zou ze nu ook niet snel achter komen. Ideaal zou zijn Paulo op veilige afstand te houden tot ze precies zou zien hoe zij tweeën zich de komende uren of dagen zouden gaan gedragen. Of jaren? – nee, aan jaren dacht ze niet, want haar bestemming was een grot in Kathmandu, in haar eentje, in contact met het universum.

Paulo's ziel had zich nog niet geuit. Paulo kon niet weten of dat meisje niet van het ene op het andere moment zou verdwijnen. Hij wist niet wat hij nog zeggen moest, en zij zweeg ook, en allebei hadden ze zich bij die zwijgzaamheid neergelegd en staarden afwezig voor zich uit – de Nederlanders waren op weg naar cafetaria's en restaurants, overvolle trams reden voorbij, en zij beiden zaten daar maar, blik op nul, hun emoties in een andere dimensie.

'Wou je lunchen?'

Paulo, die dat opvatte als een uitnodiging, was blij verrast. Hij kon niet vatten dat zo'n mooi meisje hem vroeg om mee te gaan lunchen – zijn eerste uren in Amsterdam waren bijzonder goed begonnen.

Hij had iets dergelijks helemaal niet gepland, en wanneer dingen spontaan en zonder vooropgezet doel gebeuren, zijn ze uiteindelijk prettiger en leveren ze je meer op – met een onbekend meisje praten zonder gedachten aan een romantische verbintenis had tot gevolg dat alles natuurlijker verliep.

Was ze alleen? Hoelang zou hij met haar kunnen optrekken? Wat moest hij doen om haar aan zijn zijde te houden?

Niets. Het was een onzinnige reeks vragen die nergens toe leidde, en zelfs al had hij pas gegeten, hij zou met haar gaan lunchen. Hij hoopte alleen dat ze geen duur restaurant zou uitkiezen, omdat hij het een heel jaar met zijn geld moest uitzingen, tot en met de datum van zijn retourticket.

Pelgrim, je bent niet bij de les; rustig nou maar.
Want niet alle geroepenen worden uitverkoren
En het is niet iedereen die slaapt met een glimlach
om zijn mond,
Die zal zien wat jij nu ziet.

Natuurlijk moeten we delen. Zelfs al is het informatie die iedereen al weet, het is belangrijk je niet te laten meeslepen door de egoïstische gedachte in je eentje het eind van je reis bereiken. Wie dat doet vindt een leeg paradijs, zonder ook maar iets bijzonders, en zal binnen de kortste keren van verveling omkomen.

We mogen niet de lampen die de weg verlichten, pakken en meenemen.

Als we dat doen, zullen we onze rugzak vullen met lantaarns. In dat geval hoeven we, met al het licht dat we bij ons hebben, niet op goed gezelschap te rekenen. Dus wat schieten we daarmee op?

Maar het viel niet mee om rustig te worden – hij moest alles opschrijven wat hij om zich heen zag. Een revolutie zonder wapens, een straat zonder paspoortcontroles of gevaarlijke bochten. Een wereld die plotseling jong was geworden, onafhankelijk van de leeftijd van de mensen en van hun godsdienstige en politieke overtuigingen. De zon was tevoorschijn gekomen, als om te zeggen dat de renaissance eindelijk weerkeerde en ieders zeden en gewoonten ging veranderen – en op een goede dag, in de zeer nabije toekomst, zouden de mensen niet langer afhankelijk zijn van de mening van de anderen maar van hun eigen blik op het leven.

In het geel gestoken mensen dansend en zingend op straat, kleren in alle kleuren, een meisje dat rozen uitreikte aan voorbijgangers, iedereen had een glimlach op zijn gezicht – ja, morgen zal het beter worden, ondanks alles wat er gebeurde in Latijns-Amerika en elders. Morgen zou het beter zijn, gewoon omdat er geen andere keuze was, terugkeren naar het verleden en toestaan dat moralisme, hypocrisie en leugens opnieuw ieders leven regeerden, was geen keuze. Hij dacht aan zijn duiveluitdrijving in de trein en de kritiek die hij voortdurend aan alle kanten hoorde, van bekenden en onbekenden. Hij dacht aan het verdriet van zijn ouders en wilde ogenblikkelijk naar huis bellen en zeggen:

Maken jullie je geen zorgen, ik ben tevreden, en over niet al te lange tijd zullen jullie inzien dat ik niet ben geboren om naar de universiteit te gaan, een diploma te halen en een baan te zoeken. Ik ben geboren om vrij te zijn en ik kan daarvan leven, ik zal altijd wat te doen hebben, ik zal altijd een manier vinden om geld te verdienen, ik zal altijd kunnen trouwen en een gezin stichten, maar nu is het niet het moment om dat te doen – nu is het enige waar het om gaat in het heden proberen te leven, in het hier en nu, met de vrolijkheid van de kinderen voor wie Jezus het rijk der hemelen heeft bestemd. Mocht het nodig zijn te werken als landarbeider, dan zal ik dat zonder enig probleem doen, omdat het me de kans zal geven in contact te zijn met de aarde, de zon en de regen. Mocht het nodig zijn mijn dagen op een kantoor door te brengen, dan zal ik ook dat doen zonder enig probleem, en omdat ik andere mensen naast me zal hebben, zullen we ten slotte een groep vormen, de groep zal ontdekken hoe fijn het is om rond een tafel te zitten en te praten met elkaar, te bidden, te lachen, en aan het eind van de middag los te komen van steeds maar weer datzelfde werk. Mocht het nodig zijn alleen te moeten blijven, dan doe ik dat, mocht ik verliefd worden en besluiten te trouwen, dan trouw ik, want ik weet zeker dat mijn vrouw, degene die de liefde van mijn leven zal zijn, mijn blijdschap zal aannemen als de grootste zegening die een man een vrouw kan geven.

Het meisje naast hem bleef staan, kocht een bos bloemen, en in plaats van ze mee te nemen ergens naartoe, vlocht ze er twee kransen van, de ene legde ze op zijn haardos en de andere op die van haarzelf. En dat, het zag er allerminst belachelijk uit, was een manier om de kleine overwinningen van het leven te vieren, zoals de Grieken duizenden jaren geleden hun winnaars en helden eerden – niet met goud, maar met lauwerkransen. Die uiteindelijk misschien verwelkten en verdwenen, maar die niet zwaar waren en niet constant bewaakt hoefden te worden, zoals de kronen van koningen en koninginnen. Veel mensen die voorbijkwamen hadden zulke bloemenkransen in hun haar, wat alles mooier maakte.

De mensen speelden blokfluit, viool, gitaar, sitar – een warrig soort achtergrondmuziek die heel natuurlijk harmonieerde met die straat zonder stoep, zoals de meeste straten van de stad: vol fietsen, met de tijd die langzamer ging én sneller. Paulo was bang dat de snellere versie de overhand zou krijgen en dat zijn droom zo voorbij zou zijn.

Hij bevond zich immers niet in een straat, maar in een droom waarin de personages van vlees en bloed waren, verschillende vreemde talen spraken, naar de vrouw naast hem keken en verrast door haar schoonheid niet anders konden dan glimlachen, en zij die de glimlach beantwoordde, en hij voelde een vlaag van jaloezie opkomen, die meteen daarop plaatsmaakte voor het gevoel van trots dat zij hem had gekozen om haar te vergezellen.

Her en der boden mensen wierookstaafjes aan, armbanden, kleurige truien uit Peru of Bolivia, en hij kreeg zin om alles te kopen omdat ze zijn glimlach beantwoordden en zich niet beledigd voelden en ook niet aandrongen, zoals verkopers in winkels wel doen. Als hij iets zou kopen, betekende dat voor hen misschien nog een nacht, nog een dag in het paradijs – ook al wist hij dat iedereen, niemand uitgezonderd, zou weten hoe te overleven in deze wereld. Paulo moest zijn uitgaves beperkt houden, een manier proberen te vinden in die stad te leven totdat zijn vliegtuigticket – in zijn beurs die met elastiek om zijn riem zat en onder zijn broeksband – zou aangeven dat het tijd werd uit zijn droom te stappen en terug te keren in de werkelijkheid.

Een werkelijkheid die ook van tijd tot tijd te zien was op straat en in de parken, in kraampjes met foto's van de wreedheden begaan in Vietnam – een foto van de generaal die in koelen bloede een Vietcongstrijder executeerde. Het enige wat ze vroegen was dat je een manifest ondertekende, en iedereen deed dat.

Op dat moment besefte hij dat er nog veel gebeuren moest, wilde de renaissance de wereldheerschappij kunnen overnemen, maar er was een begin, ja, er was een begin, omdat al die jongeren – de vele jongeren in die straat – niet zouden vergeten wat ze meemaakten en eenmaal terug in hun land apostelen van de vrede en de liefde zouden worden. Omdat dat echt mogelijk was, een wereld die eindelijk vrij zou zijn van onderdrukking, van haat, van mannen die hun vrouw sloegen, van folteraars die mensen met hun hoofd naar beneden ophingen en hen langzaam vermoordden...

... Niet dat hij zijn gevoel voor rechtvaardigheid verloren had – het onrecht in de wereld vond hij nog steeds stuitend – maar hij moest op zijn minst een poos uitrusten en nieuwe energie opdoen. Een deel van zijn jeugd had hij in doodsangst doorgebracht, nu was het tijd moed te tonen tegenover het leven en de onbekende weg die hij volgde.

Ze gingen een van de tientallen winkels binnen waar ze chillums, kleurige sjaals, oosterse prenten en *patches* verkochten. Paulo kocht waar hij naar op zoek was: een serie *studs* in de vorm van een ster, die hij in zijn hostel op zijn jack zou zetten.

In een van de vele parken van de stad zaten drie meisjes, zonder blouse of bh, hun ogen gesloten, in yogahouding naar de zon toegekeerd die zich binnenkort misschien al zou verbergen, en er waren nog twee seizoenen te gaan voordat het weer lente zou worden. Toen hij wat voorzichtig om zich heen keek, merkte hij op dat er oudere mensen op weg waren naar hun werk of naar huis, mensen die nauwelijks de moeite namen naar de meisjes te kijken – omdat bloot niet bestraft of berispt werd, iedereen is baas over zijn lijf en doet wat hij het beste vindt.

En de T-shirts, de T-shirts waren wandelende mededelingenborden, sommige met de foto van de idolen – Jimi Hendrix, Jim Morrison, Janis Joplin – maar het merendeel predikte de renaissance:

Vandaag is de eerste dag van de rest van je leven.

Een simpele droom is machtiger dan duizend werkelijkheden.

Iedere droom heeft een dromer nodig.

Een viel hem in het bijzonder op:

Een droom is iets spontaans en daardoor gevaarlijk voor wie niet de moed heeft om te dromen.

Dat. Dat was wat het systeem niet tolereerde, maar de droom zou overwinnen, nog voordat de Amerikanen zouden worden verslagen in Vietnam.

Dat geloofde hij. Hij had zijn eigen gekte gekozen en nu wilde hij die intens beleven, daar blijven totdat hij de roep van die gekte zou horen om iets te gaan maken wat zou helpen de wereld te veranderen. Zijn droom was schrijver te worden, maar daarvoor was het nog te vroeg, en hij twijfelde of boeken wel die macht hadden, maar hij zou zijn best doen om dat wat de anderen nog niet zagen, te laten zien.

Eén ding was zeker: er was geen weg terug, nu was er alleen nog maar de weg van het licht.

Hij kwam een Braziliaans stel tegen, Tiago en Tabita, die zich aan hem voorstelden toen ze het vlaggetje op zijn jack zagen.

'We zijn Kinderen van God,' zeiden ze en ze nodigden hem uit om bij hen langs te komen.

Ze waren allemaal Kinderen van God, toch?

Jawel, maar zij maakten deel uit van een cultus waarvan de stichter een openbaring had gehad. En of hij het leuk vond er meer van te horen?

Paulo verzekerde hen van wel – zou Karla hem verlaten voor het eind van de dag, dan had hij al nieuwe vrienden.

Maar zodra ze weg waren, pakte Karla de patch op zijn jack vast en rukte die eraf.

'Je hebt gekocht wat je zocht – sterren zijn veel mooier dan vlaggen. Als je wilt, kan ik je helpen ze op je jack te zetten, in de vorm van een Egyptisch kruis of van het hippie-symbool.'

'Dat had je niet moeten doen daarnet. Je had het me kunnen vragen en de beslissing aan mij overlaten of ik de patch wel of niet op mijn mouw wilde houden. Ik hou van mijn land en tegelijkertijd haat ik het, maar dat is mijn probleem. Ik ken je nog maar heel even, maar als jij toevallig vindt dat je de baas over me kunt spelen omdat je meent dat ik afhankelijk ben van de enige persoon die ik hier inderdaad heb ontmoet, dan scheiden nu onze wegen. Een goedkoop restaurant vinden zal niet zo moeilijk zijn.'

Zijn stem had een harde klank gekregen, en verrassend genoeg beschouwde Karla dat als een positieve reactie. Hij was geen slapjanus die deed wat anderen hem zeiden, zelfs niet in een vreemde stad. Hij had in dit leven vast al heel wat meegemaakt.

Ze gaf hem de patch terug.

'Bewaar hem dan op een ander plekje. Dat je een gesprek voert in een taal die ik niet versta, is een gebrek aan fatsoen en hierheen reizen om in contact te komen met mensen die je ook in je eigen land kunt ontmoeten, vind ik een gebrek aan verbeelding. Als jij weer in het Portugees begint, stap ik over op het Nederlands, en ik denk dat het dan over is met de dialoog.'

Het restaurant was niet alleen maar goedkoop: het was grátis, dat magische woord dat over het algemeen alles heel smakelijk doet lijken.

'Wie financiert dit? De Nederlandse overheid?'

'De Nederlandse overheid laat geen van zijn burgers verhongeren, maar in dit geval komt het geld van George Harrison, hij heeft onze godsdienst aangenomen.'

Karla bekeek het gesprek met een mengeling van geveinsde belangstelling en onverhulde verveling. De wandeling in stilte had voor haar bevestigd wat de zieneres de vorige dag had gezegd: die jongen was het perfecte gezelschap voor de reis naar Nepal – hij sprak niet veel, hij was er niet op uit zijn mening op te leggen, maar wist heel precies hoe hij voor zijn rechten op moest komen, zoals in het geval van de patch met de vlag. Ze moest alleen nog het juiste moment zien uit te vissen om het onderwerp aan te snijden.

Ze liepen naar het buffet en bedienden zich van allerlei vegetarische heerlijkheden, terwijl een van de in oranje geklede personen zich tot de mensen richtte die voor het eerst kwamen – zo te zien waren dat er niet weinig – en hun uitlegde wie ze waren. Iemand bekeren in zo'n situatie was makkelijk, de westerlingen waren nu eenmaal dol op alles wat uit de exotische, oosterse landen kwam.

'Jullie zijn op de weg hiernaartoe vast wel een paar leden van onze groep tegengekomen,' zei degene die het oudst leek, een grijze baard had en de gelukzalige uitstraling van iemand die nooit in zijn leven een zonde had begaan. 'De oorspronkelijke naam van onze godsdienst is erg ingewikkeld, noem ons daarom maar gewoon Hare Krishna – onder die naam zijn we al eeuwen bekend, omdat we nu eenmaal geloven dat het herhalen van *Hare Krishna/Hare Rama* onze geest leegmaakt, ruimte maakt zodat de energie kan binnendringen. We geloven dat alles één is, dat we een gezamenlijke ziel hebben, en dat iedere druppel licht in deze ziel uiteindelijk alle duistere punten rondom zal aansteken. Dat is het. Wie wil mag bij het weggaan het boek *Bhagavad Gita* pakken en een kaartje invullen waarmee je formeel het lidmaatschap aanvraagt. Het zal jullie aan niets ontbreken – omdat de Verlichte Heer het zo heeft beloofd vóór het begin van de grote veldslag, toen een van de strijders zich schuldig voelde dat hij deelnam aan een burgeroorlog. De Verlichte Heer antwoordde dat niemand doodt en niemand sneuvelt – hij diende alleen zijn plicht te vervullen en te doen wat hem was opgedragen.'

Hij pakte een van de exemplaren van het boek in kwestie: geboeid keek Paulo naar de goeroe, en Karla keek geboeid naar Paulo – wel vroeg ze zich af of Paulo dit nooit eerder had gehoord.

'O zoon van Kunti, of je zult sneuvelen op het slagveld en meegenomen worden naar de planeten aan de hemel, of je zult je vijanden overwinnen, en veroveren wat je droomt. Daarom, in plaats van je af te vragen wat het doel is van deze oorlog, sta op en vecht.'

De goeroe deed het boek dicht.

'Dát moeten we doen. In plaats van tijd te verliezen met te zeggen "dat is goed", of "dat is slecht", moeten we ons lot vervullen. Het was ons lot dat ons vandaag hier heeft gebracht. Wie wil, kan straks na het eten met ons naar buiten gaan om op straat te zingen en te dansen.'

Paulo's ogen schitterden, en voor Karla hoefde hij niets te zeggen. Ze had alles begrepen.

'Ben je van plan om met hen mee te gaan, nee toch?'

'Natuurlijk wel. Ik heb nog nooit op die manier gezongen en gedanst op straat.'

'Wist je dat ze alleen seks toestaan na het huwelijk, en dan ook maar alleen voor de voortplanting, en niet om plezier te hebben? Niet te geloven toch dat een groep die zichzelf zo verlicht noemt, in staat is om zoiets moois af te wijzen, te ontkennen, en te veroordelen?'

'Ik denk nou niet aan seks, maar aan dansen en muziek. Ik heb al eeuwen geen muziek gehoord en gezongen, en dat is een zwart gat in mijn leven.'

'Ik kan je vanavond meenemen om ergens te zingen en te dansen.'

Waarom leek dat meisje zo geïnteresseerd in hem? Zij kon iedere man krijgen die ze wilde en wanneer ze maar wilde. Hij moest plotseling denken aan de Argentijn – misschien had ze iemand nodig om haar te helpen bij een klus waar hij absoluut geen zin in had. Hij besloot de proef op de som te nemen:

'Ken jij "The House of the Rising Sun"?'

Zijn vraag kon op drie manieren geïnterpreteerd worden: de eerste was of zij het liedje kende ('The House of the Rising Sun' van The Animals). De tweede, of ze de tekst kende en wist waar het liedje over ging. De derde ten slotte, of ze daarnaartoe zou willen.

'Doe niet zo flauw.'

Die jongen, die ze in het begin zo intelligent had gevonden, en charmant, zwijgzaam, en makkelijk te hanteren, leek ze helemaal verkeerd te hebben ingeschat. En vreemd genoeg had zij hem meer nodig dan andersom.

'Oké. Jij gaat met hen mee en ik volg op afstand. We zien elkaar na afloop.'

Ze had zin om eraan toe te voegen: 'Ik heb mijn Hare Krishna-fase al gehad', maar hield zich in om haar prooi niet af te schrikken.

Wat heerlijk om daar te lopen springen, huppelen, uit volle borst te zingen, achter die figuren aan die in het oranje waren, op bellen sloegen en tevreden met het leven leken. Vijf anderen hadden besloten ook te volgen en hoe langer ze door de straten trokken, hoe meer mensen zich aansloten. Nu en dan keek hij achterom, om te zien of de Nederlandse hem nog steeds volgde. Hij wilde haar niet kwijt, ze waren door een of ander mysterie bij elkaar gekomen, een mysterie dat bewaard moest blijven – nooit begrepen, maar in stand gehouden. Jawel, daar was ze, op veilige afstand, om te voorkomen dat ze met de monniken of hun leerlingen geïdentificeerd zou worden en, telkens als hun blikken elkaar kruisten, glimlachten ze elkaar toe.

Er werd een band gesmeed en die werd sterker en sterker.

Ze herinnerde zich een verhaal uit haar kindertijd, 'De rattenvanger van Hamelen', waarin de hoofdpersoon om wraak te nemen op een stad die beloofd had hem te betalen en dat niet deed, besloot de kinderen van die stad te betoveren en mee te lokken met zijn muziek. Dat was wat er nu aan het gebeuren was – Paulo was een kind geworden en danste midden op straat, heel anders dan de jaren waarin hij zich had ondergedompeld in boeken over magie en ingewikkelde rituelen uitvoerde en meende dat hij de echte avatars benaderde. Misschien wel, misschien niet, maar dansen en zingen hielp ook om dezelfde geestestoestand te bereiken.

Van al het springen en het herhalen van mantra's raakte hij in een toestand waarin het denken, de logica en de straten hun belangrijkheid verloren – zijn hoofd was helemaal leeg, en slechts zo nu en dan keerde hij terug in de werkelijkheid, alleen om te controleren of Karla met hem meeliep. Ja, ze was er nog, en het zou heel fijn zijn als zij heel lang in zijn leven zou blijven, ook al kende hij haar nog maar drie uur.

Hij wist zeker dat haar hetzelfde was overkomen – anders was ze in het restaurant wel bij hem weggelopen.

Nu begreep hij de woorden beter die Krishna voor de veldslag had gesproken tot Arjoena, niet de letterlijke woorden zoals ze in het boek stonden, maar zoals ze gegrift waren in zijn ziel:

Vecht omdat het nodig is te vechten, omdat je voor een veldslag staat.

Vecht omdat je in harmonie bent met het heelal, met de planeten, de zonnen die exploderen en de sterren die krimpen en voorgoed doven.

Vecht om je lot te vervullen, zonder te denken aan omzet of winst, aan verlies of strategie, aan overwinning of nederlaag.

Streef geen beloning voor jezelf na, maar toon je dankbaarheid aan de Opperste Liefde die niets biedt dan een kort contact met de Kosmos en daarvoor om een daad van totale toewijding vraagt – zonder dingen te betwijfelen, zonder vragen, liefhebben om de daad van het liefhebben en verder niets.

Een liefde die aan niemand iets schuldig is, die verplicht is tot niets, die zich simpelweg verheugt op het feit dat ze bestaat en zich kan uiten.

❀

De optocht arriveerde op de Dam en begon aan een rondje over het plein. Paulo besloot daar te stoppen, en het meisje dat hem had ontmoet de kans te geven weer bij hem te komen – ze zag er anders uit, relaxter, meer op haar gemak bij hem. De zon had aan warmte ingeboet, je zou geen meisjes met blote borsten nog verwachten, maar zoals bij alles wat hij zich voorstelde, leek het tegenovergestelde het geval, de twee zagen sterke lampen links van waar ze zaten. En omdat er verder helemaal niets te doen viel, gingen ze kijken wat er aan de hand was.

De lampen belichtten een helemaal naakt model dat een tulp vasthield die haar geslacht bedekte. De obelisk in het midden van de Dam vormde de achtergrond. Karla vroeg aan een van de assistenten waar het voor was.

'Een poster, in opdracht van het departement waar toerisme onder valt.'

'Is dit het Nederland dat ze aan de buitenlanders verkopen? Dat de mensen hier in de stad in hun blootje lopen?'

De assistent liep weg zonder te reageren. Op dat moment werd de opname onderbroken en Karla richtte zich tot een andere assistent, terwijl de grimeur ten tonele kwam om de rechterborst van het model bij te werken. Karla herhaalde haar vraag. De man, lichtelijk gestrest, verzocht haar hem niet te storen, maar Karla wist wat ze wilde.

'Je maakt een gespannen indruk. Waar maak je je zorgen over?'

'Het licht. Het licht wordt snel minder, en binnen no time is het donker op de Dam,' antwoordde de assistent in een poging die lastpost kwijt te raken.

'Je bent niet van hier, nee toch? We zitten aan het begin van de herfst, de zon schijnt nog tot zeven uur vanavond. Bovendien heb ik de macht de zon stil te zetten.'

De man keek haar verbaasd aan. Karla was in haar opzet geslaagd.

'Waarom maken jullie een poster met een vrouw die een tulp voor haar geslacht houdt? Is dat het Nederland dat jullie aan de wereld willen verkopen?'

Het antwoord klonk geërgerd, maar ingehouden: 'Nederland? Wie heeft gezegd dat je hier in Nederland bent, een land waar de huizen lage ramen hebben die uitkijken op straat, met kanten gordijnen zodat iedereen kan zien wat er binnenshuis gebeurt, dat er niemand aan het zondigen is, en dat ieders gezinsleven een open boek is? Nederland, lieverd, is een land dat gedomineerd wordt door het calvinisme, waar iedereen zondig is tot het tegendeel is bewezen, waar de zonde in ieders hart woont, in ieders geest, lichaam, emoties. En waar de genade Gods slechts enkelen kan redden, niet iedereen, alleen de uitverkorenen. Jij bent van hier, maar dit heb je nog steeds niet meegekregen?'

Hij stak een sigaret op en zag dat het eerst zo arrogante meisje nu geïntimideerd scheen.

'Want dit hier is niet Nederland, meisje, dit hier is Amsterdam, met hoertjes achter de ramen en drugs in de straten – met een onzichtbaar cordon sanitaire eromheen. Wee degenen die het wagen die ideeën toe te passen buiten de stad. Ze zullen niet alleen slecht worden ontvangen, maar het zal ze niet eens lukken een hotelkamer te krijgen als ze niet de juiste kleren aanhebben. Dat weet je toch, of niet soms? Dus, hoepel nu op en laat ons ons werk doen.'

Maar wie ophoepelde was de man, Karla achterlatend met de verdwaasde blik van iemand die net een opdoffer had gehad. Paulo deed zijn best haar te troosten, maar ze mompelde tegen zichzelf.

'Het klopt. Hij heeft gelijk, het is echt zo.'

Hoezo, was het echt zo? De douane aan de grens had een ringetje in zijn oor!

'Er bestaat een onzichtbare muur rondom de stad,' antwoordde ze. 'Willen jullie uit je dak gaan? Dan zoeken we een plek waar je bijna alles kan doen wat je wil, maar hou het beperkt tot die plek, anders word je opgepakt wegens drugshandel, ook al gebruik je alleen maar, of wegens schending van de openbare zeden, omdat je een bh moet dragen, normen en waarden moet hooghouden, of dit land zal nooit vooruitkomen.'

Paulo was enigszins verbaasd. Ze maakte aanstalten om te vertrekken: 'We zien elkaar hier vanavond om negen uur – ik heb je beloofd dat ik je mee zou nemen om te gékke muziek te horen en om te dansen.'

'Maar dat hoef je niet...'

'Tuurlijk wel. Maar wel komen, hè, d'r heeft nog nooit iemand me laten stikken.'

Karla had haar twijfels – het speet haar dat ze niet mee had gedaan met het dansen en zingen op straat, ze zou dichter bij hem gekomen zijn. Maar ja, dat zijn de risico's die ieder koppel moet lopen.

Koppel?

'Ik geloof altijd alles wat anderen tegen me zeggen en het loopt altijd op een teleurstelling uit,' kreeg ze nogal eens te horen. 'Overkomt jou dat niet?'

Natuurlijk wel, maar op haar drieëntwintigste wist ze zich beter te beschermen. En de enige optie – behalve dan vertrouwen te hebben in de mensen – was iemand te worden die altijd in de verdediging zat, niet in staat was lief te hebben, beslissingen te nemen, en daarbij steeds de anderen de schuld te geven van alles wat er fout ging. Wat was de lol van zo te leven?

Wie zichzelf vertrouwt, vertrouwt de ander. Omdat je weet dat je, als je bedrogen wordt – en dat word je, het hoort bij het leven – het de ander betaald kan zetten. Een deel van de lol van het leven zit juist daarin: risico lopen.

De club waar Karla hem mee naartoe nam, had de suggestieve naam Paradiso, maar was in werkelijkheid een... kerk. Een kerk uit de negentiende eeuw, oorspronkelijk gebouwd voor een plaatselijke religieuze groep die al halverwege de jaren vijftig geconstateerd had dat het haar niet meer lukte veel mensen aan te trekken, ondanks het feit dat de groep stond voor een soort hervorming van de Lutherse Hervorming. In 1965 besloten de laatste leden van de gemeente wegens de onderhoudskosten het gebouw te verlaten, twee jaar later werd het bezet door de hippies die daar, in het hoofdschip, de perfecte plek aantroffen voor discussies, lezingen, concerten en politieke activiteiten.

Ze werden er al na korte tijd door de politie uitgezet, maar het gebouw bleef leeg, en de hippies keerden massaal en in groten getale terug – de oplossing zou zijn geweld te gebruiken óf hun toe te staan op de oude voet door te gaan. Een bijeenkomst tussen vertegenwoordigers van het langharig tuig en de onberispelijk geklede stedelijke overheid had als resultaat dat ze een podium mochten bouwen op de plek van het oude altaar, onder de voorwaarde dat ze belasting zouden betalen over ieder verkocht entreekaartje en dat ze zich terdege zouden bekommeren om de glas-in-loodramen achterin.

Belasting werd er natuurlijk nooit betaald – de organisatoren hielden halsstarrig vol dat de culturele activiteiten verliesgevend waren, niemand scheen er een punt van te maken of een nieuwe uitzetting te overwegen. Daar stond tegenover dat de glas-in-loodramen werden schoongehouden, en de kleinste schade meteen werd gerestaureerd met lood en gekleurd glas, waarmee ze de glorie en de schoonheid van de Koning der Koningen toonden. Gevraagd waarom ze zoveel zorgzaamheid aan de dag legden, antwoordden degenen die ermee belast waren: 'Omdat ze prachtig zijn. Het heeft werk gekost om ze te bedenken, te tekenen, te plaatsen – wij zijn hier om onze kunst te laten zien, en we respecteren de kunst van onze voorgangers.'

Toen ze binnenkwamen, werd er gedanst op muziek van de klassiekers uit die tijd. Het extreem hoge plafond maakte dat de akoestiek niet bijster was, maar wat deed het ertoe? Had Paulo misschien aan akoestiek gedacht toen hij op straat 'Hare Krishna' zong? Het belangrijkste was dat je iedereen zag glimlachen, plezier hebben, roken, blikken wisselen van verliefdheid of pure bewondering. Op dat ogenblik hoefden er geen entree of belastingen meer betaald te worden – het stadsbestuur had maatregelen getroffen niet alleen om te voorkomen dat ze de wet overtraden, maar ook voor wat betreft het onderhoud van het pand, dat nu gesubsidieerd werd.

Klaarblijkelijk was er, los van die blote-vrouw-met-tulp-voor-haar-geslacht, een grote interesse in de transformatie van Amsterdam tot de hoofdstad van een bepaald soort cultuur – de hippies hadden de stad weer tot leven gewekt, en de bezettingsgraad van de hotels was volgens Karla gestegen: iedereen wilde dat volkje-zonder-leider zien waarvan beweerd werd – wat natuurlijk niet waar was – dat de meisjes altijd bereid waren met de eerste de beste het bed in te duiken.

'Nederlanders zijn intelligent.'

'Natuurlijk. We hebben ooit de hele wereld veroverd, ook Brazilië.'

Ze gingen de trap op naar een van de balkons die het hoofdschip omringden. Door het wonderbaarlijk ontbreken van akoestiek zouden ze daar wat kunnen praten zonder hinder te hebben van het snoeiharde geluid beneden. Maar Paulo en Karla hadden allebei geen zin in praten – ze bukten zich over de houten reling en keken naar de dansende menigte. Ze stelde voor naar beneden te gaan en ook te dansen, maar Paulo zei dat de enige muziek waarop hij dat kon, *Hare Krishna/Hare Rama* was. Ze lachten, staken een sigaret op, voor hen samen, en meteen daarop zwaaide Karla naar iemand – door de rook heen kon Paulo zien dat het een meisje was.

'Wilma,' zei ze, terwijl ze zich voorstelde.

'We vertrekken binnenkort naar Nepal,' merkte Karla op. Paulo lachte om de grap.

Wilma schrok van wat ze zei, maar liet dat niet merken. Karla vroeg of ze even in het Nederlands met haar vriendin mocht praten, en Paulo ging door met kijken naar de dansende mensen beneden.

Nepal? Dus het meisje dat hij net had ontmoet en dat zijn gezelschap prettig leek te vinden, zou binnenkort vertrekken? En ze had het over 'we', alsof ze met een ander of anderen aan dat avontuur begon. Naar een plaats zo ver weg, met een ticket dat wel een vermogen moest kosten?

Hij vond Amsterdam geweldig, en wist ook wel waarom: hij was niet in zijn eentje. Hij hoefde met niemand een praatje aan te knopen, de eerste dag al had hij iemand ontmoet om mee op te trekken, en hij zou graag met haar de stad verkennen. Dat hij bezig was verliefd op haar te worden, was te veel gezegd, maar Karla had een heerlijk temperament – en ze wist precies wat ze wilde.

Maar wilde hijzelf wel naar Nepal? Met weer een meisje, over wie hij ondanks zichzelf toch zou moeten waken en dat hij zou moeten beschermen – omdat hem dat zo was geleerd door zijn ouders? Zoiets lag buiten zijn financiële mogelijkheden. Hij wist dat hij vroeg of laat uit die charmante stad zou vertrekken en dat zijn volgende bestemming – als de douane daar het zou toestaan – Piccadilly Circus zou zijn en de mensen die ook daar uit de hele wereld naartoe kwamen.

Karla praatte maar door met haar vriendin, en hij deed net alsof hij geïnteresseerd was in de liedjes: Simon & Garfunkel, The Beatles, James Taylor, Santana, Carly Simon, Joe Cocker, B.B. King, Creedence Clearwater Revival – een lange lijst die iedere maand, iedere dag, ieder uur langer werd. Er was nog altijd het Braziliaanse stel dat hij die middag had ontmoet en via wie hij andere mensen zou kunnen leren kennen, maar zomaar iemand laten vertrekken die net in zijn leven was gekomen?

Hij hoorde de vertrouwde akkoorden van The Animals en herinnerde zich dat hij Karla had gevraagd hem naar een House of the Rising Sun mee te nemen. Het einde van het liedje was angstaanjagend, hij wist waar de tekst over ging, maar desondanks trekt gevaar mensen aan en fascineert.

Oh mother tell your children
Not to do what I have done
Spend your lives in sin and misery
In the House of the Rising Sun

De inspiratie was plotseling gekomen, moest ze aan Wilma uitleggen.

'Wat goed dat jij je beheerste. Je had alles kunnen verpesten.'

'Nepal?'

'Ja. Ja, want op een dag ben ik oud en dik, met een jaloerse man, bemoeizuchtige kinderen, een saaie kantoorbaan, en op de duur zal ik eraan wennen, aan de sleur, aan het gemak, aan de plek waar ik woon. Ik kan altijd nog terug naar Rotterdam. Ik kan altijd nog genieten van zoiets fantastisch als een uitkering of van de sociale zekerheid waar onze politici voor zorgen. Ik kan altijd nog eindigen als president van Shell of van Philips of van United Fruit, omdat ik Nederlandse ben en zij alleen vertrouwen hebben in mensen uit hun eigen land. Maar naar Nepal gaan is een kwestie van nu of nooit, gebeurt het nu niet dan gebeurt het nooit – ik word al oud.'

'Op je drieëntwintigste?'

'De jaren gaan sneller voorbij dan je denkt, Wilma, en ik raad jou aan hetzelfde te doen. Je moet nu risico nemen, nu je nog gezond bent en lef hebt. We waren het erover eens dat Amsterdam doodsaai is, maar dat vonden we omdat we hier gewend zijn. Toen ik die Braziliaan vandaag zag, hoe die ogen van hem glansden, besefte ik dat ik zelf saai ben. Ik zag niet meer hoe mooi de vrijheid is, omdat ik daaraan gewend ben.'

Ze keek opzij en zag Paulo met zijn ogen dicht luisteren naar 'Stand by Me'. En ze vervolgde: 'Daarom wil ik opnieuw de vrijheid ontdekken – meer niet. Ervaren dat, ook al zal ik op een dag terugkomen, er nog veel dingen zijn die ik niet heb gezien en geprobeerd. Welke weg zal mijn hart gaan als ik nog maar zo weinig wegen ben gegaan? Wat zal mijn volgende reisdoel zijn, als ik van hier nog niet vertrokken ben, iets wat ik eigenlijk wel moet doen? Welke bergen zal ik beklimmen, als ik geen enkel touw zie om vast te houden? Ik ben van Rotterdam naar hier gekomen met dat doel, ik heb verschillende mannen gevraagd om samen met mij op weg te gaan naar wegen die niet bestaan, naar boten die nooit de haven bereiken, naar de grenzeloze hemel, maar ze weigerden allemaal – ze waren bang voor mij of voor het onbekende reisdoel. Totdat ik vanmiddag de Braziliaan tegenkwam; hij trok zich niets aan van wat ik ervan vond, en volgde zingend en dansend de Hare Krishna door de straten. Ik had zin om hetzelfde te doen, maar mijn verlangen om me als sterke vrouw te laten zien, verhinderde me dat. Nu zal ik niet langer twijfelen.'

Wilma begreep nog steeds niet goed waarom het Nepal moest zijn, en hoe hij haar had geholpen.

'Toen jij kwam en ik dat zei van Nepal, voelde ik dat dat het beste was om te doen. Omdat ik op datzelfde moment op zijn gezicht niet alleen verbazing zag, maar ook angst. De godin heeft me waarschijnlijk geïnspireerd om dat te zeggen. Ik ben nu niet meer zo zenuwachtig als vanochtend, of als de hele week – toen ik begon te twijfelen of ik die droom wel zou kunnen waarmaken.'

'Heb je die droom allang?

'Nee. Het begon met een uitgeknipte advertentie uit een alternatief krantje. Vanaf toen heeft het me niet meer losgelaten.'

Wilma wou vragen of zij veel hasj had gerookt die dag, maar Paulo was erbij komen staan.

'Zullen we dansen?' vroeg hij.

Zij pakte hem bij zijn hand en samen daalden ze af naar het hoofdschip van de kerk. Wilma bleef achter, wist niet zo gauw wat ze doen zou, maar dat zou vast niet lang duren; zodra ze haar alleen zouden zien staan, zou er wel iemand op haar afkomen en een gesprek beginnen – iedereen praatte met iedereen.

Toen ze naar buiten gingen, de motregen en de stilte in, suisden hun oren van de harde muziek. Ze moesten schreeuwen tegen elkaar.

'Ben je hier morgen ook?'

'Ik ga morgen naar de plek waar je me voor het eerst hebt gezien. Daarna moet ik naar een adres waar ze bustickets verkopen voor Nepal.'

Alweer Nepal? Een busticket?

'Als je wilt, mag je mee,' zei ze alsof ze hem een grote dienst bewees. 'Maar ik zou het leuk vinden om je eerst mee te nemen voor een tochtje de stad uit, heb je al eens een windmolen gezien?'

Ze lachte om haar eigen vraag – zo stelde de rest van de wereld zich haar land voor: klompen, windmolens, koeien, etalages met prostituées.

'We zien elkaar op de gewone plek,' antwoordde Paulo, tussen nerveus en tevreden in, omdat zij – deze schoonheid, de bloemen in haar haar, haar lange rok, haar geborduurde vest met spiegeltjes, haar goed gekamde haar, haar patchoeli, al dat moois tezamen – hem graag weerzag. 'Ik zal er na de middag zijn, rond een uur of een. Ik moet een beetje slapen. Maar gingen wij niet naar een "House of the Rising Sun"?'

'Ik zei dat ik je er een zou aanwijzen. Niet dat ik met je mee zou gaan.'

Ze liepen nog geen tweehonderd meter tot bij een kale deur in een steegje, muziek was er niet te horen.

'Hier heb je er een. Ik wou je twee suggesties doen.' Ze had het woord 'advies' overwogen, maar dat zou een totaal verkeerde woordkeuze zijn geweest.

'Zorg dat je met niets van daarbinnen weer de deur uit komt – de politie die wij niet zien nu, zit waarschijnlijk achter een van die ramen, die houdt in de gaten wie er naar binnen gaat. En fouilleert over het algemeen degenen die naar buiten komen. En wie met iets naar buiten komt, gaat rechtstreeks naar de gevangenis.'

Paulo knikte, en vroeg wat haar tweede suggestie was.

'Niks proberen.'

Toen ze dat gezegd had, gaf ze hem een kus op de mond – een kuise kus die veel beloofde, maar verre van een overgave was – ze draaide zich om en ging op weg naar haar hostel. Paulo bleef alleen achter, en vroeg zich af of hij nou wel of niet naar binnen moest gaan. Misschien was het beter om terug te keren naar zijn hostel en zijn 's middags gekochte sterrenstuds op zijn jack te zetten.

Maar zijn nieuwgierigheid kreeg de overhand, en hij liep naar de deur toe.

De gang was smal, laag en slecht verlicht. Achterin stond een figuur met kaalgeschoren hoofd en vast enige ervaring bij de politie van een of ander land. De man bekeek hem van top tot teen – het fameuze 'lezen van lichaamstaal' waarmee het mogelijk is de intenties van iemand in te schatten, hoe nerveus diegene is, wat zijn financiële situatie is en zijn beroep. Hij vroeg of Paulo geld te besteden had. Ja, maar hij wilde niet zoals bij de douane doen en proberen te laten zien hoeveel het was. De man twijfelde een seconde, maar liet hem door – het was vast geen toerist, toeristen hadden hier geen belangstelling voor.

Een paar mensen lagen op matrassen op de grond, anderen hingen tegen de roodgeverfde wanden. Waarom was hij daar? Om een morbide nieuwsgierigheid te bevredigen?

Niemand sprak of luisterde muziek. Zelfs zijn eigen morbide nieuwsgierigheid beperkte zich tot wat hij zag, en hij zag dezelfde glans – of afwezigheid van glans – in de ogen van iedereen. Hij deed een poging te praten met een jongen van zijn leeftijd, met een uitgeteerde huid en op zijn gezicht en op zijn blote bovenlijf wat vlekjes die rood en ontstoken waren alsof hij door een of ander insect gebeten was en hij zich daar had gekrabd.

Er kwam nog een man binnen – qua uiterlijk tien jaar ouder dan de meeste van de jongeren daar, maar in werkelijkheid waarschijnlijk van dezelfde leeftijd als zij. Hij was – tenminste op dat moment – de enige die niet had gebruikt. Het zou niet lang duren of hij zou zich al in een ander heelal bevinden. Paulo ging naar hem toe om te zien of hij iets kon lospeuteren, al was het maar een simpel zinnetje voor een boek dat hij in de toekomst wou schrijven – zijn droom was schrijver te worden, en daarvoor had hij al een hoge prijs betaald: opnames in psychiatrische inrichtingen, gevangenis en martelingen, de moeder van zijn meisje uit zijn puberjaren die haar dochter verbood contact met hem te hebben, de minachting van medeleerlingen toen ze zagen dat hij zich anders kleedde dan zij.

En, als wraak, ieders jaloezie toen hij zijn eerste vriendin had – een mooi en rijk meisje – en begon met over de wereld te reizen.

Maar waarom zat hij aan zichzelf te denken, in dat decadente milieu? Hij was daar om met iemand te praten. Hij ging naast de ouder uitziende jongen zitten die net binnengekomen was. Hij zag hem een lepel pakken met een verbogen steel en een spuit die eruitzag alsof hij al vaak was gebruikt.

'Ik zou graag...'

De ouder uitziende jongen stond op om in een andere hoek te gaan zitten, maar Paulo haalde een dollar of vier uit zijn zak en legde dat naast de lepel op de vloer. Hij werd verbaasd aangekeken.

'Ben je van de politie?'

'Nee, nee, ik ben niet eens Nederlander. Ik zou alleen graag...'

'Je bent journalist?'

'Nee. Ik ben schrijver. Daarom ben ik hier.'

'Welke boeken heb je geschreven?'

'Geen een. Ik moet eerst onderzoek doen.'

De ander keek naar het geld op de vloer en weer naar Paulo, en hij twijfelde of zo'n jong iemand iets aan het schrijven kon zijn – tenzij voor kranten die deel uit maakten van de *Onzichtbare Post*. Hij bracht zijn handen naar het geld, maar Paulo kwam tussenbeide.

'Een gesprekje van maar vijf minuten. Niet meer dan vijf minuten.'

De oud uitziende jongen stemde in – niemand die hem ooit nog een stuiver voor zijn tijd had betaald sinds hij zijn baan als veelbelovend manager bij een grote internationale bank had opgegeven, nadat hij voor de eerste keer 'de kus van de naald' had geproefd.

De kus van de naald?

'Zo is het. We prikken ons een paar keer voor we de heroïne inspuiten, omdat wat ze pijn noemen voor ons de proloog vormt van een ontmoeting met iets wat jullie nooit zullen kunnen bevatten.'

Ze fluisterden om niet de aandacht te trekken van de anderen, maar Paulo wist dat zelfs als ze een atoombom op het lokaal gooiden, geen van allen daar moeite zou doen om te ontkomen.

'Je mag mijn naam niet vermelden.'

De ander was begonnen te praten, en de vijf minuten zouden snel voorbijgaan. Hij kon de aanwezigheid van de demon in het huis voelen.

'En dan? Wat voor gevoel geeft het?'

'Zoiets kun je niet beschrijven – alleen ervaren. Of je gaat af op de beschrijving van Lou Reed en de Velvet Underground.'

Cause it makes me feel like I'm a man
When I put a spike into my vein

And I tell you things aren't quite the same
When I'm rushing on my run
And I feel just like Jesus' son

Paulo had het al eens gehoord. Hij vond het niet genoeg.

'Probeer het te beschrijven, alsjeblieft. De vijf minuten lopen.'

De man zuchtte diep, keek Paulo aan en hield een half oog op de spuit. Hij moest meteen antwoorden en zich zien te ontdoen van die impertinente 'schrijver' voordat die het huis werd uitgegooid en het geld meenam.

'Ik neem aan dat jij wel eens iets gebruikt hebt. En ik weet wat hasj en wiet veroorzaken: een gevoel van vrede en euforie, zelfvertrouwen, zin om te eten en te vrijen. Voor mij is dat allemaal van geen belang, het zijn dingen uit een leven zoals ze ons dat geleerd hebben. Je rookt hasj en je denkt: de wereld is prachtig, eindelijk heb ik eens aandacht voor de dingen, maar afhankelijk van de dosis, raak je ten slotte in trips verzeild die richting hel gaan. Je neemt lsd en je denkt: holy shit, waarom is me dat niet eerder opgevallen, dat de aarde ademt en de kleuren ieder ogenblik veranderen? Wilde je dat horen?'

Dat wilde hij horen. Maar hij wachtte af of de oud uitziende jongen doorging.

'Met heroïne is het totaal anders: je hebt alles onder controle – je lichaam, je geest, je kunst. En een immens, onbeschrijfelijk geluk doorstroomt het hele heelal. Jezus op aarde. Krishna in je aderen. Boeddha die vanuit de hemel naar je glimlacht. Absoluut geen hallucinatie, het is allemaal echt, pure werkelijkheid. Geloof je dat?'

Nee, maar hij zei niets, knikte alleen.

'De volgende dag heb je geen kater, maar alleen het gevoel dat je in het paradijs was en nu weer terug bent in deze klotewereld. Dan ga je werken en besef je dat alles hier een leugen is, mensen die hun leven proberen te rechtvaardigen, zich belangrijk voordoen en aan één stuk door problemen scheppen omdat hun dat het gevoel geeft dat ze wat voorstellen, een gevoel van macht. Je kunt niet langer tegen al die hypocrisie en besluit terug te keren naar het paradijs, maar het paradijs is duur, en de poort is smal. Wie naar binnen gaat komt erachter dat het leven prachtig is, dat de zon inderdaad opgesplitst kan worden in stralen, het is niet langer die ronde, saaie bal, waar je niet eens naar kijken kunt. De volgende dag kom je van je werk en je zit in een trein vol mensen met een lege blik, een nog legere dan die van de mensen hier. Allemaal met hun gedachten bij straks thuiskomen, eten klaarmaken, tv aanzetten, de realiteit vergeten – man, realiteit is dat witte poeder, niet de tv!'

Hoe meer de oud uitziende jongen sprak, hoe meer Paulo zich verleid voelde het op zijn minst een keer, één keer te proberen. En die man wist dat.

'Van hasjiesj weet ik dat het mijn wereld niet is. Van lsd idem dito. Maar heroïne, man, heroïne, dat ben ik. Dat maakt het leven de moeite waard, wat buitenstaanders er ook van zeggen. Er is alleen één probleem...'

Goed dat er een probleem was. Paulo moest acuut over dat probleem horen, omdat hij maar een paar centimeter van de punt van de naald en van zijn eerste ervaring af was.

'Het probleem is dat je lichaam de tolerantie verhoogt. Ik begon met vijf dollar per dag, tegenwoordig heb ik twintig dollar per dag nodig om in het paradijs te komen. Ik heb ondertussen alles verkocht wat ik had – de volgende stap is bedelen, en na het bedelen zal ik moeten gaan stelen, want de demon vindt het niet leuk als de mensen het paradijs leren kennen. Ik weet wat er allemaal te gebeuren staat, omdat iedereen die vandaag hier is dat meegemaakt heeft. Maar het kan me niet schelen.'

Merkwaardig. Ieder had zo zijn eigen gedachten over aan welke kant van de poort het paradijs was.

'Ik denk dat de vijf minuten al voorbij zijn.'

'Ja, je hebt het goed uitgelegd, dankjewel.'

'Als je erover schrijft, wees dan niet zoals de anderen die voortdurend veroordelen wat ze niet begrijpen. Wees eerlijk. Vul de leemten met je fantasie.'

Allebei beschouwden ze het gesprek als afgesloten, maar Paulo bleef zitten. De oud uitziende jongen maakte er geen punt van – stopte het geld in zijn zak en zal gedacht hebben dat wie betaalt, het recht heeft om toe te kijken.

Hij strooide een wit poeder op de lepel met de verbogen steel, en knipte een aansteker eronder aan. Beetje bij beetje begon het poeder te koken en veranderde in vloeistof. Hij verzocht Paulo hem te helpen de knelband aan te leggen, zodat de ader hoger kwam te liggen.

'Sommigen hebben al geen ruimte meer, die injecteren zich in de voet, op de rug van de hand, maar ik heb godzijdank nog een lange weg te gaan.'

Hij vulde zijn spuit met de vloeistof uit de lepel en prikte zich, precies zoals hij in het begin had gezegd, een paar keer met de naald in afwachting van het moment van het openen van de poort waar hij het over had. Ten slotte spoot hij, en zijn ogen verloren hun zenuwachtige blik en kregen een gelukzalige uitdrukking. Vijf of tien minuten later waren ze alle glans kwijt en richtten ze zich op een willekeurig punt in de ruimte waar, volgens hem, Boeddha, Krishna en Jezus zouden ronddrijven.

Paulo kwam overeind en begaf zich, zo min mogelijk

lawaai makend, over de junks op hun vieze matrassen springend, richting de uitgang. Maar de uitsmijter met zijn kaalgeschoren hoofd liet hem niet langs.

'Je bent net binnen. Stap je nu al op?'

'Ja, ik heb hier geen geld voor.'

'Je liegt. Iemand zag je een paar bankbiljetten geven aan Ted. Was je hier soms om klanten te winnen?'

'Helemaal niet. Ik had een gesprek met iemand, en vraag hem later maar waarover het ging.'

Hij deed een nieuwe poging om langs hem te komen, maar het brede lichaam van de reus verhinderde dat. Paulo was bang, ook al wist hij dat er niets ergs kon gebeuren; Karla had gezegd dat de politie het lokaal in de gaten hield.

'Een vriend van me zou graag een gesprekje met je hebben,' zei de reus, die naar een deur achter in de zaal wees, en de toon van zijn stem maakte duidelijk dat Paulo maar had te gehoorzamen. Misschien was het verhaal over de politieagenten een verzinsel van Karla geweest, om hem te beschermen.

Toen hij inzag dat hij niet veel keus had, ging hij naar de aangewezen deur. Nog voor hij die bereikte, werd ze geopend door een discreet geklede man, met haar en bakkebaarden in Elvis Presley-stijl. Vriendelijk verzocht deze hem binnen te komen en bood hem een stoel aan.

Het kantoor leek in de verste verte niet op wat hij kende uit de film: sexy vrouwen, champagne, mannen met zonnebrillen en een of ander type groot kaliber pistool. Integendeel, het was er heel discreet – wit geschilderd, een paar goedkope reproducties aan de wand en niets op tafel, behalve een telefoon. Precies achter het bureau – een oud meubelstuk maar in uitstekende staat – hing een gigantische foto.

‘*A Torre de Belém*,’ zei Paulo zonder te beseffen dat hij iets in zijn moedertaal had gezegd.

‘*Exatamente*,’ antwoordde de man, ook in het Portugees. ‘Daarvandaan vertrokken we om de wereld te veroveren. Iets drinken?’

Niets. Zijn hart klopte nog steeds sneller dan normaal.

‘Oké, ik stel me zo voor dat u een drukbezet man bent,’ begon de man, een zin gebruikend die totaal niet bij de situatie paste, maar er wel op wees dat de man hem vriendelijk gezind was. ‘We hebben u zien binnenkomen, u vertrok en hebt maar met één van onze klanten gesproken. U lijkt ons geen agent in burger, maar iemand die er met veel moeite in is geslaagd de stad binnen te komen en lijkt te willen genieten van alles wat ze te bieden heeft.’

Paulo zei niets.

‘Evenmin had u belangstelling voor het uitstekende spul dat we hier bieden. Zou u het erg vinden uw paspoort te laten zien?’

Natuurlijk vond hij dat vervelend, maar kon hij weigeren? Hij legde zijn hand op zijn beurs die met elastiek aan zijn riem vastzat, haalde het paspoort eruit en reikte het de man tegenover hem aan. Daar had hij meteen spijt van – stel, dat die man zijn pas niet zou teruggeven?

Maar die bekeek alleen maar de pagina’s, glimlachte en gaf het terug.

‘Ah, niet veel landen – prima zo. Peru, Bolivia, Chili, Argentinië en Italië. En Nederland ook, natuurlijk. Ik stel me voor dat u zonder problemen de grens bent gepasseerd.’

Zonder enig probleem.

‘Waar gaat u nu heen?’

‘Engeland.’

Het was het enige wat Paulo te binnen schoot, al had

hij niet de geringste intentie die man zijn volledige reisplan te geven.

'Ik zou u graag een aanbod doen. Ik moet bepaalde waar – u hebt vast wel een idee welke – leveren in Düsseldorf, Duitsland. Het gaat maar om twee kilo, die kunnen makkelijk onder uw overhemd. We kopen natuurlijk een grotere trui; 's winters draagt iedereen een trui en een jas. Trouwens, dat jack van u zal de kou niet lang tegenhouden – de herfst komt eraan.'

Paulo wachtte op het voorstel dat zou komen.

'We betalen vijfduizend dollar – de helft in Amsterdam en de rest bij overdracht van het spul aan onze dealer in Duitsland. U hoeft maar één grens over, meer niet. En zoveel is zeker, het maakt uw reis naar Engeland een stuk comfortabeler. De douane daar is over het algemeen heel streng, en normaal gesproken willen ze zien hoeveel "de toerist" bij zich heeft.'

Dat kon hij onmogelijk goed gehoord hebben. Het was vreselijk aanlokkelijk, een bedrag dat hem toestond twee jaar te blijven reizen.

'We moeten alleen wel binnen een zo kort mogelijke tijd uw antwoord hebben. Het liefst morgen. Bel alsjeblieft 's middags om vier uur naar deze telefooncel.'

Paulo nam het kaartje aan dat hem werd aangereikt, met een gedrukt nummer, misschien omdat ze op dat moment veel waar aan het distribueren waren, misschien uit angst dat het handschrift geanalyseerd zou worden.

'En wilt u me nu excuseren, want ik moet door met mijn werk. Zeer bedankt dat u mijn bescheiden kantoor hebt bezocht. Het enige wat ik doe is mensen de kans geven gelukkig te zijn.'

Met die woorden stond de man op, opende de deur, en Paulo stapte opnieuw de ruimte binnen met de junks die tegen de muur hingen of op vieze matrassen op de vloer lagen. Hij passeerde de uitsmijter, die zich deze keer beperkte tot een medeplichtige glimlach.

En stapte de motregen in, terwijl hij God bad hem te helpen, hem te verlichten, en hem op dat moment niet alleen te laten.

Hij bevond zich in een deel van de stad dat hij niet kende, en hij wist niet hoe hij in het centrum moest komen, had geen kaart, had niets. Een taxi zou hem natuurlijk uit de brand kunnen helpen, maar hij wilde graag lopen, door die fijne regen, die al snel overging in echte regen en zelfs zo niets leek schoon te wassen – niet de lucht om hem heen, noch zijn geest, die onophoudelijk dacht aan die vijfduizend dollar.

Hij vroeg waar de Dam lag, maar de mensen liepen door – weer zo'n importhippie die zijn soortgenoten niet kan vinden. Uiteindelijk was er een grootmoedige ziel, een man in een krantenkiosk die zijn kranten van de volgende dag al aan het inruimen was. Hij verkocht hem een kaart en wees hem de richting die hij moest volgen.

Hij arriveerde bij het hostel, de nachtportier deed een speciale lamp aan om te zien of hij het stempel van de dag had – de gasten werden altijd voor vertrek gestempeld met een onzichtbare inkt. Nee, hij had de stempel van de vorige dag, hij had vierentwintig uur meegemaakt waar geen eind aan leek te komen. Hij moest voor de nieuwe dag betalen, maar alsjeblieft stempel niet nu want ik ga douchen, ik moet me wassen, ik voel me vies, vuil, smerig in alle opzichten.

De portier vond het goed en verzocht hem uiterlijk binnen een halfuur terug te zijn, omdat zijn dienst er dan op zat. Hij ging de gemengde wasruimte in, luid pratende mensen, maar liep toen terug naar de slaapzaal, pakte het kaartje met het telefoonnummer, dat hij de hele tocht stevig had vastgehouden en liep, al helemaal bloot, terug naar de wasruimte, het kaartje in zijn hand. En het eerste wat hij deed was het papieren geval in stukjes scheuren, die nat maken zodat hij ze met geen mogelijkheid nog samen zou kunnen voegen tot één geheel, en op de vloer gooien. Iemand protesteerde – dit was niet de plek om dingen weg te gooien, dat moest in de vuilnisbak die onder een van de wasbakken stond. Anderen onderbraken waar ze mee bezig waren om die viespeuk aan te kijken die van de wasruimte zo'n troep wist te maken, maar hij reageerde niet op die blikken en deed geen poging ook maar iets goed te praten – hij gehoorzaamde slechts, zoals hij dat al heel lang aan niemand had gedaan.

En toen hij dat achter de rug had, ging hij onder de douche en voelde dat hij, jawel, nu vrij was. Natuurlijk, hij kon altijd teruggaan naar waar hij vandaan kwam en een ander kaartje zien te krijgen, maar hij wist dat hij niet binnen zou komen, hij had zijn kans gehad en niet benut.

Wat hem een intens tevreden gevoel gaf.

Hij ging in bed liggen – de demonen waren weg nu, daar was hij van overtuigd. De demonen die hoopten dat hij het aanbod zou hebben aangenomen en zodoende meer onderdanen zou hebben verworven voor hun rijk. Hij vond het belachelijk om zo te denken, per slot van rekening werd de drug al behoorlijk gedemoniseerd, maar in dit geval hadden de mensen gelijk. Het was echt belachelijk, dus hij die drugs altijd verdedigd had als een middel om het bewustzijn te verruimen, lag daar nu te hopen dat de Nederlandse politie geen House of the Rising Sun meer zou tolereren, iedereen zou oppakken en wegsturen, weg van de mensen die de wereld niets dan vrede en liefde toewensten.

Hij sprak met God, of een engel, omdat hij de slaap niet kon vatten. Hij ging naar het kastje waar zijn spullen in bewaard werden, haalde het touw met daaraan het sleuteltje van zijn nek af, maakte het slotje open en pakte een notitieboekje dat hij gebruikte om er gedachten en ervaringen in op te schrijven. Maar hij was niet van plan om alles wat Ted had gezegd daar weer te geven – hij zou er nauwelijks over schrijven in de toekomst. Hij registreerde slechts die woorden die, zo vermoedde hij, God hem had gedicteerd:

Er bestaat geen verschil tussen de zee en de golven
Als de golf aanzwelt, is ze van water
En als ze breekt op het strand, is ze van hetzelfde water.
Zeg me, Heer: waarom zijn beide dingen gelijk?
Waar bevindt zich het mysterie en waar de scheidslijn?
De Heer antwoordt: alle dingen en alle mensen zijn gelijk:
dat is het mysterie en de scheidslijn.

Toen Karla arriveerde was de Braziliaan er al – donkere kringen onder de ogen, alsof hij de hele nacht geen oog had dichtgedaan, of alsof... Zij dacht liever niet aan de tweede mogelijkheid, omdat dit zou betekenen dat ze hem nooit meer zou kunnen vertrouwen, en ze was al gesteld geraakt op zijn aanwezigheid en zijn geur.

'Kom, dan gaan we iets typisch Nederlands bekijken, een windmolen, goed?'

Hij kwam zonder al te veel enthousiasme overeind en sjokte achter haar aan. Ze namen een bus en lieten Amsterdam steeds verder achter zich. Karla zei dat hij een kaartje moest kopen – er hing een kaartjesautomaat in het voertuig – maar hij negeerde haar boodschap liever; hij had slecht geslapen, was moe van alles, moest weer op krachten komen. Beetje bij beetje voelde hij zijn energie terugkomen.

Het landschap was overal hetzelfde: één weidse vlakte met dijken, sloten, kanalen en ophaalbruggen waar dekschuiten passeerden met ladingen voor god mocht weten waar. Een windmolen viel niet te ontdekken, maar het was ochtend, de zon was er weer en schitterde, wat Karla deed opmerken dat dit een zeldzaamheid was – in Nederland regende het altijd.

'Ik heb gisteren iets geschreven,' zei Paulo en trok het notitieboekje uit zijn zak en las voor. Karla zei niet dat ze het mooi vond of juist niet.

‘Waar is de zee?’

‘Die was hier, vroeger. Er bestaat een oud gezegde: *God schiep de wereld, maar de Nederlanders schiepen Nederland.* Nu ligt de zee hier ver vandaan – de windmolen en de zee op één dag zien gaat niet lukken.’

‘Nee, ik wil de zee niet zien. De windmolen ook niet – al zal die, denk ik, op toeristen de nodige indruk maken. Maar zo’n soort reis maak ik niet, zoals je waarschijnlijk wel weet.’

‘Had dat dan meteen gezegd! Ik heb er wel genoeg van steeds die route te doen, en mijn buitenlandse vrienden iets te laten zien wat zijn oorspronkelijke nut verloren heeft. We hadden in de stad kunnen blijven.’

... En meteen de tickets voor de bus naar Nepal kunnen gaan kopen, dacht ze. Maar dat deel liet ze weg, de prooi diende op het juiste moment besprongen te worden.

‘Ik heb dat niet gezegd omdat...’

En Paulo gooide er alles uit.

Karla luisterde alleen maar, opgelucht en tegelijkertijd bezorgd. Was zijn reactie niet te extreem? Zou Paulo niet van het soort zijn dat van euforie wisselde naar somberheid en vice versa?

Nadat hij alles had verteld, voelde hij zich beter. Het meisje had hem zwijgend en zonder te oordelen aangehoord. Ze beschouwde die vijfduizend dollar in de vuilnisbak van de wasruimte klaarblijkelijk niet als weggegooid. Ze vond hem niet zwak – en alleen al die gedachte maakte dat hij zich sterker voelde.

Uiteindelijk kwamen ze aan bij de windmolen, waar een groep toeristen luisterde naar de uitleg: ‘De oudste bevindt zich in... (een onuitspreekbare naam), de hoogste staat in...(weer een onuitspreekbare naam), ze dienden om mais te malen, koffiebonen, cacaobonen, ze produceerden olie, hielpen onze zeevaarders grote planken om te vormen tot schepen en daarmee bereikten we verre landen, het imperium breidde zich uit...'

Paulo hoorde het geluid van de bus die werd gestart, pakte Karla's hand en stelde voor niet langer te blijven maar terug te gaan naar de stad, met dezelfde bus als waarmee ze gekomen waren. Binnen twee dagen zouden hij en de toeristen zich niet kunnen herinneren waartoe een windmolen diende. Hij was niet op reis gegaan om dat soort dingen te leren.

Op de terugweg stapte bij een van de haltes een vrouw in, ze deed een band met daarop het woord 'conducteur' om haar arm en begon iedereen om zijn kaartje te vragen. Toen Paulo aan de beurt was, keek Karla de andere kant op.

'Ik heb er geen,' antwoordde hij, 'ik dacht dat het gratis was.'

De vrouw had een dergelijke smoes vast al duizenden keren gehoord, want het antwoord dat ze gaf, klonk bijna geroutineerd. Ze zei dat Nederland zonder enige twijfel een vrijgevig land was, maar dat alleen mensen met een bijzonder laag IQ konden menen dat het vervoer er gratis was.

'Hebt u dat op een andere plek in de wereld wel gezien dan?'

Natuurlijk niet, maar hij had evenmin... en hij voelde een discreet schopje van Karla en besloot er niet langer over in discussie te gaan. Hij betaalde twintig keer de prijs van het kaartje en had bovendien de blikken te verdragen van de andere passagiers – allemaal calvinisten, eerlijke, gezagsgetrouwe lieden en niemand die ook maar iets weg had van een bezoeker van de Dam en omstreken.

Toen ze uitstapten, had Paulo een onbehaaglijk gevoel – was hij zichzelf niet aan het opdringen aan dat altijd zo vriendelijke maar ook zo vastberaden meisje, eropuit om steeds te krijgen wat ze wilde? Was dit niet het moment om adieu te zeggen en haar verder te laten gaan met haar leven? Ze kenden elkaar nauwelijks en hadden al meer dan vierentwintig uur samen doorgebracht, zich aan elkaar vastklampend, alsof dat normaal was.

Karla moest zijn gedachten geraden hebben, omdat ze hem vroeg of hij zin had met haar naar het reisbureau te gaan waar ze haar ticket voor Nepal zou kopen.

Met de bus naar Nepal!

Dat was verreweg het mafste dat hij zich kon voorstellen.

Het reisbureau was in feite een piepklein kantoortje, waar maar één persoon werkte – die zich voorstelde als Lars en nog iets, een van die namen die je onmogelijk onthouden kunt.

Karla vroeg wanneer de volgende Magic Bus (zo noemden ze die) vertrok.

'Morgen. We hebben nog maar twee plaatsen over en die komen zeker vol. En zo niet, dan houdt iemand ons onderweg wel aan en vraagt of hij mee mag.'

Goed, nou wist ze in ieder geval dat ze geen tijd zou hebben om omzichtig te werk te gaan...

'En het is niet gevaarlijk voor een vrouw om in haar eentje te gaan?'

'Ik vraag me af of je langer dan vierentwintig uur alleen blijft. Lang voordat je Kathmandu bereikt, zul je met alle passagiers van het mannelijke geslacht al iets hebben gehad. Jij en de andere vrouwen die alleen reizen.'

Vreemd genoeg had Karla nóóit aan die mogelijkheid gedacht. Ze had enorm veel tijd verspild aan het zoeken naar gezelschap, had een boel laffe jongens ontmoet die alleen maar de wereld wilden zien die ze al kenden, voor wie zelfs Latijns-Amerika bedreigend zou zijn. En wat bepaalde of ze zich vrij voelden, was of ze zich op een veilige afstand van moeders rokken bevonden. Ze merkte dat Paulo zijn best deed zijn opwinding te verbergen. Dat stelde haar tevreden.

'Ik had graag een enkele reis. Als die achter de rug is, denk ik na over de terugkeer.'

'Naar Kathmandu?'

Want de Magic Bus maakte diverse stops om passagiers op te halen of af te zetten – München, Athene, Istanbul, Belgrado, Teheran of Bagdad (afhankelijk van de route die open zou zijn).

'Ja, Kathmandu.'

'Niet nieuwsgierig naar India?'

Paulo zag dat Karla en Lars aan het flirten waren. Maar wat zou het? Ze was niet zijn vriendin, ze was alleen maar iemand die hij onlangs had leren kennen, vriendelijk, maar afstandelijk.

'Hoe duur is het naar Kathmandu?'

'Zeventig Amerikaanse dollar.'

Zéventig dollar om naar de andere kant van de wereld te gaan? Wat voor een bus was dat? Hij geloofde niets van dat gesprek.

Karla haalde het geld uit haar money belt en overhandigde dat aan de 'reisagent'. Lars schreef een soort restaurantnota uit met niet veel meer gegevens dan naam, paspoortnummer en eindbestemming van de persoon. Vervolgens vulde hij een deel van de nota met stempels die absoluut niets zeiden, maar het ticket wel een respectabel uiterlijk gaven. Hij reikte die Karla aan samen met een kaart van de route.

'Het geld wordt niet teruggegeven in geval van gesloten grenzen, natuurrampen, gewapende conflicten onderweg en dat soort dingen.'

Ze begreep het.

'Wanneer gaat de volgende Magic Bus?' vroeg Paulo, die daarmee zijn zwijgzaamheid en slechte humeur liet varen.

'Dat hangt ervan af. We zijn geen lijndienst, zoals jij je dat waarschijnlijk voorstelt.'

De toon van Lars was lichtelijk vijandig – hij behandelde hem als een idioot.

'Weet ik, maar je hebt geen antwoord gegeven op mijn vraag.'

'In principe, als Cortez geen problemen krijgt met zijn Magic Bus, komt hij over twee weken hier aan. Hij rust uit en vertrekt voor het eind van de maand dan opnieuw. Maar garanderen kan ik dat niet – Cortez, zoals trouwens al onze chauffeurs...'

Met de manier waarop hij 'al onze chauffeurs' zei, leek het of hij sprak over een grote maatschappij, iets wat hij even eerder had ontkend.

'... heeft er een hekel aan steeds dezelfde route te doen, de bus waarmee die mensen rijden is van henzelf, zij zijn de eigenaren, en kunnen ervoor kiezen bijvoorbeeld naar Marrakesh te rijden. Of naar Kabul. Dat zegt hij me altijd.'

Karla nam afscheid, maar niet zonder eerst nog een uitdagende blik te werpen naar de Zweed voor haar.

'Als ik het niet zo druk had, zou ik me als chauffeur aanmelden,' zei Lars, en beantwoordde zo de woordloze groet van Karla. 'Konden we elkaar beter leren kennen.'

KATHMANDU
Amsterdam
Istanbul

Love
eran
Kabul
Delhi
Kathmandu

Wat hem betrof bestond het mannelijk gezelschap van het meisje niet.

'Dat komt wel een keer. Als ik terugkom, drinken we een kop koffie en zullen we zien hoe het zich ontwikkelt.'

En toen zei Lars, die zijn arrogante toon van man van de wereld liet varen, iets verrassends.

'Wie daarnaartoe gaat komt niet terug – tenminste niet de eerste twee, drie jaar. Dat zeggen de chauffeurs.'

Ontvoeringen? Overvallen?

'Nee, dat niet. De voornaam van Kathmandu is "Xangri-lá", de vallei van het paradijs. Als je kunt wennen aan de hoogte, vind je daar alles wat je in het leven nodig hebt. En heb je nauwelijks nog zin weer hier in een stad te gaan wonen.'

Bij het ticket gaf hij haar ook een andere kaart met daarop alle stops onderweg.

'Morgen om elf uur. Iedereen hier. Wie er dan niet is, gaat niet mee.'

'Maar is dat niet erg vroeg?'

'Je hebt tijd te over om te slapen in de bus.'

Vasthoudend en zelfverzekerd als Karla was, had ze de vorige dag tijdens de ontmoeting op de Dam en de wandelingen daarna voor zichzelf besloten dat Paulo met haar mee moest. Hij was aangenaam gezelschap, vond ze, hoewel ze nauwelijks meer dan vierentwintig uur samen hadden doorgebracht. Daarbij was het voor haar ook een opluchting te weten dat ze nooit verliefd op hem zou worden, omdat ze al iets merkwaardigs voor de Braziliaan voelde, wat wel gauw voorbij moest gaan – waarom ze wat haar betrof het beste voortdurend met hem kon optrekken, dan was het binnen een week wel met die charmes van hem gedaan.

Haar reis zou, als het zo doorging en ze liet in Amsterdam de man achter die ze voor ideaal hield, helemaal worden bedorven doordat ze voortdurend aan hem zou denken. Als ze hem in haar gedachten bleef ophemelen als de ideale man, keerde ze straks nog halverwege om, en zouden ze ten slotte trouwen – iets wat in deze reïncarnatie absoluut niet tot haar plannen behoorde – of hij zou vertrekken naar een ver, exotisch land vol indianen, waar het in de straten van de grote steden wemelde van de slangen (ook al was dat tweede deel misschien niet waar, zoals zoveel van wat over zijn land werd verteld, niet waar was).

Dus voor haar was Paulo domweg de juiste persoon op het juiste tijdstip. Ze was allerminst van plan haar reis naar Nepal tot een nachtmerrie te maken – door andere mannen te blijven afwijzen. Ze ging omdat het haar helemaal te gek leek, nog verder over haar grenzen heen te gaan dan anders – zij die bijna zonder enige grens was geschapen.

Nooit zou zij op straat achter de Hare Krishna aanlopen, nooit zou zij zich laten leiden door de vele Indiase goeroes die ze had leren kennen en die je niet meer wisten bij te brengen dan 'het leegmaken van de geest'. Alsof een lege, een volledig lege geest iemand nader tot God zou brengen. Na haar eerste – en teleurstellende – ervaringen op dat gebied restte haar nu het rechtstreekse contact met de Godheid, die ze vreesde en tegelijkertijd aanbad. Wat haar boeide waren eenzaamheid en schoonheid, het rechtstreekse contact met God, en vooral een prettige afstand tot een wereld die ze ondertussen maar al te goed kende en die haar niet langer interesseerde.

Was ze niet te jong om zich zo te gedragen, om zulke gedachten te hebben? Ze kon in de toekomst nog altijd van gedachten veranderen, maar, zoals ze met Wilma in de coffeeshop had besproken, het paradijs – zoals dat door de westerlingen werd gezien – was niet relevant, het was sleur en het was saai.

Paulo en Karla gingen buiten op het terras van een café zitten waar ze alleen maar koffie met koekjes serveerden – en geen van al die andere dingen die je kon vinden in de coffeeshops. Ze zaten met hun gezicht naar de zon gekeerd. Na alle regen van de vorige dag was het opnieuw een dag met zon, en ze wisten dat zoiets een geluk was dat van het ene op het andere moment verdwenen kon zijn. Ze hadden niet één woord gewisseld sinds ze vertrokken waren bij het 'reisbureau', een kantoortje dat ook Karla had verbaasd – ze had iets professionelers verwacht.

'En?'

'Tja, dit kon wel eens de laatste dag zijn die we samen doorbrengen. Jij gaat naar het oosten en ik naar het westen...'

'Piccadilly Circus, daar tref je een kopie aan van wat je hier hebt gezien, met als enige verschil het midden van het plein. Het standbeeld van Mercurius is vast en zeker veel mooier dan het fallussymbool op de Dam.'

Karla wist het niet, maar sinds het gesprek op het 'reisbureau' voelde hij een enorme zin opkomen om met haar mee te gaan, of, beter gezegd, om plekken te zien waar je maar één keer in je leven komt – en dat allemaal voor maar zeventig dollar. Hij weigerde het idee te aanvaarden dat hij verliefd aan het worden was op het meisje naast hem, gewoon omdat het geen reëel idee was, alleen maar een mogelijkheid, hij zou nooit verliefd worden op iemand die zijn liefde niet wilde beantwoorden.

Hij bestudeerde de kaart: ze staken de Alpen over, reden door ten minste twee communistische landen, en ze zouden de eerste islamitische stad aandoen die hij in zijn leven zou leren kennen – en waarover hij veel had gelezen en dan vooral over de derwisjen die er ronddraaiden en dansten en de geesten ontvingen. Hij had daarom zelfs in Brazilië, toen een groep derwisjen het land bezocht, een voorstelling van hen bijgewoond, in het chicste theater van de stad. Alles wat hij heel lang slechts uit boeken kende, zou nu werkelijkheid kunnen worden.

Voor zeventig dollar. In het gezelschap van mensen met dezelfde avontuurlijke geest.

Ja, Piccadilly Circus was niet meer dan een rond plein waar mensen in kleurige kleren rondhingen, waar de politie geen wapens droeg, de cafés om elf uur 's avonds dichtgingen, en waarvandaan een aantal excursies vertrok naar historische monumenten en dergelijke.

Nog een paar minuten en hij was al helemaal van gedachten veranderd – een avontuur is veel interessanter dan een plein. De Antieken zeiden dat alles voortdurend en blijvend verandert – omdat het leven snel voorbijgaat. Als dingen niet veranderden, zou er geen heelal zijn.

Kon hij zo snel van gedachten veranderen?

Talrijk zijn de emoties die het hart van een mens bewegen wanneer hij besluit zich te wijden aan de spirituele weg. Er kan sprake zijn van een nobel motief – zoals geloof, naastenliefde of liefdadigheid. Maar soms gaat het slechts om een gril: de angst om alleen te zijn, nieuwsgierigheid of het verlangen bemind te worden.

Niets daarvan doet ertoe. De echte spirituele weg is sterker dan de redenen die ons tot die weg voeren. Beetje bij beetje neemt hij de bovenhand, met liefde, discipline en waardigheid. Er komt een moment waarop we omkijken, ons het begin van onze reis herinneren, en om onszelf moeten lachen. We zijn in staat gebleken om te groeien, ook al gingen onze voeten de weg om redenen die we belangrijk vonden maar die er in wezen niet toe deden. We zijn in staat geweest van route te veranderen op het moment dat het erg belangrijk werd om dit te doen.

De Liefde van God is sterker dan de redenen die ons tot Hem hebben geleid. Daarin geloofde Paulo met heel zijn ziel en zaligheid. Gods macht is ieder ogenblik met ons, en er is moed voor nodig om Hem toe te staan Zich te manifesteren in onze geest, in onze zintuigen, in onze ademhaling – er is moed voor nodig om van gedachten te veranderen als we beseffen dat we slechts instrumenten zijn van Zijn wil, en het is Zijn wil die we moeten volgen.

'Ik geloof dat jij wilt dat ik "ja" zeg, en dat je me daarom al sinds gisteren in Paradiso in een hinderlaag probeert te lokken.'

'Je bent niet goed wijs.'

'Klopt.'

Jawel, ze wilde heel graag dat hij met haar meeging, maar, zoals iedere vrouw die weet hoe mannen denken, kon ze niets zeggen. Deed ze dat wel, dan zou hij zich dominant voelen, of, wat erger was, gedomineerd. En Paulo die nu het hele spel doorhad – noemde het een 'hinderlaag'.

'Geef eens antwoord op wat ik je vroeg: wil je dat ik meega?'

'Dat is me helemaal om het even.'

Alsjeblieft, ga mee – dacht ze bij zichzelf. Niet omdat je een bijzonder interessante man bent – de Zweed van het 'reisbureau' was veel assertiever en kordater. Maar omdat ik me bij jou beter voel, en ik heel trots op je was, toen je besloten had mijn raad te volgen en je heel veel zielen redde met je beslissing geen heroïne naar Duitsland te smokkelen.

'Om het even? Wil je zeggen dat het je niet uitmaakt?'

'Ja.'

'En als ik nu terugloop naar het "reisbureau" en dat laatste ticket koop, dan maakt jou dat niet gelukkiger of ongelukkiger, toch?'

Ze keek hem aan en glimlachte. Ze hoopte dat haar glimlach alles zou zeggen, dat ze heel blij was dat Paulo haar reisgezel zou zijn, maar dat ze dat niet kon of mocht uitdrukken in woorden.

'Jij rekent de koffie af,' zei hij, terwijl hij opstond. 'Ik heb al een fortuin uitgegeven aan die boete.'

Paulo had haar glimlach begrepen, die moest verhullen hoe blij ze was. Daarom zei ze het eerste wat in haar opkwam: 'Hier betaalt een vrouw altijd de helft van de rekening. We zijn niet geschapen als seksobjecten. En jij kreeg die boete omdat je niet naar me luisterde. Oké, ik wil niet dat je naar me luistert, en vandaag betaal ik de rekening.'

Wat een vervelende vrouw, dacht Paulo, ze heeft altijd haar mening klaar – maar ondertussen genoot hij wel van de manier waarop ze iedere seconde haar onafhankelijkheid bevestigde.

Terwijl ze terugliepen naar de reisagent, vroeg hij of Karla echt geloofde dat ze in Nepal konden komen, zo'n ver land, met zo'n goedkoop ticket.

'Een paar maanden geleden had ik daar mijn twijfels over, zelfs toen ik het knipsel had gezien met de advertentie over de bussen naar India, Nepal en Afghanistan – allemaal voor zeventig tot honderd dollar. Tot ik in de *Ark*, een alternatieve krant, het relaas las van iemand die de heen- en terugreis had gemaakt, en ik een immens verlangen voelde om hetzelfde te doen.'

Ze vermeed te zeggen dat ze alleen dacht aan gaan, en aan terugkeren pas over een heel aantal jaren. Paulo kon het wel eens niet leuk vinden om in zijn eentje de duizenden kilometers te moeten terugreizen die hen van het reisdoel scheidden.

Maar hij zou zich moeten aanpassen – leven is je aanpassen.

De fameuze Magic Bus had niets magisch en kwam in niets overeen met de affiches die hij in het reisbureau had gezien – kleurige carrosserie, vol tekeningen en leuzen. Het was een gewone autobus die vast ooit had dienstgedaan als schoolbus, met stoelen die niet te verstellen waren en bovenop een imperiaal, waarop jerrycans met benzine en reservebanden zaten vastgesjord.

De chauffeur riep de groep bij elkaar – een stuk of twintig personen misschien, die allemaal uit dezelfde film leken te komen, hoewel ze qua leeftijd varieerden van minderjarigen van achttien die van huis wegliepen (er bevonden zich twee meisjes in die situatie, en geen enkel identiteitsbewijs werd geëist) tot een meneer die strak in de verte keek, alsof hij de zo verhoopte verlichting al had bereikt en nu had besloten een uitstapje te maken, een lang uitstapje.

Er waren twee chauffeurs: de ene sprak met een Engels accent en de ander op volstrekt Indiase wijze.

'Ik heb een hekel aan regels, maar toch zullen we ons aan een paar moeten houden. De eerste: als we de grens over zijn mag niemand nog drugs bij zich hebben. In sommige landen betekenen drugs de gevangenis, maar in andere, zoals in Afrika, kan het de dood betekenen door onthoofding. Ik hoop dat jullie dat goed begrepen hebben.'

De chauffeur stopte om te zien of ze hem hadden begrepen. Ze leken ineens wakker te zijn geworden.

'Onderin, in de bagageruimte, heb ik grote flessen water en rantsoenen van het leger. Ieder rantsoen bevat gepureerd vlees, koekjes, graanreep met fruit, een reep chocolade met noten of karamel, sinaasappelsap in poedervorm, suiker, zout. Bereid je maar voor op koud eten tijdens een groot deel van de reis als we door Turkije heen zijn.'

'De visa zijn te krijgen bij de grenzen: transitvisa. Ter plekke te betalen, maar ze zijn nooit overdreven duur. Het is afhankelijk van het land, maar in een land als Bulgarije – waar ze een communistisch regime hebben – mag niemand onderweg uit de bus. Doe je sanitaire dingen van tevoren, want ik ga niet stoppen.'

De chauffeur keek op zijn horloge.

'Tijd om te vertrekken. Neem je rugzak mee naar binnen – en ik hoop dat jullie slaapzakken bij je hebben. We stoppen 's nachts, soms bij benzinestations die ik ken, maar meestal in het veld, niet ver van de grote weg. In sommige plaatsen waar noch het een noch het ander een optie is – zoals in Istanbul, in Turkije – kennen we goedkope hotels.'

'Kunnen we de rugzakken niet op het dak van de bus leggen, zodat we meer beenruimte hebben?'

'Natuurlijk wel. Maar dan moet je niet staan te kijken als die er niet meer zijn wanneer we ergens stoppen voor koffie. Binnenin, op de vloer van de bus, hebben we ruimte voor bagage. Eén stuk bagage, zoals je hebt kunnen lezen achter op de folder met de kaart van het reistraject. Drinkwater is niet opgenomen in de prijs van het ticket, dus hoop ik dat jullie je flessen bij je hebben. Je kunt ze altijd vullen bij de benzinestations.'

'En als er iets gebeurt?'

'Zoals?'

'Dat iemand van ons ziek wordt, bijvoorbeeld.'

'Ik heb een Eerste Hulp Kit. Maar zoals de naam al aangeeft, het is éérste hulp. Voldoende om een stad te halen en de zieke daar achter te laten. Dus, wees voorzichtig, zorg goed voor je lijf en leden, net zoals jullie denken dat ook voor je ziel te doen. Ik ga ervan uit dat jullie allemaal gevaccineerd zijn tegen gele koorts en pokken.'

Paulo had de eerste inenting wel – geen enkele Braziliaan kon zijn land uit zonder die te nemen, omdat ze in het buitenland kennelijk dachten dat ze onder de besmettelijke ziekten zaten. Maar hij had zich niet tegen pokken laten inenten: in zijn land gingen ze ervan uit dat je door een willekeurige kinderziekte zoals mazelen al immuun daarvoor was.

Hoe het ook zij, de chauffeur vroeg niemand om een bewijs van inenting. Ze stapten allemaal in en kozen een plek uit. Een aantal zette de rugzak op de stoel naast zich, waarop die door de chauffeur werd opgepakt en achterin gesmeten.

'Onderweg stappen ook nog mensen in, egoïsten!'

De meisjes die minderjarig leken, mogelijk met vals paspoort, gingen naast elkaar zitten. Paulo nam naast Karla plaats, en het eerste wat ze deden was een rouleersysteem opzetten voor de plek aan het raam. Karla stelde voor om iedere drie uur van stoel te ruilen en dat 's nachts, om allebei goed te kunnen slapen, zij de plek aan het raam zou houden. Paulo begreep dat dit een immoreel en onrechtvaardig voorstel was, omdat zij een plek zou hebben om haar hoofd te steunen. Ze spraken af dat iedere nacht een van de twee onafgebroken aan het raam zou kunnen zitten.

De motor werd gestart, en de schoolbus, die alleen

door de naam Magic Bus iets romantisch had, begon de reis van duizenden kilometers die hen naar de andere kant van de wereld zou brengen.

'Toen de chauffeur sprak, kreeg ik niet het spannende gevoel dat we op weg gingen voor een avontuurlijke reis, maar eerder naar de kazerne, want in Brazilië hadden we dienstplicht,' zei hij tegen zijn gezellin, en hij dacht aan wat hij zichzelf ooit had beloofd toen hij de Andes was afgedaald in een bus, en de vele keren dat hij die belofte niet was nagekomen.

De opmerking ergerde Karla, maar ze kon niet na vijf minuten al ruzie gaan maken of van plaats veranderen. Ze pakte een boek uit haar handtas en ging zitten lezen.

'En? ben je blij dat je naar de plaats gaat waar je heen wilde? Trouwens, die kerel van het "reisbureau" heeft ons bedrogen – er zijn nog lege stoelen.'

'Hij heeft ons niet bedrogen – je hebt de chauffeur toch horen zeggen dat er onderweg nog mensen zullen instappen. En ik ga niet naar de plaats waar ik heen wilde – ik ga terug.'

Paulo begreep het antwoord niet, en zij legde het niet uit, toen besloot hij haar met rust te laten en concentreerde hij zich op de uitgestrekte vlakte om hem heen, in alle richtingen doorsneden met kanalen en sloten.

Waarom heeft God de wereld geschapen en schiepen de Nederlanders Nederland? Was er niet een overvloed aan land op de planeet die op bewoning wachtte?

Twee uur later hadden ze allemaal al vriendschap gesloten met elkaar – of zich op zijn minst aan elkaar voorgesteld, omdat een groep Australiërs, hoewel sympathiek en goedlachs, weinig zin leek te hebben in contact. Karla evenmin; ze deed alsof ze las in het boek waarvan ze de titel al was vergeten, maar waarschijnlijk zat ze te denken aan haar bestemming, aan de aankomst in de Himalaya, ook al hadden ze nog duizenden kilometers te gaan. Paulo wist uit eigen ervaring hoe zoiets je nerveus kon maken, maar hij zei niets; zolang ze haar slechte humeur niet op hem botvierde, vond hij het best. Deed ze dat wel, dan zou hij een andere plaats zoeken.

Meteen achter hen zaten twee Fransen, een vader met een naar binnen gekeerde maar opgewonden dochter; naast hen een Iers stel – de jongen stelde zich meteen voor en maakte van de gelegenheid gebruik om te zeggen dat hij de reis al een keer had gemaakt, en dat hij nu zijn geliefde meenam omdat volgens hem Kathmandu, 'als we er komen, natuurlijk', een plek was waar je op zijn minst twee jaar zou moeten blijven – hij was eerder teruggekeerd vanwege zijn baan, maar had nu alles achter zich gelaten, zijn collectie miniatuurauto's verkocht voor een flinke som geld (een collectie miniatuurauto's leverde geld op?), had zijn appartement opgezegd, zijn vriendin gelast met hem mee te gaan, en zijn gezicht was één stralende lach.

Karla hoorde het deel van de zin 'plek waar je op zijn minst twee jaar zou moeten blijven' en hield even op met 'lezen', en vroeg naar het waarom.

Rayan, zoals de Ier heette, vertelde dat hij in Nepal ervaren had dat hij uit de tijd was gestapt, en een parallelle werkelijkheid was binnengegaan waar alles mogelijk was. Mirthe, de vriendin van Rayan, was niet sympathiek maar ook niet antipathiek, maar was er hoe dan ook niet erg van overtuigd dat Nepal de plek was waar ze de komende jaren zou wonen.

Maar blijkbaar was haar liefde sterker.

'Wat bedoel je met parallelle werkelijkheid?'

'Die geestestoestand die je lichaam en ziel in bezit

neemt wanneer je voelt dat je gelukkig bent, en je hart een en al liefde is. Plotseling krijgt alles wat deel uitmaakt van je dagelijkse bestaan, een andere betekenis, kleuren schitteren meer, wat je eerst vervelend vond – zoals kou, regen, eenzaamheid, studie, werk – lijkt allemaal nieuw. Omdat je voor ten minste een fractie van een seconde binnentrad in de ziel van het heelal en genoot van de nectar van de goden.'

De Ier leek het prettig te vinden om iets te moeten uitleggen wat je alleen maar kon begrijpen wanneer je het had meegemaakt. Mirthe wekte de indruk het gesprek met de knappe Nederlandse niet erg leuk te vinden – zij trad een tegenovergestelde parallelle werkelijkheid binnen, die waarin alles van het ene op het andere moment lelijk en bedrukkend lijkt.

'Er is ook een andere kant, wanneer kleinigheden in ons dagelijkse leven de vorm aannemen van grote, maar niet-bestaande problemen,' vervolgde Rayan, alsof hij de geestestoestand van zijn vriendin aanvoelde. 'Er bestaat niet maar één parallelle werkelijkheid, maar vele. We zitten in een bus, omdat we daarvoor hebben gekozen, we hebben duizenden kilometers voor de boeg en kunnen kiezen hoe we de reis zullen maken: als iemand die een droom waarmaakt die eerst onmogelijk leek of als iemand die de banken niet comfortabel vindt en de mensen vervelend. Alles wat we ons nu zullen voorstellen, zal tijdens de rest van de reis tot uiting komen.'

Mirthe deed alsof ze zijn indirecte opmerking aan haar adres niet doorhad.

'Toen ik voor het eerst in Nepal was, leek het alsof ik een contract had met Ierland, iets wat zich voortdurend deed gelden. Er was steeds een stem die me zei: "Je beleeft dit nu, geniet van iedere seconde omdat je terug zult keren naar je land, vergeet niet foto's te maken om aan je vrienden te laten zien dat jij geen angst kende en moedig was, dingen meemaakte die zij ook graag hadden meegemaakt, maar waar ze het lef niet toe hadden."

Tot ik op een dag samen met een paar anderen een grot in de Himalaya bezocht. Tot onze verbazing stond er op een plek waar eigenlijk niets kon groeien, een bloemetje, een halve vinger groot. We vonden dat een wonder, een teken, en om respect te tonen besloten we elkaars handen vast te pakken en een mantra te zingen. Binnen een paar seconden was het alsof de grot trilde, we voelden geen kou meer en de bergen in de verte kwamen dichterbij. En waarom gebeurde dat? Omdat de mensen die daar ooit hadden geleefd een bijna tastbare trilling van liefde hadden achtergelaten, die in staat was alles en iedereen te beïnvloeden die daar binnenging. Zoals dat bloemenzaadje dat door de wind was meegevoerd, alsof het verlangen – het immense verlangen dat wij allemaal hadden dat de wereld daarbuiten iets beters zou worden – op dat moment vorm kreeg en alles beïnvloedde.'

Mirthe had dat verhaal vast al vele malen gehoord, maar Paulo en Karla luisterden gefascineerd naar wat Rayan vertelde.

'Ik weet niet hoe lang het duurde, maar toen we terugliepen naar het klooster waar we logeerden en vertelden wat ons was overkomen, vertelde een van de monniken dat daar tientallen jaren lang iemand had geleefd die als heilig werd beschouwd. Ze vertelden ook dat de wereld nu veranderde en dat alle passies, echt alle passies, intenser zouden worden. De haat zou heftiger en destructiever worden, en de liefde zou een nog stralender gezicht laten zien.'

De chauffeur onderbrak het gesprek met de boodschap dat ze in theorie nu richting Luxemburg zouden moeten gaan en daar de nacht doorbrengen, maar hij meende dat geen van hen het prinsdom als reisdoel had, dus zou hij doorrijden om in de buurt van de Duitse stad Dortmund onder de blote hemel te slapen.

'Ik stop over een poosje zodat jullie wat kunnen eten en ik bel naar kantoor, om ze te laten weten dat de volgende passagiers zich erop moeten voorbereiden eerder in te stappen dan de afgesproken tijd. Als niemand naar Luxemburg gaat, besparen we ons kostbare kilometers.'

Hij kreeg een applaus. Mirthe en Rayan gingen terug naar hun stoelen toen Karla hen nog even staande hield.

'Maar zou je niet een sprong naar een parallelle werkelijkheid kunnen maken door alleen maar te mediteren en je hart over te geven aan de Godheid?'

'Dat doe ik dagelijks. Maar ik denk ook elke dag aan die grot. Aan de Himalaya. Aan de monniken. Ik vind dat mijn tijd in wat ze de westerse beschaving noemen, erop zit. Ik ben op zoek naar een nieuw leven. Bovendien zullen, nu de wereld daadwerkelijk aan het veranderen is, zowel positieve als negatieve emoties zich met grote heftigheid doen gelden, en ik, nou ja, wij hebben geen zin de confrontatie aan te gaan met de kwade kant van het leven.'

'Dat hoeft ook niet,' zei Mirthe, en voor het eerst nam ze deel aan het gesprek, waarmee ze metterdaad liet zien dat het gif van de jaloezie in maar enkele minuten te overwinnen was.

Op een bepaalde manier wist Paulo van dat alles. Hij had al dergelijke dingen ervaren – in de meeste gevallen waarin hij had kunnen kiezen tussen wraak en liefde, had hij voor de liefde gekozen. Niet altijd was dat de juiste keus gebleken, soms werd het gezien als lafheid, soms voelde hij zich eerder gedreven door angst dan door oprechte wil om de wereld te veranderen. Hij was een mens met al zijn zwakheden, hij begreep niet alles wat er in zijn leven gebeurde, maar wilde graag geloven dat hij op zoek was naar het licht.

Voor de eerste keer sinds hij in die bus was gestapt, begreep hij dat het al geschreven stond dat hij die reis moest maken, die mensen moest ontmoeten, iets moest doen wat hij vaak predikte, maar waar hij niet altijd de moed toe had om te doen: zich overgeven aan het heelal.

Beetje bij beetje ontstonden er vaste groepjes, soms gebaseerd op de taal, soms omdat er een non-verbale interesse bestond in spel – zoals seks, bijvoorbeeld. Behalve voor de twee meisjes – minderjarig, zonder enige twijfel, die probeerden zich van alles en iedereen af te zonderen, juist omdat ze dachten dat ze in het middelpunt van de aandacht stonden, wat niet zo was – gingen de eerste vijf dagen snel voorbij, omdat ze zich allemaal openstelden voor elkaar en ervaringen uitwisselden. De saaiheid was niet aan boord geklommen terwijl de dagelijkse routine slechts werd doorbroken met stops bij benzinestations voor het opnieuw voltanken van de bus en het vullen van de waterflessen, om een broodje en een flesje frisdrank te kopen en voor toiletbezoek. De rest bestond uit gesprekken, gesprekken en nog eens gesprekken.

En ze sliepen met z'n allen onder de blote hemel, vaak rillend van de kou, maar blij dat ze naar de hemel konden kijken, dat ze met de stilte konden praten, slapen in het gezelschap van bijna zichtbare engelen, ophouden te bestaan op sommige momenten – zelfs al was het voor fracties van een enkele seconde maar – om de eeuwigheid te voelen en het oneindige om hen heen.

Paulo en Karla vormden samen met Rayan en Mirthe een groepje – beter gezegd, Mirthe sloot zich onwillig aan omdat ze dat verhaal over parallelle werkelijkheden al zo vaak had gehoord. Haar aanwezigheid beperkte zich daarom tot het voortdurend in de gaten houden van haar man om niet gedwongen te zijn halverwege om te keren omdat haar iets heel simpels niet was gelukt: een interessante vrouw te blijven, zelfs na bijna twee jaar samen.

Ook Paulo was de belangstelling van de Ier opgevallen. Bij de eerste de beste gelegenheid had die gevraagd naar de verhouding tussen hen, Karla antwoordde direct: 'Nee, geen.'

'Goede vrienden?'

'Dat niet eens. Alleen reisgezellen.'

En was dat niet de waarheid dan? Hij besloot de dingen te aanvaarden zoals ze waren en een romantische, maar niet-gezochte liefde uit zijn hoofd te zetten. Ze waren als twee matrozen op zee; ook al deelden ze een hut, de een sliep in de beneden- en de ander in de bovenkooi.

Hoe meer belangstelling Rayan toonde voor Karla, hoe onzekerder en bozer Mirthe werd – maar daar iets van laten zien, nee natuurlijk niet, want dat zou een onacceptabel signaal van onderwerping betekenen – en ze begon toenadering tot Paulo te zoeken, door tijdens gesprekken naast hem te gaan zitten, en af en toe haar hoofd op zijn schouder te leggen, terwijl Rayan doorging over wat hij, ook na zijn terugkeer nog, van zijn verblijf in Kathmandu had opgestoken.

'Waaauuwww!!!'
Na zes dagen reizen begon het enthousiasme plaats te maken voor verveling, en de sfeer veranderde. Nu niemand nog iets nieuws te vertellen had, kregen ze het idee dat ze bijna niets anders hadden gedaan dan eten, buiten slapen, een betere houding in hun stoel zoeken, raampjes open- en dichtdoen vanwege de sigarettenrook, zich vervelen met hun eigen verhalen en met de gesprekken van de anderen – die iedere gelegenheid aangrepen om lukraak sarcastische opmerkingen te plaatsen, zoals mensen nou eenmaal doen zodra ze in een groep zijn, ook al is het een klein groepje en heeft iedereen het beste met elkaar voor.

Totdat de bergen kwamen. En het dal. En de rivier die in de diepte stroomde. Er werd gevraagd waar ze waren, en de Indiër zei dat ze net Oostenrijk binnenreden.

'Over een poosje rijden we naar beneden en stoppen we bij de rivier, kan iedereen even het water in. Niets zo goed als ijskoud water om mensen te overtuigen dat ze bloed in hun aderen hebben stromen en gedachten die ze eruit kunnen gooien.'

Ze werden allemaal enthousiast bij de gedachte aan het naakt zijn, de absolute vrijheid, het rechtstreekse contact met de natuur.

De chauffeur sloeg een weg in die vol stenen lag, de

bus slingerde hevig en veel van hen gilden uit angst dat ze over de kop zouden slaan, maar de man aan het stuur lachte alleen maar. Ten slotte kwamen ze bij een beek – of beter, bij een zijarm van de rivier die uit zijn bedding was getreden en een kleine bocht maakte waar het water kalmer was, om kort daarna terug te keren naar de hoofdstroom.

'Een halfuur. Probeer vooral de kleren te wassen die je nu aanhebt.'

Iedereen greep haastig naar zijn rugzak – geen hippiebagage was compleet zonder een kleine handdoek, tandenborstel en een paar stukken zeep, want welbeschouwd werd er altijd gekampeerd en kwam er geen hotel aan te pas.

'Grappig, dat verhaal, dat ze denken dat we ons niet wassen. Best kans dat we schoner zijn dan de meeste gewone mensen die kritiek op ons hebben.'

En wie zou zich daar iets van aantrekken? Dat je iets zou opvatten als kritiek gaf al macht aan degene die kritiek uitte. Wie een dergelijke opmerking maakte kon rekenen op een reeks furieuze blikken – ze besteedden nooit ook maar de geringste aandacht aan wat de anderen zeiden, wat maar de halve waarheid was, omdat ze graag de aandacht trokken met hun kleding en hun bloemen, en hun uitdrukkelijke en provocerende sexy manier van lopen, en de laag uitgesneden shirts die lieten zien dat ze geen bh droegen, zulke dingen. En lange rokken, omdat die sexyer en eleganter waren – zo hadden hun collectieve stylisten, van wie niemand wist hoe ze heetten, besloten. Sexy zijn was niet een houding om aantrekkelijk te zijn voor mannen, maar was trots zijn op je eigen lijf en zorgen dat iedereen dat zag.

Wie geen handdoek had, nam zijn toevlucht tot reserve-T-shirts, overhemden, truien, ondergoed – nou ja, waar je je ook maar mee kon afdrogen. Meteen daarna liepen ze naar beneden, en in de meters naar de oever toe trokken ze langzaam al hun kleren uit – iedereen, uitgezonderd natuurlijk de twee jonge meisjes, die wel hun bovenkleren uittrokken, maar hun slipje en bh aanhielden.

Er stond een flinke wind in het smalle dal. De chauffeur zei dat het een hoge, droge plek was, en dat de lage luchtvochtigheid en de luchtstroom eraan bijdroegen dat alles veel sneller zou drogen.

'Dat was voor mij de reden om hier te stoppen.'

Niemand die over de weg boven voorbijkwam, kon zien wat er beneden gebeurde. De bergen verhinderden dat de zon zich liet zien, maar de schoonheid was zodanig – rotsen aan beide kanten, dennenbomen die zich daaraan vastklampten, stenen gepolijst door eeuwen van wrijving – dat het eerste was wat ze deden zich zonder nadenken in het koude water te werpen – allemaal tegelijk, gillend, water gooiend naar elkaar, een viering van hun samenzijn door de verschillende groepen die zich intussen hadden gevormd, alsof ze zeiden: daarom zijn we als pelgrims onderweg, omdat we horen bij een wereld die stilstand verafschuwt.

Als we een uur lang stil zijn, zullen we God horen, dacht Paulo. Maar als we gillen van vreugde, zal God ons horen en naar hier komen en ons zegenen.

De chauffeur en zijn assistent, die vast al een oneindig aantal keren de naakte lijven hadden gezien van jongeren die geen enkele schaamte voelden, lieten de groep baden en gingen bandenspanning en oliepeil controleren.

Het was voor het eerst dat Paulo Karla naakt zag, en hij moest zich bedwingen om niet jaloers te worden. Ze had grote noch kleine borsten, deed denken aan het model dat hij gezien had bij de fotosessie op de Dam of juister gezegd: ze was veel en veel mooier.

Maar wie de kroon spande was zonder meer Mirthe, met haar lange benen en perfect geproportioneerd lichaam, een godin die was neergedaald ergens in een dal midden in de Alpen in Oostenrijk. Ze glimlachte toen ze zag dat Paulo haar stond te bekijken, en hij glimlachte terug, in de wetenschap dat dit niet meer was dan een spel om de jaloezie van Rayan te wekken en ervoor te zorgen dat hij afstand zou nemen van de bekoorlijke Nederlandse. Zoals wij allen weten kan een spel met bijbedoelingen veranderen in een werkelijkheid – en heel even droomde Paulo daarvan en hij besloot vanaf nu meer te investeren in de vrouw die – uit eigen wil – iedere keer meer toenadering tot hem zocht.

De reizigers wasten hun kleren. De twee saaie meisjes deden net of ze niet een groep van meer dan twintig naakte mensen naast zich zagen, en plotseling leken ze een uiterst interessant onderwerp gevonden te hebben om over te praten. Paulo waste een overhemd en een onderbroek en wrong die uit, dacht erover zijn broek te wassen en de reservebroek, die hij altijd bij zich had, aan te trekken, maar vond het beter daarmee te wachten tot het volgende collectieve bad – een spijkerbroek was een fijn ding, maar droogde niet snel.

Hij zag een kapelletje, of iets dergelijks, boven op een van de bergen, en strepen in de begroeiing veroorzaakt door de tijdelijke riviertjes die daar waarschijnlijk stroomden in de lente, als de sneeuw smolt. Nu waren het zandsporen die vanaf de top naar beneden liepen.

De rest was totale chaos, de chaos van zwarte stenen vermengd met andere stenen, zonder enige ordening, zonder enige esthetiek – wat de stenen bijzonder mooi maakte. Ze deden geen enkele poging om zich onderling te organiseren of zich steviger te installeren en aldus de voortdurende aanvallen van de natuur beter het hoofd te kunnen bieden. Misschien lagen ze daar al miljoenen jaren, of pas twee weken. Borden langs de weg waarschuwden de chauffeurs voor vallend gesteente, wat betekende dat de bergen nog steeds in aanbouw waren, dat ze leefden, dat stenen elkaar opzochten zoals mensen ook doen.

En chaos was mooi, was de bron van het leven, was zoals hij zich het heelal ginds buiten voorstelde – en ook hierbinnen in zichzelf. Chaos was schoonheid die niet de vrucht was van vergelijking, van gebed, of van verlangen – alleen een manier van je lange leven leiden in de vorm van stenen, van dennenbomen die dreigen van de bergen te storten, maar die daar waarschijnlijk al vele jaren stonden omdat ze wisten dat ze welkom waren, een lust waren voor het oog van de stenen, en omdat zij, bomen en stenen, genoten van elkaars gezelschap.

'Daarboven is een kerk of het huis van een kluizenaar,' merkte iemand op.

Ja, ze hadden dat allemaal al gezien, ieder dacht dat hij als enige het gebouwtje had ontdekt. Nu wisten ze dat het niet zo was en vroegen ze zich in stilte af of er iemand woonde of het al lang geleden had verlaten, waarom ze het hadden wit geverfd, op een plek waar de rotsen zwart waren, hoe ze daar hadden kunnen komen om het te bouwen – maar het deed er niet toe, de kluizenaarswoning stond daar, en was het enige wat verschilde van de oerchaos rondom.

En zo stonden ze daar, keken naar de dennenbomen en de rotsen, en probeerden erachter te komen waar de hoogste top was van de bergen die hen insloten, ze deden hun schoongewassen kleren aan en realiseerden zich nog maar eens dat een bad veel van de pijnen die zich nadrukkelijk in ons hoofd hebben vastgezet, kan genezen.

Totdat de claxon klonk en het tijd was de reis voort te zetten – iets wat de schoonheid van de plek hen had doen vergeten.

Het leek wel of Karla een obsessie had voor bepaalde onderwerpen.

'Maar hoe heb jij dat van die parallelle werkelijkheden geleerd? Want een epifanie, een openbaring in een grot, meemaken is één ding, maar deze duizenden kilometers terugreizen is wel iets anders. Je kunt niet een spirituele ervaring op maar één plek hebben – God is overal.'

'Jawel, God is overal. Hij is altijd dichtbij op mijn wandelingen door de velden van Dooradoyle – de plek waar mijn familie al verscheidene eeuwen leeft – of wanneer ik naar Limerick ga om naar de zee te kijken.'

Ze zaten in een restaurant aan de grote weg, vlak bij de grens met Joegoslavië – waar een grote liefde uit Paulo's leven was geboren en opgegroeid. Tot dat moment had niemand – zelfs Paulo niet – problemen met visa gehad. Maar het was een communistisch land en daarom was hij nu zenuwachtig, ook al zei de chauffeur geruststellend dat Joegoslavië, in tegenstelling tot Bulgarije, niet achter het IJzeren Gordijn lag. Mirthe zat naast Paulo, Karla naast Rayan, en alle vier deden ze alsof er niets aan de hand was, ook al wisten ze dat er misschien een wisseling van partners zat aan te komen. Mirthe had al gezegd dat ze niet van plan was lang in Nepal te blijven. Karla had verklaard dat ze er wellicht heen ging om nooit meer terug te keren.

Rayan vervolgde: 'Toen ik in Dooradoyle woonde, een

stad die jullie zouden moeten leren kennen, al regent het er wel veel, meende ik dat ik voorbestemd was de rest van mijn dagen daar door te brengen, net als mijn ouders, die zelfs nooit naar Dublin zijn geweest om de hoofdstad van hun land te zien, of zoals mijn grootouders die op het platteland woonden, nooit de zee hebben gezien en die Limerick "te groot" vonden. Ik heb jarenlang gedaan wat ze van me vroegen – school, werken in een kruideniers-winkel, school, rugby spelen, omdat de stad een team had dat zijn best deed, maar het nooit gelukt was zich voor de grote nationale competitie te kwalificeren, naar de katholieke kerk gaan omdat het deel uitmaakte van de cultuur en de identiteit van mijn land, als je Noord-Ierland niet meetelt dan.

Ik was eraan gewend, ging in het weekend eropuit om de zee te zien, dronk een biertje, ook al was ik nog minderjarig, want ik kende de eigenaar van de pub, en ik stelde me erop in mijn lot te accepteren. Er is tenslotte niks mis mee om een kalm en rustig leven te leiden, huizen te zien die misschien allemaal door dezelfde architect zijn gebouwd, af en toe een meisje te hebben en met haar naar de stallen buiten het dorp te gaan en te ontdekken hoe het is om seks te hebben – leuk of niet, het was seks, het was klaarkomen, hoewel ik bang was om in haar te gaan en daarvoor bestraft te worden door mijn ouders of door God.

In avonturenboeken volgt iedereen zijn droom, gaan ze naar de ongelooflijkste plaatsen, maken moeilijke tijden door, maar keren zegevierend terug en vertellen over hun strijd op markten, in theaters, in films – enfin, overal waar iemand maar luisteren wil. We lezen die boeken en denken: zo wordt mijn leven ook, en op het eind verover ik de wereld, word ik rijk, keer ik als een held terug naar mijn geboorteland en zullen ze me allemaal benijden en respecteren om wat ik heb gedaan. Vrouwen glimlachen wanneer ik voorbijkom, mannen lichten hun hoed en vragen me om voor de duizendste keer te vertellen wat er gebeurde in die of die situatie, hoe ik erin geslaagd ben de kans van mijn leven te benutten, hoe ik die heb weten om te zetten in miljoenen en miljoenen dollars. Maar zulke dingen gebeuren alleen in avonturenboeken.'

De Indiër (of Arabier), die met de hoofdchauffeur wisselde achter het stuur, kwam bij hen zitten. Rayan ging door met zijn verhaal.

'Ik ben in dienst geweest, net als de meeste jongens bij mij in de stad. Hoe oud ben jij?'

'Drieëntwintig. Maar ik ben niet in dienst geweest, mijn vader wist iets te regelen wat wij de "derde categorie" noemden, oftewel ik was tweede reserve, en ik mocht die tijd besteden aan reizen. Ik denk dat Brazilië al tweehonderd jaar niet aan een oorlog heeft deelgenomen.'

'Ik ben wel in dienst geweest,' zei de Indiër. 'Sinds we onafhankelijk zijn, is mijn land in oorlog – zonder oorlogsverklaring – met het buurland. Allemaal de schuld van de Engelsen.'

'Alles is altijd de schuld van de Engelsen,' stemde Rayan in. 'Ze bezetten nog steeds het noordelijke deel van mijn land en vorig jaar, toen ik net terug was uit een paradijs genaamd Nepal, verergerden de problemen. Nu is Ierland gemobiliseerd, na botsingen tussen katholieken en protestanten. De Engelsen sturen er troepen heen.'

'Ga door met wat je precies aan het vertellen was,' onderbrak Karla hem. 'Waarom ben je uit Nepal weggegaan, toen?'

'Slechte invloeden,' zei Mirthe lachend. Rayan lachte ook.

'Ze heeft helemaal gelijk. Mijn generatie groeide op en mijn vrienden van school begonnen te emigreren naar Amerika, waar een immens grote Ierse gemeenschap is en iedereen wel een oom of vriend of familie heeft.'

'Ga me nou niet vertellen dat dat ook de schuld is van de Engelsen.'

'Maar het ís ook hun schuld,' bracht Mirthe weer in. 'Ze hebben twee keer geprobeerd ons volk de hongerdood te laten sterven. De tweede keer, in de negentiende eeuw, hebben ze ons voornaamste bestaansmiddel, de aardappel, besmet met een soort pest, en begon de bevolking achteruit te gaan. Geschat wordt dat een achtste deel van de bevolking de hongerdood stierf – HONGER! – en dat twee miljoen mensen moesten emigreren om wat te eten te hebben. Godzijdank, ontving Amerika ons opnieuw met open armen.'

Het meisje, dat wel een diva leek van een andere planeet, begon een verhandeling over de twee hongerepidemieën – iets waarover Paulo nooit had gehoord. Duizenden doden, niemand om het volk te steunen, onafhankelijkheidsstrijd en zulke dingen.

'Ik heb geschiedenis gestudeerd,' zei ze. Karla probeerde het gesprek terug te brengen op wat háár interesseerde – Nepal en parallelle werkelijkheid, maar intussen hield Mirthe niet op iedereen duidelijk te maken hoeveel Ierland had geleden, hoeveel honderdduizenden van honger waren gestorven, hoe hun grote revolutionaire leiders waren gefusilleerd tijdens twee pogingen tot opstand, hoe uiteindelijk een Amerikaan (jawel, een Amerikaan!) een vredesverdrag tot stand bracht voor een oorlog die nooit eindigde, Mirthe hield niet op.

'Maar dat zal nooit meer – echt nooit meer – gebeuren. Ons verzet is veel beter nu. We hebben de IRA en we gaan onze oorlog naar hun land verplaatsen, met bommen, moorden, wat maar mogelijk is. Vroeg of laat, zo gauw ze een goede smoes vinden, zullen ze hun vuile schoenen van ons eiland af moeten halen.' En terwijl ze zich richtte tot de Indiër: 'Zoals ze in jouw land hebben gedaan.'

De Indiër – Rahul geheten – begon te vertellen wat er bij hen gebeurd was, maar ditmaal sprak Karla luider en op meer besliste toon: 'Kunnen we Rayan zijn verhaal niet af laten maken?'

'Mirthe heeft gelijk: het waren "slechte invloeden" waardoor ik de eerste keer naar Nepal ben gegaan. In mijn diensttijd kwam ik vaak in een pub in Limerick, vlak bij de kazerne. Je had er van alles: dart, snooker, armpje drukken, iedereen was bezig de ander te laten zien hoe macho hij was en hoe bereid hij was tot wat voor wedstrijdje dan ook. Een van de stamgasten was een oosterling die zelden iets zei, een paar glazen van onze nationale trots dronk – ons donkere Guinness – en vertrok voordat de barman tegen elf uur de bel luidde voor de laatste ronde.'

'Schuld van de Engelsen.'

Inderdaad hadden de Britten al vóór de oorlog de sluitingstijd op elf uur 's avonds gesteld, waardoor voorkomen werd dat piloten dronken de lucht in gingen richting Duitsland, of dat ongedisciplineerde soldaten te laat wakker werden en zo het moreel van de troepen ondermijnden.

'Op een goeie dag was ik het beu steeds dezelfde verhalen te moeten aanhoren over hoe ze allemaal bezig waren om zo snel mogelijk naar Amerika te vertrekken en ik vroeg de oosterling of ik aan zijn tafel mocht aanschuiven. We hebben misschien zo'n halfuur samen zitten zwijgen – ik stelde me voor dat hij geen Engels sprak en ik wilde hem niet in verlegenheid brengen. Maar voor hij wegging, zei hij iets wat me is bijgebleven: "Jij bent hier, maar jouw ziel is ergens anders – in het land waar ik vandaan kom. Ga je ziel zoeken."

Ik was het met hem eens, hief mijn glas om te proosten, maar ik ging er niet nader op in – mijn streng katholieke opvoeding stond me niet toe iets anders te denken dan dat onze ziel en lichaam samen wachten op de ontmoeting met Christus na de dood. Oosterlingen hebben van die typische ideeën, dacht ik.'

'Hebben we echt,' zei de Indiër.

Rayan besefte dat hij hem beledigd had en besloot zichzelf op de hak te nemen.

'Maar wij hebben er een dat nog erger is: we denken dat het lichaam van Christus in een stuk brood zit. Neem me alsjeblieft niet kwalijk.'

De Indiër wuifde met zijn hand als om te zeggen 'ach, maakt niet uit, hoor', en Rayan kon eindelijk een deel van zijn verhaal afmaken – een deel maar, het duurde niet lang of de energie van het kwaad kwam tussenbeide.

'Afijn, ik had me er al bij neergelegd om terug te keren naar mijn dorp en daar dan in zaken te gaan – beter gezegd op mijn vaders melkhandel te passen – terwijl mijn vrienden de oceaan zouden oversteken, het Vrijheidsbeeld tegemoet, maar de opmerking van de oosterling bleef maar door mijn hoofd spoken. Want al probeerde ik mezelf wijs te maken dat alles oké was, dat ik op een dag zou trouwen, dat we kinderen zouden krijgen, dat we ons verre zouden houden van rokerige kroegen vol gevloek en getier, de waarheid was dat ik, afgezien van Limerick en Dooradoyle, geen enkele andere stad kende. Ik was zelfs nooit eens zo nieuwsgierig geweest om onderweg te stoppen voor een wandelingetje door de dorpen – gehuchten, beter gezegd – die tussen die twee steden in liggen.

Ik vond dat het volstond, en veiliger en goedkoper was bovendien, te reizen in boeken of films – niemand op deze planeet had de mogelijkheid zulke mooie velden te zien als die waardoor ik omringd werd. Toch ging ik, toen ik de volgende dag terug was in de pub, weer bij de oosterling aan tafel zitten en, al wist ik dat het stellen van bepaalde vragen het immense risico met zich meebrengt dat er een antwoord op komt, vroeg ik hem wat hij had willen zeggen. Uit welk land kwam hij?'

Uit Nepal.

'Iedere middelbare scholier weet dat er een land bestaat dat Nepal heet, hij leerde en vergat de naam van de hoofdstad, maar heeft wel nog onthouden dat het heel ver weg is. Misschien is het in Zuid-Amerika, in Australië, in Afrika, in Azië, maar het lag zeker niet in Europa, want anders had hij wel iemand uit Nepal gekend, een film over dat land gezien, of er een boek over gelezen.

Ik vroeg wat hij bedoelde te zeggen met zijn opmerking van de vorige dag. Hij wilde weten wat hij had gezegd – hij herinnerde het zich niet goed. Ik herhaalde zijn opmerking, waarna hij lang en zonder iets te zeggen naar zijn glas Guinness staarde en ten slotte de stilte verbrak: "Als ik dat heb gezegd, moet je misschien echt naar Nepal gaan. En hoe kom je daar? Op dezelfde manier als ik hier ben gekomen: met de bus."

En weg was hij. Toen ik de volgende dag bij hem aan tafel wilde gaan zitten om meer te horen over mijn ziel die ginds op me wachtte, zei hij dat hij liever in zijn eentje zat, zoals trouwens iedere avond.

Nou, als het een plek was waar ik met de bus kon komen en als ik een busmaatschappij kon vinden om daarnaartoe te gaan, wie weet zou ik op een dag wel gaan.

En toen heb ik Mirthe ontmoet, in Limerick, op de plek waar ik altijd naar de zee ging kijken. Ik dacht niet dat zij ook maar enige belangstelling zou hebben voor een jongen uit de provincie, wiens toekomst niet op het Trinity College in Dublin lag – waar zij bezig was met haar afstudeerscriptie – maar bij O'Connell Dairy Milk in Dooradoyle. Er was meteen een klik tussen ons, en in een van onze gesprekken vertelde ik iets over een vreemde kerel uit Nepal en wat hij me had verteld. Binnenkort zou ik definitief teruggaan naar huis, en zou alles daar – Mirthe, de pub, mijn vrienden van de kazerne – niet meer dan een fase in mijn leven zijn. Maar Mirthe verraste me met haar genegenheid, haar intelligentie en – waarom zou ik dat niet zeggen? – haar schoonheid. Als zij vond dat ik haar gezelschap waard was, zou me dat meer vertrouwen in mezelf en in mijn toekomst geven.

Een week voor het einde van de militaire dienst nam ze me voor een lang weekend mee naar Dublin. Ik zag de plek waar de schrijver van *Dracula* had gewoond, en haar Trinity College, dat al mijn voorstellingen overtrof. Vlak bij de universiteit zijn we een pub binnengegaan waar ik op de muren de foto's zag van de schrijvers die ons land hebben grootgemaakt – James Joyce, Oscar Wilde, Jonathan Swift, Yeats, Samuel Beckett, Bernard Shaw – en hebben we de hele avond gepraat en gedronken. En toen de eigenaar de bel luidde voor de laatste ronde gaf ze me een blaadje waarop stond hoe je in Kathmandu kon komen – er was een bus die iedere veertien dagen vertrok vanaf het metrostation Totteridge & Whetstone.

Ik dacht dat ze me beu was en me het liefst een heel eind uit de buurt had, dus nam ik de folder aan, met niet de geringste intentie om naar Londen te gaan.'

Ze hoorden een groep motoren arriveren met het gas helemaal open en de versnelling in zijn vrij. Vanaf de plek waar ze zaten, was niet te zien hoeveel het er waren, maar het geluid kwam agressief over en je zou het daar niet verwachten. De uitbater van het restaurant kwam zeggen dat ze zo gingen sluiten, maar aan de andere tafels reageerde niemand.

Rayan deed of hij het niet hoorde en ging verder met zijn verhaal.

'Mirthe verraste me met de opmerking: "De reistijd niet meegerekend, waar ik verder niets over zal zeggen om je niet te ontmoedigen, wil ik dat jij ginds precies na twee weken weer aan de terugreis begint. Ik wacht op je – maar als jij niet op de datum aankomt waarop ik denk dat je thuis hoort te komen, zul je me nooit meer zien."'

Mirthe lachte. Het waren niet exact die woorden geweest – het was meer zoiets geweest als 'ga jij je ziel maar zoeken, ik heb de mijne al gevonden'. En wat ze die dag niet had gezegd, en ook nu niet zou zeggen, was 'mijn ziel ben jij. Ik zal alle nachten bidden dat jij veilig terugkeert, we zullen elkaar zien en jij wilt nooit bij mij weggaan, want jij bent mij waard en ik jou'.

'Zij zou op mij wachten? Op mij, de toekomstige eigenaar van O'Connell Dairy Milk? Waarom zou ze geïnteresseerd zijn in een jongen met zo weinig culturele bagage en zo weinig levenservaring. Waarom was het zo belangrijk dat ik de raad opvolgde van een vreemde kerel die ik had ontmoet in een pub?

Maar Mirthe wist wat ze deed. Want op het moment dat ik die bus in stapte, nadat ik alles over Nepal had gelezen wat ik maar kon vinden, en nadat ik tegen mijn ouders had gelogen dat het leger mijn diensttijd had verlengd wegens wangedrag en me naar een van zijn verste bases stuurde, ergens hoog in de Himalaya, kwam ik terug als een ander mens. Ik vertrok als een groentje, en kwam terug als een man. Mirthe kwam me afhalen, we sliepen in haar huis en vanaf toen zijn we onafscheidelijk geweest.'

'En dat is het probleem,' zei ze, en iedereen aan tafel wist dat ze het meende. 'Natuurlijk wilde ik geen idioot aan mijn zij, maar evenmin zat ik te wachten op iemand die tegen me zei: "En nu ga jij met mij terug die kant op."'

Ze lachte.

'En het ergste is dat ik dat accepteerde!'

Paulo voelde zich opgelaten dat hij naast Mirthe zat, hun benen tegen elkaar, terwijl ze af en toe even zijn hand streelde. De blik van Karla was anders nu – die man was niet degene naar wie ze op zoek was.

'Zullen we het dan nu over parallelle werkelijkheden hebben?'

Maar het restaurant was bezet door vijf in het zwart geklede mannen met kaalgeschoren hoofden, kettingen om hun middel en tatoeages van zwaarden en ninjasterren. Ze waren op hun tafel afgelopen en hadden zich zonder iets te zeggen rond het groepje opgesteld.

'Hier is jullie rekening,' zei de uitbater.

'Maar we zijn nog niet klaar met eten,' reageerde Rayan. 'En om de rekening hadden we ook nog niet gevraagd.'

'Ik wel.'

Het was een man uit de groep die net was binnengekomen. De Indiër maakte aanstalten om op te staan, maar iemand drukte hem terug in zijn stoel.

'Voordat jullie weggaan, wil Adolf de garantie dat jullie hier niet terugkomen. We hebben een hekel aan werkschuw tuig. Ons volk is voor rust en orde. Orde en rust.

Buitenlanders zijn niet welkom. Ga terug naar je eigen land met jullie drugs en losse zeden.'

Buitenlanders? Drugs? Losse zeden?

'We gaan pas weg als we klaar zijn met eten.'

Paulo ergerde zich aan Karla's opmerking – waarom die lui nog meer uitdagen? Ze wisten dat ze ingesloten waren door mensen die werkelijk alles haatten wat zij vertegenwoordigden. De kettingen aan hun broeken, de motorhandschoenen met studs die heel anders waren dan die hij in Amsterdam had gekocht. Bezet met scherpe punten om te intimideren, te verwonden en ernstig letsel toe te brengen als een van die handen een klap zou uitdelen.

Rayan wendde zich tot degene die de leider leek te zijn – een oudere man met een doorgroefd gezicht, die alles zwijgend aanhoorde.

'We zijn van verschillende clubs, maar wel van clubs die voor hetzelfde strijden. We eten hier, en dan gaan we. We zijn geen vijanden.'

De leider had zo te zien een probleem met praten en plaatste een spraakversterker op zijn hals voordat hij antwoordde.

'We zijn van geen enkele club,' zei hij met de metalig klinkende stem van het instrument. 'En nu oprotten jullie.'

Wat volgde was een moment dat eeuwig leek te duren, en waarop de vrouwen de onbekenden recht in de ogen keken, de mannen hun mogelijkheden afwogen en de motorrijders wachtten en zwegen, op een na, die zich omdraaide naar de uitbater en riep: 'Desinfecteer die stoelen als ze weg zijn. Misschien hebben ze wel pest bij zich, geslachtsziekten, en weet-ik-veel wat nog meer.'

De rest van de aanwezigen leek totaal geen aandacht

te besteden aan wat er gebeurde. Misschien had een van hen de groep gebeld, iemand die het simpele feit dat er vrije mensen bestonden op de wereld als een persoonlijke aanval zag.

'Oprotten hier, stelletje lafaards,' zei een ander van de groep die net was aangekomen, en die een doodshoofd op zijn zwartleren jack had. 'Zo meteen rechtdoor, dan heb je binnen een kilometer een communistisch land waar jullie zeker weten welkom zijn. Kom hier onze zussen en families niet verpesten. Wij hebben christelijke waarden, een regering die geen wanorde toestaat, en we hebben respect voor de medemens. Kom op, staart tussen de benen en oprotten.'

Rayan was rood aangelopen. De Indiër scheen er onverschillig onder, misschien omdat hij zo'n scène eerder had meegemaakt, misschien omdat volgens Krishna niemand de strijd op het slagveld hoort te ontlopen. Karla keek de kaalgeschoren mannen strak aan, vooral degene tegen wie ze gezegd had dat ze nog niet klaar was met eten. Misschien wilde ze bloed zien, nu ze erachter was dat de busreis in werkelijkheid saaier was dan ze gedacht had.

Het was Mirthe die haar beurs pakte, en haar deel van de rekening in alle rust op tafel legde. Vervolgens liep ze naar de deur. Een van de mannen versperde haar de doorgang, er was opnieuw een confrontatie die niemand graag in een vechtpartij zag ontaarden, maar zij duwde hem – resoluut en zonder angst – opzij en liep door.

De anderen stonden op, betaalden ook hun deel van de rekening en gingen naar buiten – wat, theoretisch gezien, betekende dat ze lafaards waren, in staat een lange reis naar Nepal aan te gaan, maar klaar om bij de eerste de beste concrete dreiging de benen te nemen. De enige die bereid leek iedereen te trotseren was Rayan, maar de Indiër – Rahul – pakte hem bij de arm en nam hem mee, terwijl een van de kaalkoppen bij wijze van grap het lemmet uit zijn stiletto liet springen en weer terugduwde.

De Fransen, vader en dochter, stonden ook op, betaalden de rekening en gingen samen met de anderen naar buiten.

'Meneer mag blijven,' zei de baas, met zijn metalen stem uit de spraakversterker in zijn hals.

'Nee, dank u. Ik hoor bij hen, en het is een schande dat dit hier gebeurt, in een vrij land, met zulke schitterende landschappen. De laatste indruk die we uit Oostenrijk meenemen is en blijft die van de rivier in dat smalle ravijn, de Alpen, de schoonheid van Wenen, het magnifieke abdijcomplex van Melk. De bende criminelen...'

De dochter trok aan haar vader, die niet ophield met praten.

'... die dit land niet vertegenwoordigen, zullen heel snel worden vergeten. Wij komen uit Frankrijk en dan maak je zoiets mee.'

Een van de kerels liep van achteren op hem toe, en gaf hem een stomp in zijn rug. De Engelse chauffeur ging met een stalen gezicht tussen de twee in staan – keek de leider strak aan zonder een woord te zeggen, wat ook niet nodig was, omdat zijn voorkomen op dat moment iedereen angst aanjoeg. De dochter begon te gillen. De anderen die al bij de deur waren maakten aanstalten om terug te keren, maar de Indiër hield hen tegen. Het was een verloren strijd.

Hij ging naar de vader en dochter toe, greep hen bij de armen en duwde iedereen naar buiten. Ze liepen richting autobus. De chauffeur kwam als laatste naar buiten, nog steeds zijn ogen op de leider van de bende gericht, angst liet hij niet blijken.

'We gaan weg, rijden een paar kilometer terug en slapen in een stadje hier vlakbij.'

'En voor hen op de vlucht gaan? Hebben we daarvoor zoveel gereisd, om bij de eerste de beste ruzie op de vlucht te slaan?'

De oudste man had gesproken. De meisjes keken geschrokken.

'Zo is het. We vluchten,' zei de chauffeur, weer achter het stuur. 'Ik ben al voor allerlei dingen op de loop gegaan, die paar keer dat ik deze reis heb gedaan. En vernederend vind ik dat absoluut niet. Erger zou het zijn als we morgenvroeg met kapot gestoken banden staan, en we de reis niet kunnen voortzetten omdat ik maar twee reservewielen heb.'

Ze kwamen aan in het stadje en parkeerden langs een rustig uitziende weg. Ze waren allemaal gespannen en geschrokken na de gebeurtenissen in het restaurant; maar ze vormden nu wel een groep, in staat om weerstand te bieden bij wat voor agressie ook. Toch besloten ze in de bus te slapen.

Ze deden hun uiterste best om de slaap te vatten, maar twee uur later zetten een aantal krachtige schijnwerpers het inwendige van het voertuig in een felle gloed.

POLIZEI.

Een van de agenten opende de deur en zei iets. Karla sprak Duits, ze legde uit dat de politie iedereen verzocht uit te stappen zonder iets mee te nemen, alleen de kleren die ze aanhadden. Op dat moment was het buiten ijskoud, maar de agenten – mannen en vrouwen – stonden niet toe dat ze iets pakten. Ze rilden van kou en van angst, maar dat iemand van de politie zich daar ongemakkelijk onder voelde, was niet te merken.

De agenten gingen het voertuig in, maakten tasjes open, rugzakken, haalden er alles uit en gooiden het op de vloer. Ze vonden een waterpijp, die normaal gesproken gebruikt wordt om hasj te roken.

Het voorwerp werd in beslag genomen.

Ze vroegen om alle paspoorten, en bij het licht van de lantaarns bekeken ze het stempel van binnenkomst, bestudeerden elke pagina om te zien of er vervalsingen waren – beschenen de foto van het paspoort en het gezicht van de eigenaar. Toen ze bij de 'meerderjarige' meisjes kwamen, ging een van de agentes naar de auto en sprak via de radio met elders. Ze wachtte een poos, knikte en liep terug naar de twee meisjes.

Karla vertaalde.

'We moeten jullie naar de instantie brengen die belast is met de kinderbescherming hier, jullie ouders komen hierheen. Het kan twee dagen tot een week duren voor ze hier zijn, afhankelijk van het vinden van tickets voor vlieg- en busvervoer, of een huurauto.'

De meisjes leken in shock. Een van hen begon te huilen, maar de agente ratelde door.

'Ik weet niet waar jullie naartoe wilden en het interesseert me ook niet. Maar hier eindigt jullie reis. Het verbaast me dat jullie zoveel grenzen hebben kunnen passeren zonder dat iemand tot het besef kwam dat jullie van huis waren weggelopen.'

Ze wendde zich tot de chauffeur.

'Uw bus zou in beslag genomen kunnen worden wegens parkeren op een plek waar dat verboden is. Dat doe ik niet omdat ik wil dat u zo snel mogelijk vertrekt en naar zo ver mogelijk hiervandaan. Hebt u niet meteen gezien dat ze minderjarig waren?'

'Ik heb alleen gezien dat in hun paspoort iets anders staat dan wat u nu zegt.'

De agente zette het gesprek voort, verklaarde dat ze de documenten hadden vervalst, dat de twee zíchtbaar minderjarig waren, dat ze van huis waren weggelopen omdat een van de twee beweerde dat er in Nepal veel betere hasj was dan in Schotland – zo stond het althans in het dossier dat ze op het politiebureau hadden gelezen. Dat de ouders wanhopig waren. Maar ze besloot het erbij te laten, de enigen aan wie ze uitleg hoefde te geven waren haar superieuren.

De politie nam de paspoorten in en vroeg de twee meisjes hen te volgen. De meisjes protesteerden, maar de agente die de leiding had, ging er niet op in – geen van de twee sprak Duits, en de agenten, die waarschijnlijk wel Engels zouden kunnen, weigerden een andere taal te spreken.

De agente ging met de twee meisjes de bus in en vroeg hun uit de wanordelijke hoop de spullen bijeen te zoeken die van hen waren, wat een tijdje duurde, terwijl de rest buiten stond kou te lijden. Ten slotte kwamen de twee de bus uit en werden naar een van de politieauto's geleid.

'Nu wegwezen jullie,' zei de brigadier die bij de groep stond.

'Maar u hebt niets gevonden, en waarom moeten wij hier dan weg?' protesteerde de chauffeur. 'Is er geen plek waar we kunnen parkeren zonder bang te hoeven zijn dat de bus in beslag wordt genomen?'

'Waar je de stad binnenrijdt, is een terreintje; daar kunnen jullie slapen. Maar zo gauw de zon opkomt, is het wegwezen, we willen onze dag niet bedorven zien door jullie aanblik.'

Ze kregen hun paspoorten terug en stapten in. De chauffeur en de Indiër, zijn vervanger, bleven staan.

'En wat hebben wij nou eigenlijk misdaan? Waarom mogen we niet hier de nacht doorbrengen?'

'Ik ben niet verplicht uw vraag te beantwoorden. Maar als u liever hebt dat ik jullie allemaal meeneem naar het bureau, en dat jullie daar in een onverwarmde cel wachten terwijl wij contact opnemen met jullie landen, dan hebben wij daar geen probleem mee. En u, meneer, loopt kans op een aanklacht wegens ontvoering van minderjarigen.'

Een van de auto's vertrok met de meisjes en niemand in de bus zou ooit te weten komen hoe het ze verder is vergaan.

De brigadier keek de chauffeur aan, de chauffeur keek de brigadier aan, en de Indiër keek allebei aan. Ten slotte gaf de chauffeur toe, stapte de bus in en startte weer.

De brigadier nam afscheid met een ironische blik. Die mensen verdienden het op geen enkele manier om vrij te zijn, de wereld over te gaan en de kiem van opstand te verspreiden. Wat er in mei 1968 in Frankrijk was gebeurd, was al erg genoeg – dat moest koste wat kost onder de duim worden gehouden.

Natuurlijk, mei 1968 had niets te maken met hippies en soortgenoten, maar de mensen verwarden die dingen mogelijk met elkaar en wilden straks overal alles omverhalen.

Zou hij zich bij hen willen aansluiten? Nee, onder geen beding! Hij had familie, een huis, kinderen, eten, vrienden bij de politie. Was het niet erg genoeg dat ze zo dicht bij een communistisch land woonden? Iemand had ooit in de krant geschreven dat de Sovjets nu van tactiek gewisseld waren en mensen stuurden om de tradities van een land te veranderen en inwoners op te zetten tegen hun eigen regering. Hij vond dat volstrekte nonsens, maar liep toch liever dat risico niet.

Iedereen uitte zijn commentaar op de absurde toestanden die ze zojuist hadden meegemaakt, behalve Paulo. Het was alsof hij zijn spraak kwijt was en hij zag asgrauw. Karla vroeg of het wel goed met hem ging – maar hij kon niet toegeven dat ze op reis was met iemand die bang werd zo gauw er een gezagsdrager ten tonele verscheen – en dus zei hij dat het heel goed ging, en dat hij alleen een beetje te veel gedronken had en misselijk was. Toen de bus stopte op de plek die de politie had aangewezen, was hij als eerste buiten om uit het zicht van iedereen over te geven aan de kant van de weg, want alleen hijzelf wist van zijn leed, van wat hij had meegemaakt in Ponta Grossa, de angst die hem telkens als hij een grens passeerde, overviel. En erger, de verschrikking die het was te weten dat zijn lot, zijn lichaam, zijn ziel altijd gekoppeld zouden zijn aan het woord POLITIE. Nooit meer zou hij zich veilig voelen – hij was onschuldig geweest toen ze hem hadden opgesloten en gemarteld, en opgesloten en gemarteld bleef hij zonder dat hij ooit een misdaad had begaan, behalve misschien het sporadisch gebruiken van drugs, die hij trouwens nooit bij zich droeg, zelfs in Amsterdam niet, terwijl het daar geen enkele consequentie zou hebben.

Dus, marteling en opsluiting had hij in de fysieke werkelijkheid achter zich gelaten, maar bleven aanwezig in de parallelle werkelijkheid, in een van de vele levens die hij tegelijkertijd leefde.

Hij ging een eind van iedereen af zitten, verlangde naar stilte en eenzaamheid, maar Rahul, de Indiër, kwam naar hem toe met iets wat een soort koude, witte thee leek. Paulo dronk het – het smaakte naar yoghurt die over de houdbaarheid heen is.

'Zo meteen voel je je een stuk beter. Alleen moet je nu niet gaan liggen en proberen te slapen. En ga niet naar een verklaring zoeken – het ene organisme is nu eenmaal gevoeliger dan het andere.

Ze wachtten rustig af, het goedje werkte binnen het kwartier. Paulo stond op om zich bij de groep te voegen. Ze hadden al een vuurtje gemaakt en dansten op de muziek van de radio van de bus. Ze dansten om de demonen uit te drijven, dansten om te laten zien dat ze, of ze nu wilden of niet, sterker waren.

'Kom nog even zitten,' drong de Indiër aan. 'Zullen we samen bidden?'

'Het was een voedselvergiftiging,' verklaarde Paulo.

Maar aan de blik van de Indiër zag hij dat die hem niet geloofde. Hij ging weer zitten. De Indiër nam tegenover hem plaats.

'Laten we zeggen dat jij een strijder bent aan het front en plotseling is daar de Verlichte Heer die naar het gevecht komt kijken. Laten we zeggen dat jij Arjoena heet, en hij jou vraagt om niet laf te zijn, maar op te trekken en je lot te vervullen, omdat niemand kan doden of sterven, de tijd is eeuwig. Het toeval wil dat jij, een mens, al eens een soortgelijke situatie hebt meegemaakt tijdens een van de keren dat je terugkeerde in de circulaire tijd waarin we leven en je ziet dat de situatie zich opnieuw voordoet – ook al is de situatie enigszins anders, de emoties zijn dezelfde. Hoe heet je echt?'

'Paulo.'

'Nou, Paulo, jij bent Arjoena niet, de almachtige generaal die bang was zijn vijanden te verwonden omdat hij zichzelf een goed mens vond, iets wat Krishna vervelend vond om te horen, omdat Arjoena zich een macht toeschreef die hij niet had. Jij bent Paulo, uit een ver land, je hebt je dappere momenten en je laffe, zoals wij allemaal. Tijdens de laffe momenten word je gegrepen door angst.

En de angst heeft, in tegensteling tot wat velen zeggen, zijn wortels in het verleden. Sommige goeroes uit mijn land beweren: "Wanneer je op weg gaat, ben je bang voor wat je zult tegenkomen." Maar hoe kan ik bang zijn voor wat ik tegen zal komen als ik nog geen pijn heb ervaren, geen scheiding, geen lichamelijke of geestelijke kwelling?

Herinner je je eerste liefde? Ze trad door een open poort binnen, een en al licht was ze en je stond toe dat ze alles in beslag nam, jouw leven verlichtte, jouw dromen tot een paradijs maakte, totdat ze, zoals dat altijd gaat met je eerste liefde, op een dag vertrok. Je was misschien zeven of acht jaar, en zij was een mooi meisje van jouw leeftijd, ze vond een ouder vriendje en daar zat je dan, alleen, en je had verdriet, en zei dat je in je leven nooit meer van iemand zou houden – want houden van is verliezen.

Maar je hebt opnieuw van iemand gehouden – een leven zonder dat gevoel is onmogelijk voor te stellen. En je bent doorgegaan met van iemand te houden en die kwijt te raken, totdat je iemand tegenkwam die...'

Paulo realiseerde zich dat ze de volgende dag het vaderland zouden binnenrijden van een van de vele vrouwen voor wie hij zijn hart had geopend, op wie hij verliefd was geworden en die hij – opnieuw – was kwijtgeraakt, de vrouw die hem zoveel belangrijke dingen had geleerd, onder andere om moed te veinzen op momenten van wanhoop. Het rad van fortuin draaide rond in de circulaire ruimte, het nam goede dingen mee en bracht er verdriet voor terug, het nam verdriet mee en bracht er goeds voor terug.

Karla keek naar de twee die met elkaar praatten en hield vanuit een ooghoek Mirthe in de gaten, om te zien of ze niet naar hen toe zou gaan. Het duurde al een behoorlijke tijd. Waarom kwam hij niet om een poosje om het vuur te dansen en zich in één keer te bevrijden van die *bad vibes* die begonnen waren in het restaurant en doorgegaan waren in het stadje waar ze later de bus hadden geparkeerd?

Ze besloot nog even door te blijven dansen terwijl de vonken van het hout de sterreloze hemel vulden met hun licht.

De muziek was in handen van de chauffeur, die ook aan het bijkomen was van de avond – hoewel hij iets soortgelijks ook al eerder had meegemaakt. Hoe harder het geluid stond en hoe dansbaarder de liedjes waren, hoe beter. Hij dacht herhaaldelijk dat de politie opnieuw zou komen en hun zou verzoeken te vertrekken, maar hij besloot zich te ontspannen – hij wilde niet woedend blijven alleen omdat een bende die zichzelf voor het opperste gezag hield, en dus ook voor het opperste gezag van de wereld, geprobeerd had een dag van zijn leven te bederven. Oké, het was maar een enkele dag, maar een enkele dag was het meest waardevolle waarover hij in dit leven beschikte. Eén enkele dag – waar zijn moeder om had gesmeekt op haar sterfbed. Eén enkele dag kon meer waard zijn dan alle koninkrijken van de wereld.

Michael – zo heette de chauffeur – had drie jaar tevoren iets onvoorstelbaars gedaan; na zijn afstuderen als arts had hij van zijn ouders een tweedehands Volkswagen gekregen, en in plaats van ermee op vrouwenjacht te gaan of hem aan zijn vrienden in Edinburgh te showen, was hij een week later naar Zuid-Afrika vertrokken. Door als betaald stagiair in particuliere klinieken te werken, had hij genoeg gespaard om twee tot drie jaar weg te kunnen blijven. Zijn droom was de wereld te leren kennen, omdat hij het menselijk lichaam al goed kende en wist hoe zwak hij was.

Na een ontelbaar aantal dagen – van reizen door de voormalige Franse en Engelse koloniën, van zieken bijstaan en mensen in nood troosten – raakte hij vertrouwd met het idee van de altijd nabije dood en beloofde hij zichzelf nooit en te nimmer toe te laten dat de armen leden en verschoppelingen zonder troost bleven. Hij ontdekte dat goedheid een soort reddend en beschermend effect had – nooit had hij ook maar de geringste problemen ondervonden of honger geleden. Zijn enige geval van pech met de Volkswagen, die hier niet op was gebouwd en al twaalf jaar meeging, was een lekke band geweest toen hij door een van die eeuwige oorlogsgebieden reed. Maar het goede dat Michael deed, zonder dat hij het zelf besefte, bezorgde hem roem die hem vooruitsnelde, en in ieder dorp werd hij ontvangen als een man die levens redde.

Het toeval wilde dat hij terechtkwam bij een post van het Rode Kruis in een mooi dorpje vlak bij een meer in Congo. Ook daar was zijn naam al bekend – en ze voorzagen hem van vaccins tegen gele koorts, geneesmiddelen, en het een en ander aan chirurgisch materiaal, en verzochten hem met klem zich in geen enkel conflict te mengen, zich slechts te bekommeren om de gewonden aan beide zijden. 'Dat is ons doel,' legde een jonge medewerker van het Rode Kruis hem uit. 'Niet tussenbeide komen, alleen genezen.'

De reis die Michael in twee maanden had willen doen, zou uiteindelijk bijna een jaar duren. Per afgelegde kilometer – bijna nooit alleen, vaak met vrouwen aan boord die niet meer konden lopen na zoveel dagen onderweg, die op de vlucht waren voor het geweld en de zich voortdurend uitbreidende stammenoorlogen – passeerde hij ontelbare controleposten en hij voelde dat iets hem hielp. Na hem om zijn paspoort gevraagd te hebben lieten ze hem altijd meteen door, misschien omdat hij een broer, een kind, een vriend van iemand had genezen.

Het had een diepe indruk op hem gemaakt. Hij had een bede tot God gedaan dat hij erin mocht slagen elke dag als een dienaar te leven, en dat elke dag een uníéke dag zou zijn doorgebracht naar het voorbeeld van Christus, voor wie hij een immense devotie koesterde. Hij dacht erover priester te worden zodra hij het uiteinde van het Afrikaanse continent bereikte.

Toen hij in Kaapstad arriveerde, wilde hij eerst uitrusten en daarna op zoek gaan naar een religieuze orde en zich aanbieden als novice. Zijn grote idool was de Heilige Ignatius van Loyola, die hetzelfde had gedaan als hij – een deel van de wereld bereisd – en die de orde der Jezuïeten had gesticht toen hij ging studeren in Parijs.

Hij vond een eenvoudig en goedkoop hotel en besloot een week rust te nemen zodat alle adrenaline uit zijn lijf kon verdwijnen en er opnieuw vrede kon binnentreden. Hij probeerde niet te denken aan alles wat hij had gezien – omzien heeft geen zin, het legt onzichtbare ketens om je enkels en ontneemt de mensheid elk sprankje hoop.

Hij dacht aan wat er komen ging, dacht aan hoe hij zijn Volkswagen zou gaan verkopen, hij bracht de hele dag door in bezinning, zijn ogen gericht op de zee voor zijn raam. Hij zag hoe de kleur van zon en water met het uur veranderde, en hoe beneden langs de zee de blanken wandelden met hun ontdekkingsreizigershoeden, hun pijpen, en hun vrouwen, gekleed als waren ze aan het hof in Londen. Geen neger te bekennen, alleen blanken daarbeneden, op het wandelpad langs de zeekust. Het maakte hem onvoorstelbaar verdrietig, in het land was rassensegregatie officieel, maar op het moment – tenminste op dat moment – kon hij niets doen, alleen bidden.

En hij bad van 's ochtends vroeg tot 's avonds laat, vroeg om inspiratie, bereidde zich voor om voor de tiende keer de Geestelijke Oefeningen van de Heilige Ignatius te doen. Hij wilde klaar zijn voor wanneer het moment daar was.

Op de ochtend van de derde dag, toen hij koffie zat te drinken, kwamen er twee mannen in lichte pakken op zijn tafel af.

'Dus, u bent degene die de eer van het Britse Imperium heeft hooggehouden.'

Het Britse Imperium bestond niet meer, het was vervangen door de Commonwealth, maar hij was verrast door de woorden van de man.

'Ik heb telkens de eer van een unieke dag hooggehouden,' zei hij, wetend dat zij zijn antwoord niet zouden begrijpen.

En inderdaad, ze begrepen het niet echt, want het gesprek nam de gevaarlijkste wending die hij kon bedenken.

'U wordt goed ontvangen en gerespecteerd overal waar u komt. Zulke mensen kunnen we bij ons goed gebruiken, bij ons werk voor de Britse overheid.'

Als de man dat niet zou hebben toegevoegd, 'Britse overheid', had hij ook kunnen denken dat hij uitgenodigd werd door een van de mijnen, plantages, fabrieken voor de bewerking van minerale grondstoffen, in de hoedanigheid van manager of zelfs arts. Maar 'Britse overheid' betekende iets anders. Michael was een goedhartige man, maar zeker niet naïef.

'Nee, dank u, dat wil ik niet. Ik heb andere plannen.'

'Zoals?'

'Priester worden. God dienen.'

'U zou God kunnen dienen door uw land te dienen, hebt u dat wel eens overwogen?'

Michael begreep dat hij onmogelijk langer kon blijven op de plek die hij met zoveel moeite had weten te bereiken. Hij moest met het eerste het beste vliegtuig terug naar Schotland – hij had het geld ervoor.

Hij stond op zonder de man de kans te geven het gesprek voort te zetten. Hij wist waarvoor hij zo vriendelijk werd 'uitgenodigd': spionage.

Hij had goede contacten met de stammenlegers, had veel mensen leren kennen, en het allerlaatste wat hij wilde – echt het allerlaatste – was het vertrouwen beschamen van mensen die in hem geloofden.

Hij pakte zijn spullen, zei tegen de hotelmanager dat hij het fijn zou vinden als hij de auto voor hem zou verkopen, gaf hem het adres van een vriend bij wie het geld moest worden afgeleverd, ging naar het vliegveld en stapte elf uur later uit in Londen. Wachtend op de trein naar het centrum zag hij op een prikbord met advertenties, verscholen tussen de aanbiedingen voor poetsvrouwen, kamergenoten, serveersters, en meisjes geïnteresseerd in het werken in bordelen: 'Gezocht: chauffeurs naar Azië.' Hij stak het kaartje bij zich, ging niet naar het centrum maar rechtstreeks naar het aangegeven adres, een klein kantoor met een bord op de deur: Budget Bus.

'De vacature is vervuld,' antwoordde de jongen met lang haar, die net het raam openzette vanwege de hasjlucht. 'Maar ik heb horen zeggen dat ze in Amsterdam gekwalificeerde mensen zoeken. Heb je ervaring?'

'Heel veel.'

'Ga daar dan naartoe. Zeg dat je van Ted komt. Ze kennen me.'

Hij reikte hem een folder aan waarop een fantasievollere naam stond dan Budget Bus: Magic Bus. 'Leer de landen kennen waarvan je niet had gedacht er ooit een voet te zetten. Prijs: zeventig dollar per persoon – alleen vervoer is inbegrepen. De rest breng je zelf mee – maar geen drugs, want dan eindig je ergens met een doorgesneden keel nog voor je in Syrië bent.'

Er stond een foto op van een kleurige bus met een aantal mensen ervoor, die het teken van liefde en vrede maakten, bekend van zowel Churchill als de hippies. Hij ging naar Amsterdam, en daar namen ze hem onmiddellijk aan – klaarblijkelijk was de vraag groter dan het aanbod.

Dit was zijn derde reis, en hij genoot nog steeds van de passen en ravijnen van Azië. Hij wisselde de muziek, zette een cassette op die hij zelf had samengesteld. Als eerste kwam Dalida, een Egyptische die in Frankrijk leefde en in heel Europa succes had. De passagiers raakten in een nog betere stemming – de nachtmerrie was voorbij.

Rahul begreep dat de Braziliaan bijna helemaal over zijn dip heen was.

'Het viel me op dat jij tegenover die boevenbende in het zwart geen blijk gaf je geweldig druk over die lui te maken. Jij stond klaar om te vechten, maar dat zou ons in de problemen hebben gebracht – we zijn op doorreis en het land is niet van ons. We zijn afhankelijk van andermans gastvrijheid.'

Paulo knikte.

'Maar toen de politie verscheen, was je als verlamd. Ben je ergens voor op de vlucht? Heb je iemand vermoord?'

'Nee, maar als ik een paar jaar geleden de kans had gekregen, zou ik dat zeker hebben gedaan. Het probleem is alleen dat ik nooit het gezicht heb gezien van de lui die misschien mijn slachtoffers waren geworden.'

In grote lijnen, om te voorkomen dat de Indiër zou denken dat hij het verzon, schetste Paulo wat er was gebeurd in Ponta Grossa. De Indiër toonde geen bijzondere interesse.

'Aha, dan heb je een angst die gewoner is dan je denkt: politie. Iedereen is bang voor de politie, zelfs de meest eerzame burger.'

De opmerking maakte Paulo rustiger. Hij zag Karla aankomen.

'Waarom zijn jullie niet bij de rest? Nu die meisjes het tijd vonden om weg te gaan, dachten jullie dat jullie hun plaats moesten innemen?'

'We willen gaan bidden. Meer niet.'

‘En mag ik met jullie mee bidden?’

‘Jouw dansen was al een manier van God loven. Ga terug en ga ermee door.’

Maar Karla, het op één na mooiste meisje van de bus, gaf niet op. Ze wilde bidden zoals de Brazilianen bidden. Wat de Indiërs betrof, die had ze in Amsterdam al vaak genoeg zien bidden, met hun vreemde houdingen, de verfstip tussen hun ogen, en het voorschrift de blik op het oneindige te houden.

Paulo stelde voor dat ze elkaars hand vasthielden maar toen hij aan het eerste vers van het gebed wilde beginnen, onderbrak Rahul hem: ‘Laten we het gebed met woorden bewaren voor een andere keer. Het beste wat we vandaag kunnen doen is bidden met het lichaam – dansen.’

Hij liep naar het vuur toe en werd gevolgd door de twee – omdat ze allemaal daar rond het vuur in de dans en in de muziek een manier zagen om zich te bevrijden van hun lichaam. Om tegen zichzelf te zeggen: ‘We zijn deze avond hier samen en we zijn blij, ondanks de kwade machten die ons probeerden te scheiden. We zijn hier samen en zullen samen blijven op de weg die voor ons ligt, ondanks de duistere machten die ons willen verhinderen verder te gaan.

We zijn hier samen en vroeg of laat, op een dag zullen we afscheid moeten nemen. Zelfs zonder dat we elkaar echt kennen, zelfs zonder de woorden gewisseld te hebben die we hadden kunnen wisselen, zijn we hier samen om de een of andere mysterieuze reden. Dit is de eerste keer dat we als groep om een vuur dansen, zoals de ouden deden als ze zich dichter bij het heelal voelden en in de sterren, in de wolken en in de stormen, in het vuur en in de wind beweging en harmonie zagen, en daarom dansten – om het leven te vieren.

De dans verandert alles, eist alles, en oordeelt over niemand. Wie vrij is, danst, al zit hij in een cel of in een rolstoel, want dansen is niet alleen maar bepaalde bewegingen herhalen, het is een gesprek voeren met Iemand die groter en machtiger is dan alles en iedereen, het is een taal gebruiken die over egoïsme en angst heen gaat.'

En die avond, in september 1970, toen ze uit een restaurant waren gezet en door de politie waren vernederd, dansten ze en bedankten God voor zo'n interessant leven, dat zo vol was van nieuwe dingen, dat zo'n heerlijke uitdaging was.

Zonder grote problemen reden ze door de republieken die samen een land vormden dat Joegoslavië heette (en waar nog twee jongens instapten, een schilder en een muzikant). Toen ze door Belgrado, de hoofdstad, reden, dacht Paulo vol genegenheid – maar zonder heimwee – terug aan zijn vroegere vriendin, met wie hij zijn eerste buitenlandse reis had gemaakt, die hem had leren autorijden, Engels spreken, en de liefde bedrijven. Hij liet zijn gedachten de vrije loop en stelde zich voor hoe zij samen met haar zus tijdens de Tweede Wereldoorlog door de straten van de stad rende en schuilde voor de bombardementen.

'Zodra de sirenes loeiden, gingen we naar de kelder. Mijn moeder nam ons met z'n tweeën op schoot, zei ons dat we onze mond open moesten houden en beschermde ons met haar eigen lichaam.'

'Waarom moest je je mond openhouden?'

'Om te voorkomen dat het oorverdovende lawaai van de explosies onze trommelvliezen zou vernielen en we voor de rest van ons leven doof zouden worden.'

In Bulgarije werden ze steeds gevolgd door een auto met vier sinistere types – zodat de autoriteiten daar én hun chauffeur wisten waar ze aan toe waren. Na de explosie van collectieve vreugde in het stadje aan de Oostenrijkse grens was de reis nogal eentonig geworden. Er was een stop van een week voorzien in Istanbul, maar het was nog een heel eind rijden, nog 190 kilometer om precies te zijn, wat op zich weer nauwelijks iets voorstelde na de meer dan drieduizend kilometer die ze achter de rug hadden.

Twee uur later zag hij de minaretten van de twee grote moskeeën.

Istanbul! Ze kwamen eraan!

Hij had tot in detail gepland hoe hij zijn tijd zou besteden. Hij had eens een optreden bijgewoond van de dansende derwisjen die hun rokken om zich heen lieten wervelen. Hij was erdoor gefascineerd geraakt, en had besloten zich die dans eigen te maken tot hij begreep dat het niet alleen maar een dans was, maar ook een manier van in contact treden met God. Hun volgers noemden zich soefi's, en alles wat hij erover had gelezen, had hem nog enthousiaster gemaakt. Hij had plannen om op een dag naar Turkije te gaan om samen met de derwisjen of de soefi's te trainen, maar had het vermoeden gehad dat dat wel eens iets voor een heel verre toekomst zou blijken te zijn.

En kijk waar hij nu was! De torens kwamen dichterbij, de weg werd steeds drukker, een opstopping, wachten, geduld, langer wachten – maar dezelfde dag nog zou hij er zijn.

'Reken vanaf dit punt nog een uur,' zei de chauffeur. 'We blijven hier een week, niet omdat het, zoals jullie de laatste dagen wel gedacht zullen hebben, een toeristisch reisje is, maar voor we uit Amsterdam vertrokken...'

Amsterdam! Dat leek wel een eeuw geleden!

'... kwamen er berichten dat als gevolg van een moordaanslag aan het begin van de maand op de koning van

Jordanië een gebied waar wij doorheen moeten in een mijnenveld was veranderd. Ik heb geprobeerd het nieuws te blijven volgen, en de situatie lijkt rustiger nu, maar nog in Amsterdam hebben we besloten dat we geen risico zouden nemen.

Dat plan houden we aan – ook omdat zowel Rahul als ik schoon genoeg hebben van steeds maar hetzelfde en behoefte hebben om weer eens lekker te eten, te drinken, en uit te gaan. De stad is goedkoop, beter gezegd, spótgoedkoop, de Turken zijn geweldig en het land is, ondanks alles wat jullie op straat zullen zien, niet islamitisch, maar werelds. Toch wil ik onze schoonheden aanraden af te zien van meer gewaagde kleding en onze geliefde jongens wil ik aanraden geen vechtpartij uit te lokken alleen maar omdat iemand een grap maakt over jullie lange haar.'

Ze waren gewaarschuwd.

'Iets anders: toen ik uit Belgrado belde dat we op schema lagen, hoorde ik dat iemand een interview wilde maken over wat het betekende hippie te zijn. Op het reisbureau zeiden ze dat het belangrijk was, omdat het mooie reclame zou kunnen zijn voor hun buslijnen – en ik had niet de tegenwoordigheid van geest ertegenin te gaan.

De journalist over wie het ging, wist waar we zouden stoppen om de tank en de maag te vullen, en daar stond hij op me te wachten. Hij vuurde een boel vragen op me af die ik geen van alle wist te beantwoorden – het enige wat ik zei was dat jullie een ziel en een lichaam hadden zo vrij als de wind. De journalist in kwestie, van een groot Frans persbureau, wilde weten of hij iemand van hun bijkantoor in Istanbul kon sturen om rechtstreeks met een van jullie te spreken. Ik heb gezegd dat ik er niets over kon zeggen, maar, omdat we allemaal in hetzelfde hotel zitten – het goedkoopste dat we konden krijgen, vierpersoonskamers met vier bedden...'

'Ik betaal wel bij, maar een kamer delen doe ik niet. Mijn dochter en ik willen een kamer voor twee.'

'Hetzelfde geldt voor mij,' zei Rayan. 'Een kamer voor twee.'

Paulo keek vragend naar Karla, die zich ten slotte uitsprak.

'Kamer voor twee ook hier.'

De tweede muze van de bus liet graag blijken dat ze haar Braziliaanse magermans onder de duim had. Ze hadden veel minder uitgegeven dan ze van tevoren hadden gedacht – vooral omdat ze op boterhammen leefden en het grootste deel van de tijd in de bus sliepen. Een paar dagen geleden had Paulo zijn geld geteld, hij had nog 821 dollar, na eindeloze weken van reizen. De verveling van de laatste dagen had ervoor gezorgd dat Karla een beetje meegaander was geworden en inmiddels was er wat meer lichamelijk contact tussen hen – de een sliep met zijn hoofd op de schouder van de ander en af en toe zaten ze hand in hand. Het voelde bijzonder aangenaam en teder, ook al hadden ze geen enkele keer gedacht aan kussen of intiemer gedrag.

'Dus, er is kans dat er een journalist opduikt. Als jullie er geen zin in hebben, je bent niet verplicht iets te vertellen. Ik zeg alleen maar wat mij is gezegd.'

Het verkeer reed weer een stukje door.

'Ik heb een heel belangrijk ding vergeten,' zei de chauffeur, nadat Rahul hem iets had ingefluisterd. 'Hier op straat kun je makkelijk aan drugs komen – van hasj tot heroïne. Net zo makkelijk als in Amsterdam, Parijs, Madrid of Stuttgart bijvoorbeeld. Maar word je betrapt, vergeet het dan maar, het lukt niemand – echt niemand

– jou op tijd uit de gevangenis te krijgen om mee verder te kunnen reizen. Dus, je bent bij dezen gewaarschuwd, en ik hoop dat je die waarschuwing héél goed in je oren knoopt.'

Ze waren gewaarschuwd, maar Michael betwijfelde of ze zich er iets van aan zouden trekken, vooral omdat ze al bijna drie weken niets hadden aangeraakt. In de drie weken dat ze samen waren, hadden zijn passagiers geen van allen – terwijl hij hen stuk voor stuk nauwlettend had geobserveerd zonder dat ze het in de gaten hadden – ook maar enige interesse getoond in wat ze normaal iedere dag in Amsterdam en andere Europese steden gebruikten.

Wat nog maar eens de vraag bij hem opriep: waarom had de hele wereld toch die obsessie met het idee dat drugs verslavend zijn? Hij, als medicus, als iemand die in Afrika verscheidene hallucinogene planten uitgeprobeerd had om te zien of hij ze wel of niet kon gebruiken voor zijn patiënten, wist dat alleen de derivaten van opium afhankelijkheid veroorzaakten. En, o ja, cocaïne deed hetzelfde. Maar dat zag je in Europa nauwelijks, omdat de gebruikers in de Verenigde Staten nu eenmaal bijna de gehele productie uit de Andes voor hun rekening namen.

Desondanks besteedden de regeringen enorme geldbedragen aan campagnes tegen drugs, terwijl sigaretten en alcohol in ieder barretje op de hoek te koop waren. Misschien was dat het: politici, gesubsidieerde publiciteit, dat soort dingen.

Hij wist dat het meisje uit Nederland, dat net om een kamer samen met de Braziliaan had gevraagd, een pagina van haar boek in een lsd-oplossing had gedoopt – ze had het er met de anderen over gehad, iedereen was van alles op de hoogte in de autobus, er functioneerde een *Onzichtbare Post*. Wanneer de tijd daar was, zou ze er een stukje van afknippen, kauwen, eten en de hallucinaties hebben die bij haar pasten.

Maar lsd vormde geen probleem. Lysergeenzuurdiethylamide, in Zwitserland ontdekt door Albert Hofmann en in de rest van de wereld gepropageerd door Harvard-professor Timothy Leary, was al verboden, maar de drug viel nog steeds niet op te sporen.

Paulo werd wakker met de arm van Karla op zijn borst – ze was nog in diepe slaap – en hij dacht na over hoe hij uit die positie kon komen zonder haar wakker te maken.

Ze waren relatief vroeg aangekomen bij het hotel, de hele groep had in hetzelfde restaurant gegeten – de chauffeur had gelijk, Turkije was spotgoedkoop – en toen ze naar boven gingen, ontdekte hij dat ze een tweepersoonsbed hadden. Geen van beiden maakte er een opmerking over, ze douchten, wasten hun kleren, hingen die in de badkamer op om te drogen en lieten zich allebei uitgeput op bed vallen. Kennelijk wilden ze allebei niets liever dan voor het eerst sinds tijden een fatsoenlijke nachtrust, maar de twee naakte lijven kregen, toen ze elkaar voelden, andere plannen. Voordat ze er erg in hadden, lagen ze te kussen.

Paulo bracht met veel moeite een erectie tot stand en Karla hielp hem niet; ze liet alleen zien dat zij, als hij het wilde, bereid was. Het was de eerste keer dat ze intiemer waren dan wat zoenen en handje-vasthouden; maar was hij nu alleen omdat hij een mooie vrouw naast zich had, verplicht om het haar naar de zin te maken? Zou zij zich minder mooi en minder begeerd voelen als hij dat niet zou doen?

En Karla dacht: *laat hem maar een beetje lijden, laat hem maar denken dat ik er de pest over inheb als hij me niet moet en wil slapen. Als ik zie dat de dingen niet zo gaan als ik me voorstel, zal ik doen wat nodig is, maar we wachten af.*

Eindelijk was er dan de erectie, de penetratie ook, en zijn veel te vlugge orgasme, hoe hij ook had geprobeerd zich te beheersen. Per slot van rekening was het al heel lang geleden dat hij met een vrouw in bed had gelegen.

Karla, die niet was klaargekomen, en hij wist het, gaf hem een teder tikje op zijn hoofd, zoals een moeder bij haar kind doet, draaide zich op haar zij en besefte op dat moment dat zij ook heel moe was. Ze viel in slaap zonder te denken aan de dingen die haar normaal hielpen de slaap te vatten. Hem overkwam hetzelfde.

Nu was hij wakker, herinnerde zich de vorige avond en besloot de deur uit te gaan voordat hij er iets over zou moeten zeggen. Heel voorzichtig legde hij haar arm van zich af, trok de reservebroek uit zijn rugzak, trok zijn schoenen en zijn jack aan, en toen hij op het punt stond de deur te openen, hoorde hij: 'Waar ga je heen? Kan er niet eens een goedemorgen vanaf?'

'Goedemorgen.' *Istanbul is vast een interessante stad en ik weet zeker dat je het hier leuk zult vinden.*

'Waarom heb je me niet wakker gemaakt?'

Omdat ik slapen beschouw als een manier van communiceren met God door middel van dromen. Dat heb ik geleerd toen ik me met het occultisme begon bezig te houden.

'Omdat ik dacht dat je misschien iets moois droomde of moe was. Geen idee.'

Woorden. Meer woorden. Ze dienden alleen om dingen ingewikkelder te maken.

'Herinner je je gisteravond nog?'

We hebben gevreeën. Zomaar, omdat we naakt in hetzelfde bed lagen.

'Ja. En ik wil me verontschuldigen. Ik weet dat het niet was wat jij ervan verwachtte.'

'Ik verwachtte niets. Ga je naar Rayan?'

Maar hij wist dat de vraag eigenlijk was: 'Ga je naar Rayan en Mírthe?'

'Nee.'

'En weet je waar je naartoe gaat?'

'Ik weet wat ik zoek. Maar ik weet niet waar het is – ik moet het vragen bij de receptie, ik hoop dat ze het weten.'

Hij hoopte dat ze zou stoppen met haar vragenvuur, dat ze hem niet zou dwingen te zeggen wat hij zocht: een plek waar hij mensen kon vinden die dansende derwisjen kennen. Maar ze vroeg het.

'Ik ga naar een godsdienstige ceremonie. Iets met dans.'

'Je gaat je eerste dag in een stad doorbrengen die zo anders is, in een land dat zo bijzonder is, en doet dan iets wat je in Amsterdam ook al deed? Was de Hare Krisna niet voldoende? Was de avond rond het vuur niet voldoende?'

Nee. En met een mengeling van ergernis en zin om haar te provoceren vertelde hij over de Turkse dansende derwisjen die hij in Brazilië had gezien. Mannen met een klein rood hoedje op, in een smetteloos witte rok, beginnen langzaam om hun eigen as te draaien – alsof ze de Aarde of willekeurig welke planeet zijn. Die beweging brengt de derwisj uiteindelijk in een soort trance. Ze maken deel uit van een speciale stroming, soms erkend en soms verafschuwd door de islam, hun belangrijkste inspiratiebron. De derwisjen behoren tot een stroming die soefisme heet en begonnen is door een dichter uit de dertiende eeuw, geboren in Perzië en gestorven in Turkije.

Het soefisme erkent slechts één waarheid: niets kan opgedeeld worden, het zichtbare en het onzichtbare gaan hand in hand, mensen zijn slechts illusies van vlees en bloed. Daarom was hij niet zo geïnteresseerd in het gesprek over parallelle werkelijkheden. We zijn alles en iedereen op hetzelfde moment in de tijd – tijd die trouwens evenmin bestaat. We vergeten dat omdat we dagelijks door kranten, radio en televisie gebombardeerd worden met informatie. Als we de Eenheid accepteren, hebben we verder niets nodig. We zullen de betekenis van het leven tijdens een kort moment leren kennen, maar dat korte moment geeft ons de kracht om dat te bereiken wat we dood noemen, en dat in werkelijkheid een overgang is naar de zogenaamde circulaire tijd.

'Begrepen?'

'Helemaal. Maar ik ga naar de belangrijkste bazaar van de stad – ik ga ervan uit dat Istanbul een bazaar heeft – waar mensen dag en nacht in de weer zijn om de weinige toeristen die hier komen, datgene te laten zien wat de meest zuivere uiting van hun hart is: kunst. En je begrijpt dat ik er niet op uit ben om iets te kopen – en dat is niet omdat ik zuinig ben, mijn rugzak zit alleen gewoon vol – maar ik zal mijn best doen, mijn uiterste best, om te zien dat ze me begrijpen, mijn bewondering en mijn respect begrijpen voor wat ze maken. Omdat voor mij, ondanks jouw hele filosofische beschrijving van daarnet, de enige taal Schoonheid heet.'

Ze ging aan het raam staan en hij zag haar naakte silhouet, tegen het zonlicht buiten. Hoe irritant ze ook probeerde te zijn, hij had voor haar een diep respect. Hij ging de kamer uit, onzeker of het niet toch beter was maar gewoon naar een bazaar te gaan – het zou moeilijk worden de gesloten wereld van het soefisme binnen te komen, ook al had hij er al veel over gelezen.

En Karla dacht bij het raam: waarom heeft hij me niet gevraagd om met hem mee te gaan? Tenslotte zouden ze nog zes dagen blijven, de bazaar zou zijn deuren niet sluiten, en zo'n traditie leren kennen zou iets onvergetelijks zijn.

Ze waren – weer eens – tegenovergestelde richtingen uitgegaan, hoezeer ze ook elkaar probeerden te vinden.

Karla trof de meesten beneden, en allemaal kwamen ze haar uitnodigen voor een bijzonder uitstapje – een bezoek aan de Blauwe Moskee, de Hagia Sophia, het archeologisch museum. Het ontbrak de stad niet aan bezienswaardigheden zoals bijvoorbeeld een enorme cisterne, met twaalf rijen zuilen (336 in totaal, merkte een van hen op), die in het verleden diende als wateropslag voor de Byzantijnse keizers. Maar ze zei dat ze al andere plannen had, niemand vroeg iets – net zomin als iemand vroeg naar de voorbije nacht, toen ze in dezelfde kamer sliep als de Braziliaan. Ze ontbeten samen en elke groep ging zijns weegs.

Wat Karla, in theorie, wilde gaan doen stond in geen enkele reisgids. Ze daalde af naar de oever van de Bosporus en bleef daar zitten kijken naar de rode brug tussen Europa en Azië. Een brug! Een verbinding tussen twee continenten die zo van elkaar verschilden en zo dicht bij elkaar lagen! Ze rookte een paar sigaretten, liet de schouderbandjes van haar decente blouse een stukje zakken om een beetje te zonnen, toen er twee, drie mannen een praatje kwamen maken – en ze meteen gedwongen werd de bandjes weer omhoog te doen en een andere plek te zoeken.

Vanaf het moment dat de verveling in de bus had toegeslagen, was Karla de strijd met zichzelf aangegaan en had ze zich op haar favoriete twijfel gestort: *Waarom wil ik naar Nepal? Eigenlijk heb ik nooit erg geloofd in zulke dingen, mijn lutherse opvoeding is sterker dan wierookstaafjes, mantra's, zithoudingen, contemplatie, heilige boeken en esoterische sekten.* Ze wilde niet naar Nepal om daar antwoorden op te vinden – zij had ze al, en ze had er genoeg van om de hele tijd haar kracht, haar moed, haar agressie, haar niet in te tomen concurrentiedrang te moeten tonen. Het enige wat ze in haar leven had gedaan was anderen overwinnen, en nooit was ze in staat geweest zichzelf te overwinnen. Ze had zichzelf aangewend te zijn wie ze was, ook al was ze te jong daarvoor.

Ze wilde dat alles veranderde, en kon zichzelf niet veranderen.

Ze zou de Braziliaan graag meer zeggen dan ze had gedaan, ervoor zorgen dat hij geloofde dat hij voor haar steeds belangrijker aan het worden was. Ze had er een ziekelijk plezier in te weten dat Paulo was vertrokken met een schuldig gevoel over hun waardeloze vrijpartij van de vorige avond en ze had absoluut niets gedaan om blijk te geven van het tegendeel, door te zeggen 'mijn lief (mijn lief!), maak je geen zorgen, de eerste keer gaat het altijd zo, stukje bij beetje leren we elkaar kennen'.

Maar de situatie stond niet toe dat ze meer toenadering tot hem zocht, of tot wie ook. Omdat ze niet veel geduld had met mensen, of omdat ook de anderen niet erg meewerkten en geen poging deden haar te accepteren zoals ze was – het eerste wat ze deden was afstand nemen, niet in staat als ze waren tot ook maar de geringste moeite om de muur van ijs waarachter zij zich verborg te doorbreken.

❀

Nog steeds kon ze van iemand houden – zonder een beloning, verandering of dankjewel te verwachten.

Ze had in haar leven vaak van iemand gehouden. Als dat gebeurde, veranderde de energie van de liefde het heelal om haar heen. Wanneer die energie er is, mist zij nooit haar uitwerking – maar bij haar was het anders, lang van iemand houden kon ze niet, ze hield het niet vol, ze verdroeg het niet.

Ze wilde een vaas zijn waarin haar Grote Liefde zijn bloemen zette. En waar levend water ze goed zou houden alsof ze net waren geplukt, klaar om gegeven te worden aan wie de moed – op móéd kwam het steeds aan – zou hebben om ze te pakken. Maar er kwam nooit iemand – beter gezegd, wie kwam ging meteen weer bang weg, want zij was geen vaas, ze was een onweer met bliksemflitsen, wind en donderslagen, een natuurkracht die niet getemd, maar slechts gestuurd kon worden om molens te laten draaien, steden te verlichten, verbazing te wekken.

Ze wilde dat ze haar schoonheid konden zien, maar ze zagen slechts de orkaan en deden nooit een poging daarvoor te schuilen. Liever vluchtten ze naar een veilige plaats.

Ze dacht weer aan het gezin waaruit ze kwam – hoewel haar ouders praktiserende gelovigen waren, hadden ze nooit geprobeerd haar iets op te leggen. Als klein kind had ze wel eens een draai om haar oren gehad, wat normaal was en op geen enkele manier traumatiserend – in haar stad was iedereen dat wel overkomen.

Ze kon goed leren, was fantastisch in sport, ze was het mooiste meisje van de klas (en wist dat ook), had nooit moeite gehad een vriendje te versieren, en toch was ze het liefst alleen.

Alleen zijn. Wat ze het allerfijnste vond, en waarin ook de oorsprong lag van haar droom om naar Nepal te gaan, was een grot te vinden om alléén te zijn totdat haar tanden uitvielen, haar haar grijs werd, totdat de dorpelingen ophielden met haar eten te brengen, en om daar tijdens haar laatste zonsondergang naar de sneeuw te kijken, en verder niets.

Alleen.

Haar schoolvriendinnen benijdden haar om het gemak waarmee ze omging met jongens, vrienden op de universiteit bewonderden haar om haar onafhankelijkheid en om het feit dat ze precies wist wat ze wilde, collega's stonden altijd versteld van haar creativiteit – en dus was ze een perfecte vrouw, bergkoningin, leeuwin van de savannen, redster van dolende zielen. Vanaf haar achttiende ontving ze huwelijksaanzoeken van allerlei mannen – maar vooral van rijke mannen die hun aanzoek vergezeld lieten gaan van een hele reeks bijkomstige voordelen zoals sieraden (twee ringen met briljanten – van de verschillende die ze had – waren voldoende geweest om de reis naar Nepal van te betalen en dan had ze nog genoeg om een hele tijd van te leven).

Gaf iemand haar een duur cadeau, dan waarschuwde ze altijd dat ze dat niet zou teruggeven voor het geval ze uit elkaar gingen. De mannen moesten erom lachen, omdat ze al hun hele leven werden uitgedaagd door andere, sterkere mannen, en dus namen ze haar woorden niet serieus. Het eind van het liedje was dat ze in de afgrond tuimelden die zij rondom hen had gegraven. En dan beseften ze dat ze in werkelijkheid nooit echt dicht bij dat fascinerende meisje hadden gestaan, maar op een zwakke touwbrug die niet het gewicht van gewoonte en sleur kon dragen. Dan volgde de scheiding binnen een week of een maand, en zij hoefde niet eens iets te zeggen – de mannen hadden niet de moed iets terug te vragen.

Totdat een van hen op de derde dag van hun verhouding – tijdens hun ontbijt op bed in een peperduur hotel in Parijs waar ze naartoe waren gegaan vanwege een boekpresentatie (een reisje naar Parijs slaat niemand af, was een van haar deviezen) – iets zei wat ze nooit vergeten zou: 'Jij hebt een depressie.'

Ze lachte. Ze kenden elkaar nauwelijks, waren naar een chic restaurant geweest, hadden de beste wijn en de beste champagne gedronken, en meneer zei zoiets?

'Lach niet. Jij hebt een depressie. Of een angststoornis. Of allebei. Maar feit is dat er met het klimmen der jaren geen weg terug is, en dat je dat maar beter alvast kunt accepteren.'

Ze wilde vertellen hoe bevoorrecht ze was in haar leven, dat ze uit een heel fijn gezin kwam, van haar werk hield en werd bewonderd, maar uit haar mond kwam iets anders: 'Hoe kom je daar nou bij?'

In haar reactie klonk minachting door voor zijn commentaar. De man, wiens naam ze dezelfde middag nog uit haar geheugen zou schrappen, zei dat hij het daar niet over wilde hebben – hij was weliswaar psychiater maar niet die van haar.

Maar ze drong aan en misschien wilde hij het juist wél daarover hebben, omdat naar Karla's indruk zijn droom op dat ogenblik eigenlijk was de rest van zijn leven met haar door te brengen.

'Hoe kun je zeggen dat ik een depressie heb, terwijl we nog maar zo kort samen zijn.'

'Omdat dat "kort" bij elkaar opgeteld 48 uur is. Ik heb jou dinsdag kunnen observeren tijdens de signeeravond, en gisteravond bij het eten. Heb je eigenlijk ooit wel van iemand gehouden?'

'Van heel veel mensen.'

Wat niet waar was.

'En wat is "houden van" dan?'

Ze schrok zo van die vraag dat ze besloot die met al haar vindingrijkheid te beantwoorden. Ze zei heel kalm en nu wel zonder angst: 'Dat is alles toestaan. Niet blijven steken in een zonsopkomst of een prachtig woud, niet tegen de stroom ingaan, het is je overgeven aan vreugde. Voor mij is dat liefhebben.'

'Ga door.'

'Het is je vrijheid behouden, op zo'n manier dat je geliefde zich er geen slaaf van voelt. Het is iets rustigs, sereens, ik zou zeggen dat het zelfs iets solitairs heeft. Het is liefhebben om het liefhebben, niet om een andere reden – zoals trouwen, kinderen, geld, dat soort dingen.'

'Mooie woorden. Maar we zijn hier nou zo samen, ik stel voor dat je in gedachten houdt wat ik je heb gezegd. Laten we onze paar dagen hier in deze schitterende stad niet bederven – ik door jou vragen aan jezelf te laten stellen, en jij die me aan het werk zet.'

Oké, je hebt gelijk. Maar hoe kom je erbij te zeggen dat ik een depressie of een angststoornis heb? Waarom interesseer jij je zo weinig voor de dingen die ik te zeggen heb?

'En waarom zou ik een depressie hebben?'

'Omdat je nog niet echt van iemand hebt kunnen houden, zou een van de antwoorden kunnen zijn. Maar het antwoord doet er nu niet meer toe – ik ken ook veel depressieve mensen die bij me op consult komen juist vanwege, laten we zeggen, een teveel aan liefde, aan overgave. Eigenlijk denk ik – en dan zeg ik iets wat ik niet moet zeggen – dat jij een depressie met een lichamelijke oorzaak hebt. Een tekort aan een bepaald stofje in je lichaam. Het kan serotonine zijn, dopamine, maar in jouw geval is het zeker geen noradrenaline.'

'Dus een depressie is iets chemisch?'

'Natuurlijk niet. Er bestaan oneindig veel factoren, maar, hé, wat zou je zeggen van aankleden en een wandeling langs de Seine?'

'Kunnen we doen. Maar maak eerst je gedachtegang af: welke factoren?'

'Jij zei dat liefde iets solitairs heeft, in afzondering beleefd kan worden; ongetwijfeld, maar alleen door mensen die besloten hebben hun leven aan God te wijden of aan hun naaste. Heiligen. Visionairen. Revolutionairen. Maar in dit geval heb ik het over een liefde die menselijker is, die zich alleen openbaart wanneer we in de fysieke nabijheid van de geliefde zijn. Wat immens verdriet veroorzaakt in het geval we onze liefde niet kunnen uiten, of als ze niet waargenomen kan worden door degene die het object is van ons verlangen. Ik ben ervan overtuigd dat je een depressie hebt omdat je nooit écht aanwezig bent; je ogen gaan van hot naar her, er is geen schitter, maar verveling. Tijdens de signeersessie zag ik dat je een bovenmenselijke poging deed om contact te maken en een gesprek aan te knopen met andere aanwezigen – waarschijnlijk kwamen ze allemaal als saai, minderwaardig, oninteressant op je over.'

Hij stapte uit bed.

'Ik vind het zo wel genoeg. Ik ga douchen, of wil jij eerst?

'Ga jij maar. Ik ga mijn koffer pakken. Haast je niet, ik wil even alleen zijn na alles wat ik heb gehoord. Even een halfuurtje in mijn eentje.'

Er klonk een ironisch lachje, op de manier van 'heb ik het niet gezegd?'. Maar hij stond op en verdween in de badkamer. Binnen vijf minuten had Karla haar koffer ingepakt, haar kleren aan. Ze opende en sloot de deur zonder geluid te maken. Ze passeerde de balie, groette het personeel dat haar enigszins verbaasd aankeek, maar de schitterende suite stond niet op haar naam, en dus vroeg niemand haar iets – normaal zou er van haar wel uitleg verwacht worden als ze met bagage en zonder te betalen naar de deur zou lopen.

Ze stapte op de conciërge af en vroeg wanneer de eerstvolgende vlucht naar Nederland was. Welke stad? Dat maakt niet uit. Ik kom ervandaan en ken er de weg. Het volgende vliegtuig ging om kwart over twee, een KLM-vlucht. 'Wilt u dat we het ticket kopen en op rekening van de kamer zetten?'

Ze aarzelde, bedacht dat ze zich misschien zou moeten wreken op die man die zonder haar toestemming haar ziel had gelezen en die zich ook nog eens vergist kon hebben met wat hij allemaal zei.

Maar uiteindelijk zei ze: 'Nee, dank u wel, ik heb geld bij me.' Karla weigerde op reis te gaan als ze volledig afhankelijk zou zijn van de mannen die ze uitkoos om haar te vergezellen.

Ze keek opnieuw naar de rode brug, herinnerde zich alles wat ze had gelezen over depressies – en alles wat ze niet had gelezen, omdat ze panisch begon te worden – en ze besloot dat ze vanaf het moment waarop ze die brug zou oversteken een andere vrouw zou worden. Ze zou zichzelf verliefd laten worden op de verkeerde, iemand die aan het andere eind van de wereld woonde, ze zou heimwee gaan voelen naar hem of er alles aan doen om met hem mee te gaan, of blijven mediteren en zich zijn gezicht herinneren in de grot in Nepal die ze zou uitzoeken om in te wonen, maar ze kon niet langer doorgaan met dat leven – het leven van iemand die alles heeft en die daar geen plezier aan beleeft, op geen enkele manier.

Paulo stond voor een deur zonder een bordje of andere aanduiding in een smalle straat met meerdere panden die leeg leken. Het had hem heel wat moeite en heel wat vragen gekost, maar hij was erin geslaagd een soeficentrum te vinden, al wist hij niet zeker of hij daar een dansende derwisj zou aantreffen. Om dat voor elkaar te krijgen was hij naar de bazaar gegaan – waar hij verwachtte Karla te zien, maar dat gebeurde niet: hij bootste de heilige dans na en zei 'derwisj'. Veel mensen bleven staan en lachten, anderen passeerden en dachten dat hij gek was – ze moesten afstand houden omdat zijn gespreide armen hen anders zouden raken.

Hij had hoop dat het lukken zou; in verschillende winkels hadden ze hoofddeksels zoals hij tijdens de uitvoering had gezien – rode, kegelvormige hoeden, die vaak geassocieerd werden met Turken. Hij kocht er een, zette hem op zijn hoofd, en ging van de ene naar de andere passage, bleef de dans imiteren – nu met hoed op – vroeg of ze misschien een plek wisten waar ze dat deden. Eén keer lachten en ontweken de mensen hem niet, ze keken hem alleen maar ernstig aan en praatten in het Turks. Maar Paulo gaf niet op.

Ten slotte trof hij een heer met grijs haar, die leek te begrijpen wat hij zei. Paulo zei nog maar eens het woord 'derwisj' en voelde zich al moe worden. Hij had nog zes dagen in Istanbul, hij zou van de gelegenheid kunnen profiteren en de bazaar gaan verkennen, maar de heer die op hem afkwam, zei: 'Darwesh.'

Ja, dat was het misschien, hij sprak het woord verkeerd uit: om dat te bevestigen imiteerde de man de bewegingen van de dansende derwisjen. De uitdrukking op het gezicht van de man veranderde van verbazing in afkeuring.

'You muslim?'

Paulo schudde van nee.

'No,' zei de man. 'Only Islam.'

Paulo ging recht voor hem staan.

'Poet! Rumi! Darwesh! Soefi!'

De naam Rumi, de grondlegger van het soefisme, en het woord 'poet' zullen de heer vermurwd hebben want, ook al deed hij geïrriteerd en onwillig, hij pakte Paulo bij zijn arm, trok hem mee naar buiten, de bazaar uit en bracht hem naar de plek waar hij zich nu bevond, tegenover een nagenoeg vervallen pand, zonder precies te weten wat hij moest doen, behalve aankloppen.

Hij klopte meerdere keren, maar niemand deed open. Hij legde zijn hand op de klink, de deur zat niet op slot. Zou hij binnengaan? Zou hij worden opgepakt als insluiper? Was het niet zo dat ze wilde honden opsloten in leegstaande panden om te voorkomen dat die panden werden gekraakt door bedelaars?

Hij zette de deur op een kiertje. Rekende half op hondengeblaf, maar hoorde een stem, een enkele stem, in de verte, die iets in het Engels zei wat hij niet goed kon verstaan, en onmiddellijk viel hem iets op waaruit hij afleidde dat hij zich op de juiste plek bevond: de geur van wierook.

Hij spande zich in om te horen wat die mannenstem zei. Het lukte niet, er zat niets anders op dan naar binnen te gaan – het ergste wat kon gebeuren, was eruit gezet worden. Wat had hij te verliezen? Hij stond onverwachts op het punt een van zijn dromen waar te maken en in contact te komen met de dansende derwisjen.

Hij moest het riskeren. Hij ging naar binnen, deed de deur achter zich dicht, en zag toen zijn ogen aan het schemerduister van de plek gewend waren, dat hij zich in een oude, van boven tot onder groen geverfde, lege opslagruimte bevond, met een sleetse houten vloer. Door gebarsten ruiten viel wat gefilterd daglicht binnen en in een hoek van die ruimte, die binnen veel groter bleek dan hij had vermoed, zag hij een heer op een plastic stoel die, toen hij de onverwachte bezoeker in het oog kreeg, ophield met in zichzelf te praten.

Hij zei een paar woorden in het Turks, maar Paulo schudde nee, die taal sprak hij niet. De man schudde ook nee, waarmee hij aangaf hoezeer hij ontsteld was over de aanwezigheid van iemand die iets belangrijks onderbroken had.

'Wat moet je?' vroeg hij met een Frans accent.

Wat kon Paulo hierop zeggen? De waarheid. De dansende derwisjen zien.

De man lachte.

'Geweldig. Je bent hier op dezelfde manier beland als ik ooit, toen ik uit Tarbes – een stadje met één enkele moskee in een uithoek van Frankrijk – vertrokken ben op zoek naar kennis en wijsheid. Daar kom jij ook voor, toch? Doe zoals ik heb gedaan toen ik een van die twee vond. Verdiep je duizend-en-één dagen in een dichter, door zijn werk vanbuiten te leren, door elke vraag van wie ook te beantwoorden aan de hand van de wijsheid uit zijn gedichten, en dan pas zul je met de training kunnen beginnen. Omdat je stem samen zal gaan vallen met die van de Verlichte en van zijn verzen die hij achthonderd jaar geleden schreef.'

'Rumi?'

De man maakte een lichte buiging toen hij die naam hoorde. Paulo ging op de vloer zitten.

'Hoe kan ik van hem leren? Ik heb al veel van zijn poezie gelezen, maar ik snap niet hoe hij die in praktijk bracht.'

'Iemand die spiritualiteit zoekt, weet weinig, want hij leest over die spiritualiteit en probeert zijn hersenen vol te stouwen met dat wat hij voor wijs houdt. Verkoop je boeken en koop er gekte en verwondering voor terug – dan kom je al een stukje dichterbij. Boeken zorgen voor opinies en studie, analyses en vergelijkingen, terwijl de heilige vlam van de Gekte ons naar de waarheid leidt.'

'Ik heb geen boeken bij me. Ik ben gekomen als iemand die levenservaring zoekt – in dit geval danservaring.'

'Dus je zoekt kennis, niet de dans. Dat komt door Allahs schaduw. Heeft een schaduw macht over de zon? Nee, geen enkele. Stap uit de schaduw, ga in de zon staan en kies ervoor je te laten inspireren door zonnestralen, meer dan door wijze woorden.'

De man wees naar een plek waar een zonnestraal binnenviel, op zo'n tien meter van zijn stoel vandaan. Paulo liep naar de aangewezen plek.

'Maak een buiging voor de zon. Geef hem permissie je ziel binnen te stromen – want kennis is een illusie, extase is werkelijkheid. Kennis vult ons met schuld, extase stelt ons in staat te communiceren met Datgene wat het Heelal was voor het ooit bestond en als het is vernietigd. Kennis is je proberen te wassen met zand, terwijl een bron met kristalhelder water binnen handbereik is.'

Juist op dat ogenblik begonnen de luidsprekers in de minaretten iets te reciteren, het geluid vulde de stad en Paulo wist dat dit een moment van gebed was. Hij stond met zijn gezicht naar de zonnestraal toe, zichtbaar vanwege de erin zwevende stofdeeltjes, en hij hoorde aan het geschuifel achter hem, dat de oude man met het Franse accent waarschijnlijk met zijn gezicht naar Mekka knielde, om zijn gebed te beginnen. Paulo begon zijn hoofd leeg te maken, wat niet zo moeilijk was in die sobere ruimte zonder ornamenten, waar zelfs de gekalligrafeerde, op schilderijen lijkende woorden uit de Koran ontbraken. Hij bevond zich in de totale leegte, ver van zijn land, ver van zijn vrienden, ver van wat hij had geleerd en wat hij wilde leren, van het goede of van het kwade, hij bevond zich daar. Alleen maar daar en in het nu.

Hij maakte een buiging, richtte zijn hoofd weer op, opende zijn ogen en zag hoe de zon met hem sprak – zonder te proberen hem iets te leren, en hem slechts omhulde met zijn gloed.

Mijn geliefde, mijn licht, moge je ziel voortdurend worden aanbeden. Nu is nog niet de tijd aangebroken om alles op te geven, toch zul je eens de plek hier waar je nu bent, verlaten om terug te keren naar de jouwen. Maar de Hoogste Gave, Liefde genaamd, zal ervoor zorgen dat je een instrument wordt van Mijn woorden – woorden die ik niet heb gezegd, maar die jij begrijpt.

De stilte treedt op als een leraar als jij je laat onderdompelen in de Grote Stilte. De stilte kan worden vertaald in woorden, want dat zal jouw lot zijn. Als het zover is, probeer dan absoluut niets uit te leggen, en zorg ervoor dat mensen het Mysterie respecteren.

Wil jij een pelgrim worden op de weg van het Licht? Leer dan je weg te vinden in de woestijn. Praat met je hart, omdat woorden slechts toevallig zijn – en hoewel je ze nodig hebt om met anderen te communiceren, laat je niet beetnemen door betekenissen en uitleg. Mensen horen alleen wat ze horen willen, probeer nooit iemand te overtuigen, volg slechts je eigen lot zonder angst – of zelfs met angst, maar volg jouw lot.

Wil je de hemel bereiken en tot bij mij komen? Leer dan vliegen met twee vleugels – discipline en mededogen.

Tempels, kerken en moskeeën zijn gevuld met mensen die bang zijn voor buiten – en op den duur geïndoctrineerd raken door dode woorden. Maar mijn tempel is de wereld, verlaat mijn tempel niet, ook al is dat moeilijk. Blijf daar, zelfs als ze je uitlachen.

Praat, maar probeer niemand te overtuigen. Accepteer geen leerlingen of mensen die in jouw woorden geloven, want dan geloven ze hun eigen hart niet meer, het enige waar ze werkelijk naar moeten luisteren.

Trek samen op, drink met elkaar en verheug je samen over het leven, maar bewaar wel afstand om te voorkomen dat de een de ander moet ondersteunen – vallen hoort bij de weg en iedereen moet leren in zijn eentje op te staan.

De minaretten zwegen al. Paulo wist niet hoe lang hij had gesproken met de zon – de zonnestraal verlichtte nu een plek een flink stuk verderop. Hij draaide zich om, en de man die uit een ver land was gekomen om slechts te ontdekken wat hij in de bergen van zijn geboortestreek ook had kunnen vinden, was al weggegaan. Hij was alleen.

Het was tijd om te vertrekken, omdat hij de vlam van de Gekte steeds meer bezit van hem liet nemen. Hij zou niemand hoeven vertellen waar hij was geweest en hij hoopte dat zijn ogen hetzelfde bleven – omdat hij voelde dat ze schitterden, en dat kon de aandacht van de anderen trekken.

Hij stak een van de wierookstaafjes naast zijn stoel aan en ging. Hij deed de deur dicht, maar wist dat voor mensen die drempels willen nemen, deuren altijd open zijn. Je hoeft alleen maar de klink naar beneden te duwen.

De journaliste van het Franse persbureau was zichtbaar geërgerd over wat ze haar hadden opgedragen: een interview in Turkije met hippies – hippies! – hartje Turkije per bus op weg naar Azië, zoals veel immigranten die, op zoek naar rijkdom en kansen in Europa, juist in tegengestelde richting reisden. Ze koesterde geen vooroordelen over de een noch de ander, maar, nu dat er conflicten in het Midden-Oosten waren losgebarsten – de telex ratelde maar door, er waren geruchten over bataljons in Joegoslavië die elkaar uitmoordden, Griekenland verkeerde op voet van oorlog met de Turken, de Koerden wensten autonomie, de president weifelde, Istanbul was een spionnennest geworden waar KGB- en CIA-agenten samen optrokken, de koning van Jordanië had een opstand de kop ingedrukt en de Palestijnen zwoeren wraak – wat zat zij daar nu in hemelsnaam te doen, in dat derderangs hotel?

Orders uitvoeren. Ze had een telefoontje ontvangen van de chauffeur van die zogenaamde Magic Bus, een ervaren en sympathieke Engelsman die haar in de lobby van het hotel opwachtte en evenmin de belangstelling van de buitenlandse pers voor het onderwerp begreep, maar die besloten had om loyaal mee te werken.

In de lobby was geen hippie te bekennen, behalve een figuur die op Raspoetin leek en een man van om en nabij de vijftig die weinig weg had van een hippie, met een meisje aan zijn zij.

'Hij zal uw vragen beantwoorden,' zei de chauffeur. 'Hij spreekt uw taal.'

Het voordeel was dat ze Frans spraken, waardoor het interview makkelijker zou gaan en sneller. Ze begon met hem in tijd en ruimte te plaatsen (naam: Jacques / Leeftijd: 47 jaar / Afkomstig uit: Amiens, Frankrijk / Beroep: voormalig directeur van een leidend Frans cosmeticabedrijf / Burgerlijke staat: gescheiden).

'Zoals u waarschijnlijk verteld is, ben ik hier om een reportage voor te bereiden, op verzoek van persbureau France Presse, over deze cultuur die, zoals ik gelezen heb, ontstaan is in de Verenigde Staten...'

Ze had zich nog net weten te bedwingen om te zeggen 'cultuur van rijkeluiskinderen die niets anders te doen hebben'.

'... en zich razendsnel over de hele aarde heeft verspreid.'

Jacques knikte, terwijl de journaliste opnieuw bijna in de fout ging door toe te voegen 'in werkelijkheid alleen in die gebieden waar de rijken der aarde wonen'.

'Wat wilt u precies weten?' vroeg Jacques, die spijt begon te krijgen dat hij ermee ingestemd had dit interview te geven, want de rest van de groep was de stad aan het verkennen en vermaakte zich.

'Afijn, wat we al weten is dat het om een beweging gaat die er geen vooroordelen op na houdt, zich baseert op drugs, muziek, massaconcerten in de openlucht waar alles is geoorloofd, reizen, absolute en totale minachting voor mensen die op dit moment vechten voor een ideaal, voor een vrijere en rechtvaardigere samenleving...'

'... zoals bijvoorbeeld...'

'Zoals degenen die de onderdrukte volkeren proberen te bevrijden, die onrechtvaardigheid aan de kaak stellen, deelnemen aan de noodzakelijke klassenstrijd waarin mensen bloed en leven opofferen om te bereiken dat de enig juiste toekomst van de mensheid, het socialisme, ophoudt een utopie te zijn en snel werkelijkheid kan worden.'

Jacques knikte – het was zinloos op dat soort provocaties in te gaan, het zou alleen maar opleveren dat hij zijn kostbare eerste dag in Istanbul eraan kwijt zou zijn.

'En die een veel vrijere visie, ik zou zeggen meer libertijnse visie op seks hebben, waarbij mannen van middelbare leeftijd zich er niet voor schamen gezien te worden aan de zijde van meisjes die de leeftijd hebben om hun dochters te kunnen zijn...'

Jacques was van plan die ook voorbij te laten gaan, ware het niet dat er werd ingegrepen.

'Het meisje dat de leeftijd heeft om zijn dochter te kunnen zijn – ik veronderstel dat u mij bedoelt – is in werkelijkheid zijn dochter. We zijn niet aan elkaar voorgesteld, maar Marie is de naam, twintig jaar, geboren in Lisieux, studente politicologie, bewonderaarster van Camus en Simone de Beauvoir. Muzikale voorkeuren: Dave Brubeck, The Grateful Dead en Ravi Shankar. Momenteel een scriptie aan het schrijven over hoe het socialistische paradijs waarvoor mensen hun leven geven, ook wel Sovjet-Unie geheten, even onderdrukkend is geworden als de dictaturen aan de Derde Wereld opgelegd door kapitalistische landen zoals de Verenigde Staten, Engeland, België, Frankrijk. Had u nog meer willen horen?'

De journaliste bedankte voor het commentaar, slikte, overwoog heel even of het verzonnen kon zijn, deduceerde dat het niet zo was, probeerde haar verbazing te verbergen en concludeerde dat ze hiermee misschien de rode draad van haar stuk te pakken had: de geschiedenis van een man, voormalig directeur van een groot Frans bedrijf, die tijdens een existentiële crisis besluit de boel de boel te laten, zijn dochter mee te nemen en de wereld in te trekken – zonder de risico's in overweging te nemen die dat kan meebrengen voor het meisje – of jonge vrouw beter gezegd. Of ouwelijk meisje, gezien haar manier van praten. Ze was aan de verliezende hand nu en moest het initiatief zien terug te winnen.

'Al drugs geprobeerd?'

'Ja, natuurlijk: marihuana, thee van hallucinogene paddenstoelen, wat chemische drugs die me geen goed hebben gedaan zoals lsd. Heroïne, cocaïne of opium heb ik nooit aangeraakt.'

De journaliste keek opzij naar de vader, die het onbewogen aanhoorde.

'En ben je voorstander van het idee dat seks vrij moet zijn?'

'Ze hebben de anticonceptiepil uitgevonden, en dus zie ik niet in waarom seks niet vrij hoort te zijn.'

'En zo leef je ook?'

'Dat gaat u niet aan.'

Haar vader die zag dat het gesprek op een confrontatie uitdraaide, besloot van onderwerp te veranderen.

'Maar zouden we het niet over hippies hebben? U hebt onze filosofie heel goed verwoord. Wat wilt u nog meer weten?'

Onze filosofie? Een man van bijna vijftig had het over 'onze filosofie'?

'Ik ben benieuwd waarom jullie met de bus naar Nepal gaan. Voor zover ik het begrijp en voor zover ik aan jullie kleding meen af te kunnen lezen, hebben jullie vast geld genoeg om met het vliegtuig te gaan.'

'Omdat het mij vooral om de reis zelf gaat. Het is voor mij een gelegenheid mensen te leren kennen die ik met geen mogelijkheid zou kunnen tegenkomen in de *première classe* van Air France, waarin ik vaak heb gevlogen – en waar mensen niet met elkaar praten, zelfs al zitten ze twaalf uur naast elkaar.'

'Maar er bestaan...'

'Ja, er bestaan comfortabelere bussen dan die aangepaste schoolbus met zijn beroerde vering en zijn niet-verstelbare stoelen – vermoed ik dat u wilt zeggen. Toevallig heb ik in mijn vorige incarnatie, oftewel in de hoedanigheid van directeur marketing, iedereen leren kennen die ik moest leren kennen. En om u de waarheid te vertellen, de een verschilde niet van de ander – dezelfde rivaliteiten, dezelfde interesses, dezelfde pronkzucht, een leven dat in alles verschilde van dat uit mijn kinderjaren, toen ik mijn vader hielp bij het werk op onze boerderij in de buurt van Amiens.'

De journaliste, nu duidelijk aan de verliezende hand, begon in haar papieren te bladeren. Die twee lieten zich niet makkelijk provoceren.

'Wat zoekt u?'

'Wat ik had genoteerd over hippies.'

'Maar u hebt het heel goed samengevat: seks, muziek, drugs, rock en reizen.'

De Fransman slaagde erin haar te irriteren, en meer dan ze had gedacht.

'Meer denkt u niet dat het is? Er is veel meer.'

'Veel meer? Laat horen, vertel, want toen ik deze reis ging maken, op uitnodiging van mijn dochter die zag hoe ongelukkig ik was, had ik geen tijd om alles tot in detail uit te zoeken.'

De journaliste zei dat het zo goed was, dat ze de antwoorden had die ze wilde – en ze dacht bij zichzelf: ik kan het hele interview wel bij elkaar verzinnen, er is niemand die het ooit zal weten – maar Jacques drong aan. Hij vroeg of ze koffie wilde of thee ('koffie, ik ben die gezoete muntthee meer dan zat'), Turkse koffie of normale ('Turkse koffie, ik ben in Turkije, het is echt belachelijk de koffie te filteren, het maalsel hoort erin te blijven').

'Ik vind dat mijn dochter en ik het verdienen iets te leren. We weten bijvoorbeeld niet waar het woord *hippie* vandaan komt.' Hij was demonstratief ironisch, maar zij deed alsof dat haar niet opviel en ze besloot door te zetten. Ze had verschrikkelijke zin in koffie.

'Niemand weet het. Maar goed, als echte Fransen die alles proberen te definiëren: het idee van seks, vegetarisme, vrije liefde en samenleven vindt zijn oorsprong in Perzië, in een cultus gesticht door een zekere Mazdak. Er is weinig over hem bewaard gebleven. Maar doordat we momenteel er niet omheen kunnen steeds meer over deze beweging te schrijven, hebben enkele journalisten nog een oorsprong ontdekt: de Griekse filosofen die cynici worden genoemd.'

'Cynici?'

'Ja. De naam heeft niets te maken met de betekenis die we tegenwoordig aan het woord geven. Diogenes is er de bekendste vertegenwoordiger van. Volgens hem horen we af te zien van wat de samenleving ons opdringt – we zijn allemaal opgevoed om meer te bezitten dan we nodig hebben. We moeten terugkeren naar de primitieve waarden, oftewel, een sober leven leiden overeenkomstig de wetten van de natuur, blij zijn met elke nieuwe dag, en alles afwijzen waarvoor iedereen is opgevoed – macht, hebzucht, gierigheid, dat soort dingen. Het enige doel van het leven is ons te bevrijden van wat we niet nodig hebben en vreugde te vinden in elk moment, en elke ademtocht. Diogenes leefde trouwens in een ton, zo wil de legende.'

De chauffeur kwam aanlopen. De hippie met het uiterlijk van Raspoetin sprak vast en zeker Frans, omdat hij op de vloer ging zitten luisteren. De koffie werd gebracht. Dat stimuleerde de journaliste haar college voort te zetten. Plotseling was de algemene vijandigheid verdwenen, en stond zij in het middelpunt van de aandacht.

'Dit gedachtengoed vond verspreiding tijdens het christendom, toen de monniken in de woestijn de stilte zochten om in contact te komen met God. En het ging door tot in onze dagen, dankzij vermaarde filosofen zoals de Amerikaan Thoreau of de bevrijder van India – Gandhi. Maak het simpel, zeiden ze allemaal. Maak het simpel en je zult gelukkiger worden.'

'Maar hoe het dan plotseling een soort mode werd, een manier van kleden, van cynisch zijn in de huidige betekenis van het woord – niet geloven in rechts noch in links, bijvoorbeeld?'

'Dat weet ik eigenlijk niet. Ze zeggen dat het de grote rockconcerten waren, zoals Woodstock. Ze zeggen dat het bepaalde muzikanten waren zoals Jerry Garcia en The Grateful Dead, of Frank Zappa en The Mothers of Invention, die gratis optredens begonnen te doen in San Francisco. Maar dat kwam ik nu juist aan jullie vragen.'

Ze keek op haar horloge en stond op.

'Sorry, ik moet gaan. Ik heb vandaag nog twee interviews.'

Ze ordende haar papieren en schikte haar kleren.

'Ik loop met u mee naar de deur,' zei Jacques. De vijandigheid was helemaal verdwenen – ze was een professional die probeerde haar werk goed te doen en niet een vijand die gekomen was om de geïnterviewden in een kwaad daglicht te stellen.

'Hoeft niet, hoor. En u hoeft zich ook niet schuldig te voelen over wat uw dochter vertelde.'

'Ik loop toch even met je mee.'

Ze liepen samen naar buiten. Jacques vroeg waar de kruidenbazaar was – hij had niet de minste interesse om spullen te zien die hij niet wilde kopen, maar vond het heerlijk van de geur te genieten van planten en kruiden die hij misschien nooit meer zou ruiken.

De journaliste wees hem de weg en vertrok haastig in tegenovergestelde richting.

Onderweg naar de kruidenbazaar bedacht Jacques – die jarenlang had gewerkt als verkoper van dingen die geen mens nodig had, en daarom elk jaar een campagne had moeten ontwikkelen om de consument attent te maken op het 'nieuwe product' dat zijn bedrijf lanceerde – dat ze in Istanbul wel een efficiënter departement voor toerisme konden hebben: hij was diep onder de indruk van de steegjes, de winkeltjes die hij passeerde, de cafés waar de tijd leek stil te staan – de inrichting, de kleding van de mensen, de snorren. Waarom liet het merendeel van de Turken een snor staan?

Wat daarvan de reden was, ontdekte hij bij toeval toen hij een stop maakte in een bar die beslist zijn beste dagen had gehad, maar volledig art nouveau was ingericht, zoals je slechts aantreft op de meer verborgen, chiquere plekken van Parijs. Hij besloot tot zijn tweede Turkse koffie van de dag – gemalen bonen plus water, zonder filteren, geserveerd in een koperen kannetje met opzij een steeltje in plaats van een oortje, iets wat hij alleen van hier kende. Hij hoopte maar dat de stimulerende werking nog voor het einde van de dag uit zijn lichaam verdwenen zou zijn zodat hij opnieuw een nacht rustig zou kunnen slapen. Het was er niet bijzonder druk – in feite was er op hemzelf na maar één klant – en de eigenaar, die zag dat hij een buitenlander was, sprak hem aan.

Hij vroeg hem over Frankrijk, Engeland, Spanje, deed

het verhaal over zijn Café de La Paix, wilde weten wat hij vond van Istanbul ('Ik ben er net, maar ik zou zeggen dat deze stad meer bekendheid verdient'), van de grote moskeeën en de grote bazaar ('Ik heb nog niets bezocht, ben pas gisteren aangekomen'), en had het vervolgens over de uitstekende koffie die hij zette, tot Jacques hem onderbrak: 'Ik zag iets heel interessants, ik kan me vergissen, maar tenminste in dit deel van de stad hebben alle mannen een snor – u ook. Is dat traditie? U hoeft de vraag niet te beantwoorden, hoor, als u niet wilt.'

De eigenaar reageerde enthousiast.

'Dat doet me bijzonder veel deugd, dat u me dat vraagt – het is geloof ik voor het eerst dat een buitenlander die hier komt binnenlopen, daarover begint. En dan moet u wel weten dat, omdat mijn koffie zo lekker is, van de weinige toeristen die onze stad bezoeken, er veel bij mij terechtkomen, op aanraden van de grote hotels.'

Ongevraagd schoof hij aan en hij vroeg zijn hulp – die gezien zijn baardeloze gezicht nauwelijks de puberteit achter zich had gelaten – hem een muntthee te brengen.

Koffie en muntthee. Dat waren de enige dingen die de mensen in dit land leken te drinken.

'Is het iets godsdienstigs?'

'De thee?'

'Nee, de snor.'

'Nee, in geen geval! Het is omdat we mannen zijn. Om eer en waardigheid te hebben – zo heb ik geleerd van mijn vader, eigenaar van een zeer goed verzorgde snor. Hij zei altijd tegen me: "Op een dag zul jij er ook zo een hebben." Hij vertelde me dat in de tijd van mijn overgrootvader, toen de vervloekte Engelsen en – sorry – Fransen ons de zee in probeerden te drijven, de Turken moesten bepalen welke koers ze vanaf toen zouden varen. En omdat er in ieder regiment wel een spionnennest was, besloten ze dat de snor een code was. Aan de vorm was te zien of iemand voor of tegen de hervormingen was die de vervloekte Engelsen en – sorry nogmaals – Fransen ons wilden opleggen. Het was niet echt een geheime code, natuurlijk, maar een soort principeverklaring.

Daar zijn we mee begonnen tegen het einde van het glorieuze Ottomaanse Rijk, toen we voor ons land een nieuwe koers moesten uitzetten. Wie voor de hervorming was, nam een snor in de vorm van een M. Wie tegen was liet de snoruiteinden dalen, waardoor de snor een omgekeerde U-vorm kreeg.'

En wie noch voor noch tegen was?

'Die schoor hun hele gezicht. Maar het was een schande voor de familie om zo iemand in hun midden te hebben – alsof hij een vrouw was.'

'En zo is het tot op de dag van vandaag?'

'De vader van alle Turken – Kemal Atatürk, de militair die er ten slotte in slaagde een einde te maken aan het tijdperk van door Europese mogendheden op de troon gezette dieven, had soms een snor en soms niet. Daarmee bracht hij iedereen in verwarring. Maar een eenmaal gevestigde traditie kun je niet zomaar ongedaan maken. Bovendien, en nu ga ik even terug naar het begin van ons gesprek, wat voor kwaad steekt er nou in dat iemand het symbool van zijn mannelijkheid laat zien? Dieren doen precies hetzelfde, met hun pels of veren.'

Atatürk, de moedige militair die had gestreden in de Eerste Wereldoorlog, de man die een invasie had verhinderd, het sultanaat afgeschaft, een einde had gemaakt aan het Ottomaanse Rijk, de scheiding tussen de islamitische godsdienst en de Staat tot stand had gebracht (wat velen voor onmogelijk hadden gehouden) en, wat belangrijker was voor de vervloekte Engelsen en Fransen, had geweigerd een vernederende vrede te tekenen met de geallieerden – zoals Duitsland wel deed, dat daarmee de weg bereidde voor het nazisme. Jacques had al heel wat foto's gezien van het grootste icoon van het moderne Turkije – in de tijd dat de onderneming waar hij werkte erover dacht dat imperium opnieuw te veroveren, met sluwe verleidingstactieken – en nooit was het hem opgevallen dat Atatürk soms verscheen zonder snor, wel dat hij geen M- en ook geen U-snor had, maar een traditioneel westerse, waarbij de haren ophielden bij de mondhoeken.

Allemachtig, daar had hij toch het een en ander opgestoken over snorren en hun geheime boodschappen! Hij vroeg hoeveel hij schuldig was voor de koffie, maar de eigenaar van het café weigerde: hij zou het laten staan voor de volgende keer.

'Veel Arabische sjeiks komen naar hier voor een snorimplantaat,' zei hij ten slotte. 'Daarin zijn we de besten van de wereld.'

Jacques praatte nog wat door met de eigenaar, die zich al snel verontschuldigde omdat zijn lunchklanten binnendruppelden. Hij betaalde de rekening aan de baardeloze jongen en vertrok, in stilte zijn dochter bedankend dat ze hem op zijn werk letterlijk de uitgang had uit geduwd, maar wel met een prima regeling. En als hij nu van zijn 'vakantie' zou terugkeren en zijn vrienden van het werk zou vertellen over snorren en Turken? Ze zouden het allemaal curieus en exotisch vinden, maar verder niets.

Hij vervolgde zijn weg naar de kruidenbazaar terwijl hij zich afvroeg: *waarom heb ik verdomme nooit echt mijn ouders aangespoord de boerderij bij Amiens voor een tijdje de boerderij te laten en te gaan reizen?* Aanvankelijk was het excuus dat ze het geld nodig hadden om hun enige kind een passende opleiding te laten doen. Toen hij afstudeerde in iets waar zijn ouders geen enkel idee van hadden – marketing – zeiden ze dat ze erover dachten de volgende vakantie op reis te gaan, of in die daarna of misschien in de daaropvolgende, ook al weet iedere boer dat de natuur nooit stilstaat en dat het boerenwerk een afwisseling is van lange dagen maken – zaaien, wieden, oogsten – en intense verveling als er gewacht wordt tot de natuur haar cyclus voltooit.

In werkelijkheid hadden zijn ouders nooit de intentie gehad hun streek, die ze op hun duimpje kenden, te verlaten, alsof de rest van de wereld een angstaanjagend oord was waar ze zouden verdwalen in onbekende straten in volstrekt vreemde steden bevolkt met snobs die meteen hoorden dat zij van het platteland waren. Nee, het was overal hetzelfde, iedereen had een plaats toegewezen gekregen op de wereld en dat hadden ze te respecteren.

Jacques was in zijn kinderjaren en puberteit vaak wanhopig geweest, maar er had niets anders op gezeten dan doorgaan zoals hij zich had voorgenomen: een goede baan vinden (dat deed hij), een vrouw vinden en trouwen (hij was vierentwintig toen dat gebeurde), een carrière opbouwen, de wereld leren kennen (dat deed hij en werd ten slotte doodmoe van de luchthavens, hotels en restaurants, terwijl zijn vrouw geduldig thuis wachtte, en naast het zorgen voor hun dochter een zin probeerde te geven aan haar leven), op een zeker moment bevorderd worden tot directeur, met pensioen gaan, terugkeren naar het platteland en zijn leven afsluiten in het dorp waar hij geboren was.

Zo bezien, zoveel jaren later, dacht hij dat hij alle tussenliggende fases had kunnen overslaan – maar zijn ziel en zijn enorme nieuwsgierigheid dreven hem voort en hij maakte eindeloze uren voor een baan die hij aanvankelijk leuk vond en begon te haten toen hij promotie maakte.

Hij kon een tijdje wachten en op het juiste moment opstappen. Hij klom in rap tempo op in de hiërarchie van het bedrijf, zijn salaris was verdriedubbeld, en zijn dochter – die hij in etappes had zien opgroeien, tussen de ene reis en de volgende – was aan de studie politicologie begonnen. Zijn vrouw scheidde ten slotte van hem omdat ze haar leven als zinloos ervoer, en nu woonde ze alleen want Marie had een vriendje opgedaan en was bij hem ingetrokken.

De meeste van zijn ideeën over marketing (een woord en een beroep dat in de mode was) werden aanvaard, hoewel sommige werden betwijfeld door stagiairs die de aandacht wilden trekken, maar daar was hij aan gewend en wie al te veel ijver liet zien, werd meteen door hem op een zijspoor gezet. De bonussen aan het eind van het jaar, gebaseerd op de bedrijfswinst, werden steeds hoger. Nu hij weer vrijgezel was, liep hij steeds meer feesten af en kreeg hij interessante en 'geïnteresseerde' vriendinnen – zijn cosmeticamerk was een voorbeeld voor alles en iedereen; zijn vriendinnen zinspeelden er voortdurend op dat ze graag op de reclameposters van bepaalde producten zouden staan, en hij zei geen ja, en geen nee. De tijd ging voorbij, de geïnteresseerde liefjes vertrokken, de oprechte liefjes wilden dat hij zou hertrouwen met hen, maar hij had alles al prima gepland voor zijn toekomst: nog tien jaar werken en dan zou hij opstappen, in de bloei van zijn leven, met een volle beurs en plenty mogelijkheden. Hij zou weer door de wereld gaan reizen, nu door

Azië, dat hij nauwelijks kende. Hij zou dingen leren die zijn dochter, op dat ogenblik ook zijn beste vriendin, hem graag zou laten zien. Ze stelden zich voor naar de Ganges te gaan en naar de Himalaya, naar de Andes en naar Ushuaia, dicht bij de Zuidpool – als hij met pensioen ging, natuurlijk. En als zij was afgestudeerd, natuurlijk.

Tot twee gebeurtenissen zijn leven compleet overhoophaalden.

De eerste gebeurtenis had plaats op 3 mei 1968. Hij zat in zijn kantoor op zijn dochter te wachten, om samen met haar de metro naar huis te nemen. Toen hij zag dat ze al meer dan een uur te laat was, besloot hij een briefje bij de receptie van het gebouw achter te laten waar hij werkte, de luxueuze hoofdzetel vlak bij Saint-Sulpice, en ging de deur uit.

Plotseling zag hij dat Parijs in brand stond, zonder dat er iets over was gemeld. Zwarte rook bedekte de hemel, sirenes kwamen van alle kanten en het eerste wat hij dacht, was dat de Russen zijn stad hadden gebombardeerd!

Maar het volgende ogenblik moest hij een portiek in vluchten toen een groep jongeren door de straat kwam aangerend, natte doeken voor hun gezicht, schreeuwend 'de dictatuur is voorbij!', en andere leuzen die nu vergeten zijn. Daarachter, een bewapende politiemacht die traangasgranaten gooide. Jongeren die struikelden en vielen, werden onmiddellijk afgeranseld.

Zijn ogen begonnen branderig te voelen van het traangas, hij begreep niet wat er gebeurde – wat was dit? Hij moest het iemand vragen, maar vooral moest hij nu zijn dochter zien te vinden – waar kon ze zijn? Hij probeerde in de richting van de Sorbonne te lopen, maar de straten waren niet om door te komen, er werden veldslagen geleverd tussen de oproerpolitie en een bende anarchisten als uit een horrorfilm. Er brandden autobanden, stenen werden naar de politie gegooid, molotovcocktails vlogen in alle richtingen, alle transport lag stil. Meer traangas, meer geschreeuw, meer sirenes, meer stenen die uit het trottoir werden gewrikt, meer jongeren die afgeranseld werden – waar is mijn dochter?

Waar is mijn dochter?

Het zou een vergissing zijn – om niet te zeggen zelfmoord – de kant van de confrontatie op te lopen. Hij kon beter richting huis gaan, het telefoontje van Marie afwachten en hopen dat alles voorbij zou gaan, hij verwachtte dat het die avond nog wel achter de rug was.

Hij had nooit aan studentendemonstraties deelgenomen, omdat hij andere doelen in zijn leven had, maar geen van de demonstraties die hij had gezien, had langer dan enkele uren geduurd. Er zat niets anders op dan te wachten op het telefoontje van zijn dochter – meer vroeg hij God op dat moment niet. Ze leefden in een bevoorrecht land waar jongeren alles hadden wat ze wensten, waar volwassenen wisten dat als ze hard werkten ze zonder al te grote problemen hun pensionering zouden halen, ze door konden gaan met zich te laven aan de beste wijn ter wereld, met zich te voeden met de beste keuken ter wereld en met te flaneren door de mooiste stad ter wereld, zonder angst of geweld.

Het telefoontje van zijn dochter kwam rond twee uur 's nachts – hij had de tv nog aan, de twee kanalen van de staatstelevisie zonden uit en analyseerden, analyseerden en zonden uit wat er gebeurde in Parijs.

'Maak je geen zorgen, papa. Met mij is het goed. Iemand hier naast me wil ook bellen, dus ik vertel je alles wel een andere keer.'

Hij wilde iets vragen, maar ze had al opgelegd.

Hij deed die nacht geen oog dicht. De demonstraties duurden veel langer dan hij had gedacht. De praathoofden op tv waren even verrast als hij, want alles was van het ene moment op het andere ontploft, voortekenen waren er nauwelijks geweest. Maar ze probeerden kalmte te tonen, de botsingen tussen politie en studenten te duiden met de pompeuze woorden van sociologen, politici, analisten, enkele politiemensen, een paar studenten en soortgelijken.

De adrenaline verdween uit zijn bloed, en hij viel uitgeput op de bank in slaap. Toen hij zijn ogen opende was het al dag, tijd om naar het werk te gaan, maar iemand op tv – die de hele nacht had aangestaan – drukte de mensen op het hart thuis te blijven, want de 'anarchisten' waren bezig de universiteiten en metrostations te bezetten en barricades op te werpen om auto's de vrije doorgang te verhinderen. Waarmee ze een fundamenteel recht van de burger schonden, aldus diegene.

Hij belde naar zijn werk, niemand nam op. Hij belde naar de hoofdvestiging, en iemand die de nacht daar had doorgebracht omdat hij in een voorstad woonde en met geen mogelijkheid thuis had kunnen komen, informeerde hem dat het zinloos was te proberen die dag ergens heen te gaan – alleen een enkeling die in de directe omgeving van het gebouw woonde, was het gelukt op zijn werk te komen.

'Vandaag gaat het gebeuren,' zei de anonieme werknemer met wie hij sprak. Jacques vroeg zijn chef aan de lijn, maar die was, zoals vele anderen, thuisgebleven.

De onrust en de confrontaties werden niet minder, zoals was verwacht – integendeel, de situatie verslechterde toen ze zagen hoe de politie optrad tegen de studenten.

De Sorbonne, het symbool bij uitstek van de Franse

cultuur, was zojuist bezet, en de docenten hadden zich bij de protesten aangesloten of waren uit het complex gezet. Er waren verschillende comités opgericht die allerhande voorstellen hadden die meteen geïmplementeerd zouden worden of verworpen, zei de tv, die op dat ogenblik al meer sympathie voor de studenten liet blijken.

De winkels in zijn wijk waren gesloten, op één na, van een Indiër. Er stond een rij mensen bij de deur te wachten om geholpen te worden. Hij sloot zich geduldig aan en luisterde naar de commentaren om hem heen: 'Waarom doet de regering niets?' 'Waarom betalen we zoveel belasting als de politie er op zo'n moment niets van bakt?' 'Het is de schuld van de Communistische Partij.' 'Het is de schuld van de opvoeding die we onze kinderen hebben gegeven, want nu vinden ze het hun goed recht zich te keren tegen alles wat ze van ons hebben geleerd.'

Zulke dingen. Het enige wat niemand wist te verklaren was waaróm dit alles gebeurde. 'We weten het nog niet.'

De eerste dag ging voorbij.

En de tweede.

En de eerste week liep ten einde.

En het werd alleen maar erger.

Zijn appartement lag op een kleine heuvel in Montmartre, drie metrostations van zijn werk, en vanuit zijn raam kon hij de sirenes horen, de rook van de brandende autobanden zien en de straat in het oog houden om te zien of zijn dochter eraan kwam. Drie dagen later kwam ze opdagen, nam snel een bad, schoot wat van hem aan – haar kleren lagen in haar flat – propte lukraak wat naar binnen en vertrok weer, en steeds riep ze 'ik vertel het later wel'.

En dat waarvan hij dacht dat het iets voorbijgaands

was, een ingehouden woede, verbreidde zich uiteindelijk over heel Frankrijk; werknemers gijzelden hun bazen en een algemene staking werd uitgeroepen. Het merendeel van de fabrieken werd door de arbeiders bezet – net als een week eerder met de universiteiten was gebeurd.

Frankrijk viel stil. En het probleem was niet langer de studenten – die ergens anders op leken te focussen en nu met leuzen kwamen als 'vrije liefde', of 'weg met het kapitalisme', 'grenzen open voor iedereen', of 'burgers, jullie snappen er niets van'.

Het probleem was nu de algemene staking.

De tv was zijn enige bron van informatie. Daarop zag hij, met een mengeling van verbazing en schaamte, dat na twintig dagen hel de president van Frankrijk, generaal Charles de Gaulle, de man die weerstand had geboden aan de nazi's, die een einde had gemaakt aan de koloniale oorlog in Algerije, en die door iedereen werd bewonderd, eindelijk zijn neus liet zien, om aan zijn landgenoten te zeggen dat hij een referendum ging organiseren waarin hij een 'culturele, sociale en economische vernieuwing' voorstelde. Als hij verloor, zou hij aftreden.

Wat De Gaulle voorstelde zei de arbeiders niets, die hadden geen boodschap aan vrije liefde, open grenzen, dat soort dingen. Ze dachten maar aan één ding: een behoorlijke loonsverhoging. Premier Georges Pompidou had overleg met vertegenwoordigers van de vakbonden, trotskisten, anarchisten, socialisten, en toen pas nam de crisis af – omdat toen ze allemaal tegenover elkaar werden gezet, iedereen een andere eis had. Het was aan de regering.

Jacques besloot deel te nemen aan een mars pro-De Gaulle. Heel Frankrijk keek met verbijstering naar wat er gebeurde. De mars, in praktisch alle steden van het land, bracht een immense mensenmenigte op de been, en degenen die de aanstichters waren van wat Jacques 'anarchie' was blijven noemen, traden terug. De nieuwe arbeidscontracten werden getekend. De studenten, die niets meer te eisen hadden, begonnen langzaam weer terug te keren naar de collegebanken – met het gevoel een overwinning behaald te hebben die niets voorstelde.

Eind mei (of begin juni, hij wist het niet meer precies) kwam zijn dochter eindelijk naar huis terug en zei dat ze alles bereikt hadden wat ze wilden. Hij vroeg niet wat ze dan wel wilden, en zij begon er niet over, maar ze zag er moe, teleurgesteld en gefrustreerd uit. De restaurants waren al open en ze gingen uit eten bij kaarslicht, en vermeden het onderwerp – Jacques zou nooit zeggen dat het een mars was geweest ten faveure van de regering – en de enige opmerking van haar die hij serieus nam, was toen ze zei: 'Ik ben het zat hier. Ik ga reizen en ver weg wonen.'

Uiteindelijk zag ze daarvan af, want ze wilde eerst 'haar studie afmaken', en hij begreep dat degenen die hoopten op een welvarend en competitief Frankrijk hadden gewonnen. Echte revolutionairen bekommeren zich niet om een opleiding of een diploma.

Sindsdien had hij duizenden pagina's gelezen met verklaringen en rechtvaardigingen van de hand van filosofen, politici, uitgevers, journalisten enzovoorts. Ze noemden het sluiten van een universiteit in Nanterre aan het begin van de maand, maar dat kon – voor hem – niet alle oproer verklaren waarvan hij, de weinige keren dat hij zich buitenshuis had gewaagd, getuige was geweest.

En nergens las hij ook maar één regel die hem kon overhalen te zeggen: 'Aha, dus dát was het, waardoor alles begonnen is.'

De tweede gebeurtenis of het tweede – en doorslaggevende – moment van omslag was een diner in een van de meest luxueuze restaurants van Parijs, waar hij speciale klanten mee naartoe nam – inkopers voor hele landen en steden. Mei 1968 was in Frankrijk al iets waar je het niet meer over had, ook al verspreidde het vuur daarvan zich nog steeds naar andere plaatsen in de wereld. Niemand wilde er nog aan denken en als een buitenlandse klant ernaar zou durven vragen, zou Jacques beleefd van onderwerp veranderen met de opmerking dat 'kranten de dingen altijd groter maken dan ze zijn'.

Waarmee het onderwerp was afgedaan.

Hij was bevriend met de restauranteigenaar, die hem bij zijn voornaam noemde, en dat maakte indruk op zijn gezelschap – wat trouwens ook de opzet was. Hij kwam binnen, de obers leidden hem naar 'zijn tafel' (die afhankelijk van de bezetting de hele tijd wisselde, maar dat wisten de gasten niet), onmiddellijk kreeg iedereen een glas champagne geserveerd, de menu's werden overhandigd, de bestellingen gedaan, de dure wijn ('de gebruikelijke, toch?' vroeg de ober, en Jacques knikte) en de gesprekken waren dezelfde als altijd (met de pas-gearriveerde gasten die wilden weten of ze naar het Lido, de Crazy Horse of de Moulin Rouge moesten, ongelooflijk hoe ze Parijs in het buitenland tot die drie etablissementen terugbrachten). Over werk werd niet gesproken tijdens een zakendiner, behalve aan het einde, wanneer iedereen aan tafel werd gefêteerd op een Cubaanse sigaar en de mensen die zichzelf uiterst belangrijk vonden het eens werden over de allerlaatste details, terwijl in werkelijkheid de afdeling verkoop dat soort dingen al had voorzien en alleen nog maar de handtekeningen nodig had, die dan ook altijd geplaatst werden.

Nadat iedereen had besteld, richtte de ober zich tot hem: 'Hetzelfde als altijd?'

Hetzelfde als altijd: oesters vooraf. Hij legde uit dat ze levend geserveerd moesten worden wat een geschokte reactie teweegbracht bij zijn overwegend buitenlandse gasten. Zijn plan was vervolgens slakken te bestellen – de beroemde *escargots*. Hij zou eindigen met een bord kikkerbillen.

Niemand durfde met hem mee te doen en dat was ook wat hij wilde. Dat was onderdeel van de marketing.

Alle entrees werden tegelijkertijd opgediend. De oesters arriveerden, en de anderen bleven wachten op wat er vervolgens zou gaan gebeuren. Hij perste een beetje limoen uit over de eerste, die bewoog, tot schrik en verbazing van de gasten. Hij deed hem in zijn mond en liet hem zijn maag in glijden, waarna hij genoot van het zoute water dat nog in de schelp aanwezig was.

En twee seconden later kon hij geen adem meer halen. Hij probeerde te doen of er niets aan de hand was, maar dat was onmogelijk – hij viel op de grond en begreep dat zijn laatste moment was aangebroken, zijn blik gericht op het plafond en de authentieke kristallen luchters die daar hingen, waarschijnlijk meegebracht uit Tsjechoslowakije.

Zijn gezichtsveld begon van kleur te veranderen, nu zag hij alleen maar zwart en rood. Hij deed een poging te gaan zitten – hij had al tientallen, honderden, duizenden oesters gegeten in zijn leven – maar zijn lichaam wilde niet bewegen. Hij probeerde lucht te krijgen, maar dat lukte op geen enkele manier.

Er was een kort moment van angst, en Jacques stierf.

Plotseling zweefde hij tegen het plafond van het restaurant, de gasten om hem heen, anderen die ruimte probeerden te maken, en een Marokkaanse ober die naar de keuken rende. Hij zag niet echt scherp en duidelijk, het was eerder alsof hij door een doorzichtig vlies of een laagje stromend water naar de scène beneden zich keek. Er was geen angst meer of wat ook – een immens gevoel van rust doorstroomde alles, en de tijd, want er was nog wel tijd, versnelde. De mensen beneden leken zich in slow motion voort te bewegen, beter gezegd, als een reeks opeenvolgende foto's. De Marokkaan kwam terug uit de keuken, de beelden verdwenen – wat restte was slechts een complete, witte leegte en een bijna tastbaar gevoel van vrede. In tegenstelling tot wat velen zeggen over zulke voorvallen, zag hij geen zwarte tunnel; hij voelde een liefdesenergie om zich heen, iets wat hij lang niet had gevoeld. Hij was een baby in de buik van zijn moeder, meer niet – en hij wilde er nooit meer vandaan.

Plotseling voelde hij dat een hand hem vastgreep en naar beneden trok. Hij wilde niet gaan, eindelijk genoot hij van datgene waar hij steeds voor had gestreden en zijn hele leven op hoopte – rust, liefde, muziek, liefde, rust. Maar de hand trok aan hem met enorm geweld, en het lukte hem niet zich te verzetten.

Het eerste wat hij zag toen hij zijn ogen opende was het gezicht van de eigenaar van het restaurant, tussen bezorgd en blij in. Zijn hart ging tekeer, hij was misselijk, voelde neiging om over te geven, maar hield zich in. Het koude zweet brak hem uit, en een van de obers haalde een tafellaken en legde dat over hem heen.

'Waar heb je zo gauw die grijze kleur gehaald en die mooie blauwe lippenstift?' vroeg de eigenaar.

Zijn tafelgenoten, die op de vloer om hem heen zaten, zagen er opgelucht en geschrokken uit. Hij probeerde op te staan, maar de eigenaar hield hem tegen.

'Blijf even liggen. Het is niet de eerste keer dat dit hier is gebeurd en het zal ook wel niet de laatste keer zijn. Daarom zijn niet alleen wij, maar de meeste restaurants verplicht om een EHBO-koffer te hebben, met pleisters, jodium, een defibrillator in het geval van een hartaanval en wat nu goed van pas kwam, de adrenaline-injectie die we net hebben gebruikt. Heb je het telefoonnummer van een familielid bij de hand? We bellen de ambulance, maar je bent echt buiten levensgevaar. Zij zullen je hetzelfde vragen – een telefoonnummer, maar mocht je dat niet hebben, dan kan iemand van je gasten met je meegaan.'

'De oester?' waren zijn eerste woorden.

'Nee, natuurlijk niet – onze producten zijn van de hoogste kwaliteit. Maar wat zij eten weten we niet – en klaarblijkelijk heeft onze vriend met zijn ziekte in plaats van een parel te fabriceren jou geprobeerd te vermoorden.'

Wat is het dan geweest?

Op dat ogenblik, de ambulance was er al, probeerden ze hem op een draagbaar te leggen, maar hij zei dat hij in orde was, en om zichzelf te overtuigen stond hij met een beetje moeite op, maar het ambulancepersoneel legde hem weer neer, nu op de draagbaar. Hij besloot zich verder niet te verzetten. Ze vroegen of hij een telefoonnummer van een familielid had. Hij gaf het nummer van zijn dochter, en dat was een goed teken, hij kon weer helder denken.

De artsen namen zijn bloeddruk op, lieten hem met zijn ogen een lichtje volgen, en een vinger van zijn rechterhand op het puntje van zijn neus zetten, wat hij heel gehoorzaam deed, popelend van verlangen om daar weg te kunnen. Hij had geen enkel ziekenhuis nodig, ook al betaalde hij nog zoveel belasting voor een prima en gratis gezondheidszorg.

'We brengen u voor een nachtje naar het ziekenhuis, ter observatie,' zeiden ze, terwijl ze naar de ambulance liepen, waar zich al heel wat volk had verzameld, altijd blij iemand te zien die er misschien slechter aan toe was dan zij. De zwartgalligheid van de menselijk soort kent geen grenzen.

Onderweg naar het ziekenhuis, zonder sirene aan (een goed teken), vroeg hij of het de oester was geweest. De verpleegkundige naast hem bevestigde wat de eigenaar had gezegd. Nee. Als het de oester zou zijn, zou het langer geduurd hebben, eventueel zelfs uren.

En wat was het dan wel?

'Een allergie.'

Hij vroeg of ze dat beter wilden uitleggen – de eigenaar van het restaurant had gezegd dat het waarschijnlijk iets was wat de oester had gegeten en opnieuw bevestigden ze dat. Niemand wist hoe en wanneer het gebeurde, en of er een wetmatigheid in zat – maar ze wisten wel hoe het te behandelen. De technische naam is anafylactische shock. Zonder hem schrik aan te willen jagen vertelde een van de verpleegkundigen dat een allergie zich voordoet zonder enige waarschuwing vooraf. 'Zo kun je bijvoorbeeld al van kleins af granaatappels eten, maar op een dag kan zo'n vrucht in een paar minuten je dood betekenen, omdat je lichaam dan iets heeft ontwikkeld waar we geen verklaring voor hebben. Nog een voorbeeld: iemand verzorgt jarenlang zijn tuin, de kruiden zijn dezelfde, het stuifmeel is niet veranderd, totdat je op een dag begint te hoesten, je krijgt pijn in je keel, daarna in je hals, je denkt dat je een koutje te pakken hebt en maar het beste naar binnen kunt gaan, maar je kunt niet eens meer lopen. Het was geen keelpijn maar een vernauwing van de aorta. *Troppo tardi*. En dat gebeurt bij dingen waar we ons hele leven mee in aanraking komen.

Insecten zijn misschien gevaarlijker, maar dan nog gaan we niet ons hele leven bang lopen zijn voor bijen, toch?

Maar wees niet bang. Een allergie is niets ernstigs en niet gebonden aan leeftijd. Wel ernstig is een anafylactische shock, zoals u hebt gehad – de rest is een loopneus, rode plekjes op de huid, jeuk, zulke dingen.'

Ze arriveerden bij het ziekenhuis, zijn dochter stond bij de receptie. Ze wist ook al dat haar vader een allergische shock had gehad, die fataal kan zijn als er niet op tijd eerste hulp wordt verleend, maar zulke gevallen zijn uiterst zeldzaam. Ze gingen meteen naar een privékamer – Marie had het verzekeringsnummer al aan het ziekenhuis doorgegeven, zodat ze niet naar een zaal hoefden.

Hij kleedde zich om – omdat Marie in de haast had vergeten een pyjama mee te brengen, moest hij er een van het ziekenhuis aantrekken. Een arts die binnenkwam nam zijn pols op, die weer normaal was. Zijn bloeddruk was nog steeds aan de hoge kant, maar dat schreef de arts toe aan de stress waar Jacques de laatste twintig minuten mee te maken had gehad. Hij verzocht het meisje niet te lang te blijven, morgen zou haar vader al weer thuis zijn.

Marie zette een stoel naast het bed en nam zijn handen in de hare, waarop Jacques plotseling begon te huilen. Aanvankelijk waren het slechts stille tranen, die overgingen in steeds luidere snikken en hij besefte dat hij dit nodig had en probeerde zich niet in te houden. Hij liet zijn tranen de vrije loop en zijn dochter gaf hem tedere klopjes op zijn handen. Ze was opgelucht en ook geschrokken, omdat het de eerste keer was dat ze haar vader zag huilen.

Hij had geen idee hoe lang het duurde. Langzaam werd hij rustiger, alsof er een last van zijn schouders, van zijn borst, van zijn hoofd, van zijn leven werd genomen. Marie vond dat het al tijd werd om hem te laten slapen en maakte aanstalten haar hand terug te trekken, maar hij liet niet los.

'Ga niet weg. Ik moet je iets vertellen.'

Ze legde haar hoofd op zijn schoot, zoals ze deed toen ze klein was, om naar verhalen te luisteren. Hij streelde haar haar.

'Je weet dat alles in orde is en dat je morgen naar je werk kunt, toch?'

Ja. Dat wist hij. En de volgende dag zou hij naar het werk gaan – niet naar het gebouw waar hij zijn kantoor had, maar naar de hoofdvestiging. De huidige directeur, die tegelijk met hem bij het bedrijf was begonnen, had hem een briefje gestuurd met de boodschap hem binnenkort te willen zien.

'Ik wil je iets vertellen: ik ben een paar seconden dood geweest, of misschien waren het minuten, misschien een eeuwigheid – ik heb geen idee van de tijd omdat alles heel langzaam ging. En plotseling zag ik me omhuld door een liefdesenergie zoals ik nog nooit had ervaren. Het was alsof ik in de aanwezigheid...'

Zijn stem begon te trillen, zoals bij iemand die zijn tranen probeert te bedwingen. Maar hij praatte door: '... alsof ik in de aanwezigheid van God was. Iets waarin ik, en dat weet je heel goed, nooit van mijn leven heb geloofd. Ik heb jou op een katholieke school gedaan omdat die dicht bij ons huis was, en het onderwijs uitstekend. Maar we moesten ons wel in de kerk laten zien, ik verveelde me dood, jouw moeder was trots, en jouw klasgenoten en hun ouders beschouwden me als een van hen. Maar in feite was het alleen maar een offer dat ik bracht voor jou.'

Hij streelde nog steeds het haar van zijn dochter – het was er nooit van gekomen haar te vragen of ze wel in God geloofde. Zo te zien volgde zij niet meer het strikte katholicisme waarmee ze was opgegroeid, ze droeg exotische kleren, had vrienden met lang haar, luisterde naar heel andere liedjes dan die van Dalida of Edith Piaf.

'Ik heb altijd een strak gepland leven geleid en ik wist mijn plannen uit te voeren, mijn schema volgend zou ik binnenkort met pensioen gaan en het geld hebben om te doen wat ik leuk vind. Maar dat alles veranderde in die paar minuten of seconden of jaren waarin God mijn hand vasthield. Ik begreep, zodra ik terugkeerde naar het restaurant, naar de vloer, naar het gezicht van de bezorgde eigenaar die net deed of hij rustig was, dat ik nooit meer het leven zal leiden zoals ik tot nu toe heb gedaan.'

'Maar jij vindt je werk leuk.'

'Ik vond het zo leuk omdat ik de beste was in wat ik deed. En nu wil ik morgen ontslag nemen, afscheid nemen van dat werk waaraan ik zoveel goede herinneringen heb. En ik wil je een gunst vragen.'

'Wat je maar wilt. Als vader heb je me altijd meer geleerd door de dingen die je deed dan door wat je zei.'

'Ja, en dat is wat ik je wil vragen. Jarenlang heb ik jou opgevoed, en nu wil ik dat jij mij opvoedt. Ik zou samen met jou op wereldreis willen, dingen bekijken die ik nooit heb gezien, meer aandacht besteden aan de nacht en de ochtend. Geef je werk op en ga met me mee. Vraag je vriend toegeeflijk te zijn, geduldig op je terugkeer te wachten, en ga met me mee.

Mijn ziel en mijn lichaam moeten in rivieren kunnen

duiken die ik niet ken, want dat heb ik nodig, en ze moeten dingen kunnen drinken die ik nooit heb gedronken, bergen kunnen bekijken die ik nooit heb gezien tenzij op tv, en de liefde die ik vanavond heb ervaren moet zich opnieuw kunnen manifesteren, al is het maar een minuut per jaar. Ik wil dat je me als een gids naar jouw wereld leidt. Nooit zal ik een last voor je zijn, en wanneer je vindt dat ik weg moet gaan, hoef je het maar te vragen en ik zal gaan. En wanneer je vindt dat ik weer terug kan komen, kom ik en doen we weer iets samen. Ik wil dat jij me leidt, zeg ik nog eens.'

De dochter bleef stil liggen. Haar vader was niet alleen teruggekeerd naar de wereld der levenden, maar had een deur of raam gevonden dat openstond naar haar eigen wereld – die ze nooit had durven delen met hem.

De twee hadden dorst naar het Oneindige. En die dorst lessen was eenvoudig – ze hoefden alleen maar toe te laten dat het Oneindige zich manifesteerde. En daarvoor hadden ze geen andere plek nodig dan het eigen hart en het geloof dat het bestaat: een kracht zonder vorm, die overal in doordringt en in zich draagt wat alchemisten Anima Mundi noemen.

Jacques kwam aan bij de bazaar, waar meer vrouwen naar binnen gingen dan mannen, meer kinderen dan volwassenen, minder snorren en meer vrouwen met hoofddoek. Waar hij stond kon hij een intense geur ruiken – een mengeling van geuren die samen als één geur opstegen naar de hemel om opnieuw terug te keren naar de aarde, en die tegelijk met de regen een zegening en een regenboog mee terugbracht.

Toen ze elkaar weerzagen in de hotelkamer om de kleren aan te trekken die ze de vorige dag gewassen hadden en uit eten te gaan, klonk Karla een stuk vriendelijker.

'Hoe was jouw dag vandaag?'

Zoiets had ze nog nooit gevraagd – naar zijn idee was het iets wat zijn moeder aan zijn vader zou vragen, of getrouwde volwassenen aan hun partners. Hij had geen zin om te antwoorden, en zij drong niet aan.

'Ik stel me zo voor dat je naar de bazaar bent gegaan om me te zoeken.' En ze begon te lachen.

'Ik ben jouw kant op gelopen, maar ben al snel van plan veranderd, en teruggegaan naar waar ik eerst was.'

'Ik wil iets voorstellen waar je geen nee op kunt zeggen: laten we gaan eten in Azië.'

Het was niet moeilijk te begrijpen wat ze voorstelde: de brug oversteken die de twee continenten verbindt. Maar de Magic Bus zou dat binnenkort doen, waarom dingen versnellen?

'Omdat ik dan later een verhaal heb dat niemand zal geloven. Ik dronk een koffie in Europa en twintig minuten later stapte ik een restaurant in Azië binnen, klaar om al het lekkers te eten wat ze daar hebben.'

Het was een goed idee. Hij zou tegen zijn vrienden hetzelfde kunnen zeggen. Ook van hen zou niemand het geloven, ze zouden denken dat de drugs zijn hersenen hadden aangevreten, maar wat kon dat schelen? Er was inderdaad een drug die langzaam zijn werk begon te doen, dat was die middag gebeurd, met dezelfde man als die hij had ontmoet toen hij het lege Cultureel Centrum met de groene wanden binnenging.

Karla had iets van make-up gekocht in de bazaar, want ze kwam de badkamer uit met oogschaduw op, haar wenkbrauwen bijgetekend, iets wat hij niet eerder had gezien. Ze glimlachte aan één stuk door, iets wat hem voorheen evenmin was opgevallen. Paulo overwoog zich te scheren – hij liep al sinds eeuwen met een snor en een sik om zijn prominente kin te verhullen, maar over het algemeen schoor hij zich steeds zodra hij in de gelegenheid was, en het niet uitvoeren van die handeling riep afschuwelijke herinneringen op, zoals aan zijn tijd in de gevangenis. Maar het was niet in hem opgekomen van die wegwerpscheerdingen te kopen – het laatste uit het pakje had hij weggegooid nog voordat ze Joegoslavië binnenreden. Hij trok zijn in Bolivia gekochte trui en het spijkerjack met de sterstuds aan, waarna ze samen naar beneden gingen.

Er was niemand van de bus in de lobby, behalve de chauffeur, die opging in de krant. Paulo vroeg hem hoe hij de brug naar Azië kon oversteken. De chauffeur glimlachte: 'Aha, dat weet ik wel. Toen ik hier voor het eerst kwam, heb ik dat ook gedaan.'

Hij gaf hun de informatie die ze nodig hadden voor de bus (te voet naar de andere kant gaan kun je wel vergeten) en vond het jammer dat hij niet op de naam kon komen van het heerlijke restaurant waar hij op een dag had geluncht, aan de andere kant van de Bosporus.

'En, hoe staat het ervoor met de wereld?' vroeg Karla, wijzend op de krant. Ook de chauffeur leek verrast door de make-up en de glimlach. Er was iets veranderd.

'Het is al een week rustig. Voor de Palestijnen die volgens de krant een meerderheid in het land vormen, en die een staatsgreep aan het voorbereiden waren, zal het conflict voor altijd bekendstaan als Zwarte September. Zo noemen ze het. Maar los daarvan stroomt het verkeer normaal door. Wel heb ik net nog eens gebeld met het kantoor en zij stellen voor dat ik hier, in Istanbul, verdere instructies afwacht.'

'Prima, we hebben geen haast. Istanbul is een wereld op zich, er valt het nodige te ontdekken.'

'Wacht maar eens af, als je Anatolië ziet.'

'Alles op zijn tijd.'

Terwijl ze naar de bushalte liepen, hield Karla zijn hand vast alsof ze waren wat ze niet waren – een stelletje. Ze praatten over koetjes en kalfjes, waren blij met de volle maan, en dat het niet regende of waaide: een perfecte avond voor hun etentje.

'Ík betaal vandaag,' zei ze. 'Ik heb zin om te drinken.'

De bus reed de brug op, ze staken eerbiedig zwijgend de Bosporus over – alsof het een religieuze ervaring was. Ze stapten uit bij de eerste halte en liepen langs de Aziatische oever, waar vijf tot zes restaurants waren met tafels voorzien van plastic tafellakens. Bij het eerste het beste restaurant zochten ze een plekje. Ze keken naar het landschap, de stad waar de monumenten niet verlicht waren zoals elders in Europa, maar waar de maan het op zich nam over de stad het allermooiste licht uit te strooien.

De ober kwam aanlopen en vroeg wat ze wensten. Allebei zeiden ze dat hij voor hen een keuze moest maken uit het beste, typisch Turkse eten dat ze hadden. Dat was nieuw voor de ober.

'Maar ik moet weten wat jullie willen. Hier weet normaal iedereen wat hij wil.'

'Wij willen het beste wat u hebt. Is dat antwoord niet voldoende?'

Dat was het zonder meer. En nu aanvaardde de ober zonder verdere bedenkingen het vertrouwen dat het buitenlandse koppel in hem stelde. Wat hem tegelijkertijd zowel een grote verantwoordelijkheid als vreugde bezorgde. 'En wat willen jullie drinken?'

'De beste wijn van de streek. Niet iets wat uit Europa komt, we zijn in Azië.'Ze zaten te eten in Azië, samen, voor het eerst van hun leven!

'Helaas serveren we hier geen alcoholische dranken. Zo zijn de strikte regels van onze godsdienst.'

'Maar Turkije is een seculiere staat, toch?'

'Jawel, maar de eigenaar is een gelovig man.' Als ze wilden, konden ze naar een ander restaurant gaan; twee blokken verderop zouden ze vinden wat ze wilden. Twee blokken verderop betekende weliswaar wijn, maar niet dat prachtige uitzicht op het maanverlichte Istanbul. Karla vroeg zich af of het haar zonder iets alcoholisch te drinken zou lukken te zeggen wat ze in haar hoofd had. Paulo aarzelde niet – het zou een etentje zonder wijn worden.

De ober kwam terug met een rode kaars in een ijzeren lantaarn en stak hem midden op tafel aan. En terwijl dit alles gebeurde, zei geen van beiden iets – ze laafden zich aan de schoonheid en werden er dronken van.

'We hadden het over hoe onze dag was geweest. Jij zei dat je naar de bazaar was gelopen, om mij te zoeken, maar dat je toen van idee was veranderd. Maar goed ook, want ik was niet in de bazaar. We kunnen morgen samen gaan.'

Zij gedroeg zich anders dan anders, zeldzaam zacht –

niet op de voor haar karakteristieke manier. Zou ze iemand ontmoet hebben en wilde ze graag delen wat ze had meegemaakt?

'Begin jij maar. Je bent op de plek geweest waar je zei dat je naartoe zou gaan, want je zocht een of andere godsdienstige ceremonie. En, gevonden?'

'Niet exact wat ik zocht, maar het was wel een succes.'

'Ik wist dat je terug zou komen,' zei de man zonder naam, toen hij de jongen in de kleurige kleding opnieuw zag binnenstappen. 'Ik vermoed dat je een heftige ervaring hebt gehad omdat deze plek doordrenkt was van de energie van de dansende derwisjen. Alhoewel, en dat wil ik wel gezegd hebben, er is geen plek op aarde waar God niet tot in de kleinste dingen aanwezig is – in de insecten, in een zandkorrel, in alles.'

'Ik wil het soefisme leren. Ik heb een meester nodig.'

'Ga dan op zoek naar de Waarheid. Probeer voortdurend aan haar zijde te zijn, zelfs als ze jou krenkt, als ze lange tijd niets zegt of niet zegt wat jij wil horen. Dat is soefisme. De rest zijn heilige ceremoniën die niets anders doen dan de toestand van extase vergroten, en om daaraan deel te nemen zou je je moeten bekeren tot de islam, wat ik je oprecht afraad – want alleen voor de rituelen hoef je je niet aan te sluiten bij een godsdienst.'

'Maar ik heb iemand nodig om me te gidsen op de weg van de waarheid.'

'Het soefisme is dat niet. Er zijn al duizenden boeken geschreven over de weg van de waarheid en geen van die boeken legt precies uit welke die weg is. In naam van de Waarheid heeft het mensenras zijn ergste misdaden begaan. Mannen en vrouwen werden verbrand, de cultuur van hele beschavingen werd vernietigd, wie de zonde van het vlees beging, werd op afstand gehouden, wie een andere weg zocht werd gemarginaliseerd. Een van hen eindigde in naam van de “waarheid” aan het kruis. Maar voordat hij stierf, gaf hij ons nog een geweldige definitie van de Waarheid mee. Het is niet dat wat ons zekerheden geeft. Het is niet dat wat ons diepte geeft. Het is niet dat wat ons beter maakt dan de anderen. Het is niet dat wat ons vasthoudt in de gevangenis van de vooroordelen. De waarheid is wat ons vrijmaakt. “Gij zult de Waarheid kennen en de Waarheid zal u vrijmaken,” zei Jezus.’

Hij wachtte even.

‘Het soefisme is niets anders dan jezelf actualiseren, je geest herprogrammeren, begrijpen dat woorden te beperkt zijn om het absolute, het oneindige te beschrijven.’

Het eten kwam. Karla wist precies waar Paulo het over had, en alles wat ze zou zeggen wanneer het haar beurt zou zijn, zou gebaseerd zijn op Paulo's woorden.

'We eten in stilte?' vroeg ze. Weer vond Paulo haar gedrag vreemd – normaal zou ze die zin voorzien hebben van een uitroepteken aan het einde.

Ja, ze aten zwijgend en keken naar de hemel, het water van de Bosporus in het blauwige schijnsel van de volle maan, elkaars gezicht bij het licht van de flakkerende kaars, het hart dat explodeert wanneer twee vreemden elkaar tegenkomen en plotseling samen een andere dimensie binnengaan. Hoe meer we onszelf toestaan van de wereld te ontvangen, hoe meer we zullen ontvangen – hetzij liefde, hetzij haat.

Maar op dat moment was het noch het een noch het ander. Hij was niet op zoek naar een openbaring, hij respecteerde geen enkele traditie, was vergeten wat de heilige geschriften zeiden, de logica, de filosofie, alles.

Hij bevond zich in de leegte, en de leegte, hoe tegenstrijdig ook, vulde alles.

Ze vroegen niet wat ze opgediend kregen – ze wisten slechts dat het kleine porties waren op vele borden. Het water vertrouwden ze niet en ze bestelden daarom frisdrank – veiliger, zij het veel en veel minder interessant.

Paulo stierf bijna van nieuwsgierigheid, en al kon het de hele avond bederven, hij kon zich niet langer bedwingen en ten slotte kwam hij met zijn vraag.

'Je bent zo anders vanavond. Heb je iemand ontmoet, ben je verliefd? Je hoeft geen antwoord te geven, als je niet wilt.'

'Ik heb inderdaad iemand ontmoet en ik ben verliefd, hoewel hij van niks weet.'

'Was dat het wat je vandaag hebt meegemaakt? En was dat wat je me wilde vertellen?'

'Ja. Als je klaar bent met je verhaal. Of is het al afgelopen?'

'Nee. Maar ik hoef het ook niet helemaal te vertellen, want het heeft nog niet echt een einde.'

'Ik zou graag de rest horen.'

Ze leek niet boos over de vraag, en hij probeerde zich te concentreren op het eten – geen man die dit soort dingen graag hoort, vooral niet wanneer hij met een vrouw is. Hij wil altijd dat zij helemaal aanwezig is, geconcentreerd op het moment, op het diner bij kaarslicht, op de maan en het door de maan beschenen water en stad.

Hij proefde kleine beetjes van elk gerecht – met vlees gevuld deeg dat op ravioli leek, rijst gewikkeld in druivenblad, yoghurt, ongedesemd brood vers uit de oven, bonen, vleesspiesen, soorten pizza gemaakt in de vorm van een boot gevuld met olijven en kruiden. Hun diner zou een eeuwigheid duren. Maar tot verbazing van hen allebei was het eten zo op – het was te lekker om lang te laten staan, waardoor het koud zou worden en zijn smaak verloor.

De ober keerde weer, verzamelde de plastic borden en vroeg of hij het hoofdgerecht kon brengen.

'Nee, nee, dank u. We zijn meer dan voldaan!'

‘Maar ze zijn het nu aan het maken, we kunnen nu niet stoppen.’

‘We betalen het hoofdgerecht, maar alstublíéft, breng alstublieft niets meer want anders kunnen we niet eens meer lopen.’

De ober lachte. De twee lachten. Er waaide een andere wind, die andere dingen bracht, en die alles rondom vulde met andere smaken en kleuren.

Het had niets te maken met het eten, met de maan, met de Bosporus, met de brug – maar met de dag die ze achter de rug hadden.

‘Maak je nu je verhaal af?’ vroeg Karla, terwijl ze twee sigaretten aanstak en hem er een aanreikte. ‘Ik wil je dolgraag vertellen over mijn dag en mijn ontmoeting met mezelf.’

Blijkbaar was ze in contact gekomen met haar tweelingziel. Eigenlijk wilde Paulo nu niet verder met zijn verhaal, maar ze had hem gevraagd het af te maken, en dat ging hij nu doen ook.

Zijn geest keerde terug naar de groene zaal met de deels afbladderende plafondbalken en de gebarsten ruiten die ooit ware kunstwerken waren geweest. De zon was al ondergegaan, de zaal halfdonker, het was tijd om terug te keren naar het hotel, maar Paulo wilde van de man zonder naam per se nog iets weten: 'Maar u hebt vast een meester gehad.'

'Wel drie – maar geen van hen was verbonden aan de islam of was een kenner van Rumi's gedichten. Terwijl ik leerde, vroeg mijn hart aan de Heer: ben ik op de juiste weg? Hij antwoordde: ja. Ik drong aan: en wie is de Heer? Hij antwoordde: jij.'

'Wie waren uw drie meesters?'

Hij lachte, stak de blauwe waterpijp naast zijn stoel aan, nam vier trekjes, en reikte Paulo het mondstuk aan. Die deed hetzelfde en ging op de vloer zitten.

'De eerste was een dief. Op zekere dag was ik verdwaald in de woestijn en ik kwam 's avonds pas heel laat thuis aan. Ik had mijn sleutel bij de buurman achtergelaten, maar durfde hem op dat uur niet wakker te maken. Uiteindelijk trof ik een man die ik om hulp vroeg, hij had het slot in een oogwenk open.

Ik was erg onder de indruk en vroeg hem of hij mij dat ook kon leren. Hij vertelde me dat hij met stelen de kost verdiende. Maar ik was zo dankbaar dat ik hem uitnodigde in mijn huis te overnachten.

Hij bleef een maand. Iedere avond ging hij de deur uit en dan zei hij: "Ik ga werken; ga door met mediteren en bid goed." Als hij terugkwam, vroeg ik hem telkens of het gelukt was. Zijn antwoord was onveranderlijk: "Nee, vannacht is het niet gelukt, maar als God het wil, probeer ik het morgen nog een keer."

Hij was een tevreden man en nooit heb ik hem zien wanhopen wegens gebrek aan resultaten. Vaak heb ik, wanneer ik mediteerde en mediteerde zonder dat er iets gebeurde en ik alsmaar geen contact met God kreeg, gedacht aan de woorden van de dief – "Nee, vannacht is het niet gelukt, maar als God het wil, probeer ik het morgen nog een keer." Dat heeft me de kracht gegeven om door te gaan.'

'En wie was uw tweede meester?'

'Dat was een hond. Ik was op weg naar de rivier om een slok water te drinken toen de hond kwam aangelopen. Hij had ook dorst. Maar toen hij dicht bij het water kwam zag hij daar een andere hond – zijn eigen spiegelbeeld.

Hij werd bang, week achteruit, blafte en probeerde uit alle macht die andere hond weg te jagen. Dat lukte niet natuurlijk. Maar omdat hij zo'n vreselijke dorst had, besloot hij de confrontatie aan te gaan en hij sprong in het water. En daarmee was zijn spiegelbeeld verdwenen.'

De man zonder naam nam een pauze en vervolgde: 'Mijn derde meester ten slotte was een kind. Het was op weg naar de moskee van het plaatsje waar ik woonde, met in zijn hand een brandende kaars. Ik vroeg: "Heb je die kaars zelf aangestoken?" "Ja," zei het jongetje. Omdat ik het zorgelijk vond als kinderen met vuur spelen, zei ik heel nadrukkelijk: "Maar jongetje, die kaars is eerst uit geweest. Kun je me zeggen waar de vlam die jou verlicht, vandaan is gekomen?"

De jongen lachte, blies de kaars uit en stelde mij als wedervraag: "En u dan, kunt u me zeggen waar de vlam, die net hier was, naartoe is gegaan?"

En toen begreep ik hoe dom ik steeds was geweest. Wie steekt de wijsheid aan? Waarheen verdwijnt de vlam van de wijsheid? Ik begreep dat net als die kaars een mens op bepaalde momenten in zijn hart het heilige vuur draagt, maar dat hij niet weet waar het werd ontstoken. Sinds die tijd ben ik meer aandacht gaan besteden aan alles wat me omringde – wolken, bomen, rivieren en bossen, mannen en vrouwen. En alles en iedereen leerde mij wat ik op dat moment moest weten, en de lessen verdwenen wanneer ik ze niet meer nodig had. Ik heb duizenden meesters gehad in mijn leven.

Ik ben erop gaan vertrouwen dat de vlam altijd zou schitteren wanneer ik haar nodig zou hebben; ik werd een leerling van het leven en dat ben ik nog steeds. Ik ben erin geslaagd te leren van de eenvoudigste en meest onverwachte dingen, zoals de verhalen die ouders aan hun kinderen vertellen.

Daardoor bevindt zich vrijwel alle soefiwijsheid niet in de heilige teksten, maar in verhalen, in gebeden, dansen en contemplatie.'

Opnieuw klonken de luidsprekers van de moskeeën, de muezzins riepen de gelovigen op voor het gebed aan het einde van de dag. De man zonder naam knielde in de richting van Mekka en zei zijn gebed. Toen hij klaar was, vroeg Paulo of hij de volgende dag mocht terugkomen.

'Natuurlijk,' antwoordde hij. 'Maar je zult niet meer leren dan dat wat je hart je wil onderwijzen. Want alles wat ik voor jou heb zijn verhalen en een plek die je mag gebruiken wanneer je stilte zoekt, en er geen religieuze dansen zijn.'

Paulo keek Karla aan:

'Nu is het jouw beurt.'

Ja, dat wist ze. Ze betaalde de rekening en daarna liepen ze naar de oever van de Bosporus. Ze hoorden de auto's en het getoeter op de brug, maar de maan, het water en het zicht op Istanbul waren er niet minder geweldig om.

'Vandaag heb ik aan de overkant uren naar het stromende water zitten kijken. Ik dacht aan hoe ik tot nu toe heb geleefd, aan de mannen die ik heb ontmoet en aan mijn gedrag dat nooit leek te veranderen. Ik had het meer dan gehad met mezelf.

En ik vroeg me af: waarom ben ik nou zo? Zou ik de enige zijn of zijn er meer mensen voor wie de liefde een onmogelijkheid is? Ik heb in mijn leven veel mannen ontmoet die alles voor me overhadden en op geen van hen ben ik verliefd geworden. Soms dacht ik dat ik eindelijk mijn prins op het witte paard had gevonden, maar dat gevoel duurde nooit lang, en binnen de kortste keren kon ik zijn aanwezigheid niet meer verdragen, hoe teder, attent en lief hij ook was. Er viel niets uit te leggen, zo was het gewoon, en dan deden ze er alles aan om me terug te krijgen, maar dat was zinloos. Me even aanraken, als ze iets wilden rechtvaardigen of zo, en ik walgde al.

Er waren er die dreigden zelfmoord te plegen – godzijdank bleef het bij dreigen. Van jaloezie had ik nooit last. Op een bepaald moment in mijn leven, toen ik eindelijk tiener af was, dacht ik dat ik ziek was. Trouw ben ik nooit geweest – ik had er altijd wel een of meer minnaars naast, zelfs als ik iemand had die voor mij door het vuur ging. Ik kwam een psychiater tegen of een psychoanalyticus, ik weet het niet precies, en we gingen naar Parijs. Het was de eerste keer dat het iemand opviel en hij wist meteen hoe het zat – ik had medische hulp nodig, mijn lichaam had gebrek aan iets wat normaal door de klieren wordt aangemaakt. Maar medische hulp zoeken deed ik niet, ik keerde terug naar Amsterdam.

Zoals je gemerkt zult hebben, gaat mannen versieren me makkelijk af. Maar daarna verlies ik al snel mijn belangstelling. Vandaar mijn idee om naar Nepal te gaan: mijn plan was nooit meer terug te gaan, daar oud te worden en mijn liefde voor God te ontdekken – iets wat ik, moet ik toegeven, wel denk te hebben, maar waarvan ik niet helemaal overtuigd ben.

Feit is dat ik op die vraag of ik wel of niet van mensen kan houden, geen antwoord vond, ik wilde niet naar een dokter toe, ik wilde gewoon van de wereld verdwijnen en mijn leven aan contemplatie wijden. Meer niet.

Omdat een leven zonder liefde niet de moeite waard is. Wat is een leven zonder liefde? Dat is als een boom die geen vrucht draagt. Het is slapen zonder te dromen. Soms is het zelfs niet kunnen slapen. Het is dag na dag leven en hopen dat de zon er toch in slaagt binnen te komen, in een kamer die helemaal afgesloten en zwart gesausd is, een kamer waarvan je weet dat er een sleutel van bestaat, maar de deur opendraaien en naar buiten gaan wil je niet.'

Haar stem begon te trillen, alsof ze op het punt stond in huilen uit te barsten. Paulo stapte op haar toe en wilde haar in zijn armen nemen, maar Karla duwde hem weg.

'Ik ben nog niet klaar. Ik ben altijd een meester geweest in het manipuleren van alles en iedereen, en dat heeft me zoveel zelfvertrouwen opgeleverd, en zo'n superioriteitsgevoel, dat ik onbewust tegen mezelf ben gaan zeggen: ik zal me pas volledig overgeven op de dag dat er iemand verschijnt die me kan temmen. En die is tot nu toe niet verschenen.'

Ze keek hem aan met ogen waarin mogelijke tranen waren vervangen door vonken.

'Waarom ben jij nu hier op deze plek uit dromen? Omdat ík dát wílde. Omdat ik een reispartner nodig had en vond dat jij de ideale zou zijn, zelfs nadat ik je al die stomme dingen had zien doen – achter de Hare Krishna aan dansen en net doen of je een vrij mens bent, naar een House of the Rising Sun gaan om te bewijzen dat je lef hebt, terwijl dat in werkelijkheid een stommiteit is. Meegaan naar een molen – een mólen! – alsof je naar Mars zou gaan.'

'Jij drong aan.'

Karla had niet aangedrongen, alleen maar voorgesteld, maar klaarblijkelijk werden haar voorstellen door de bank genomen opgevat als orders. Ze ging door zonder verdere uitleg: 'En juist die dag, toen we terugkwamen en we op weg gingen naar míjn doel, een ticket voor Nepal kopen, kreeg ik in de gaten dat ik verliefd was. Er was geen enkele reden, niets wat anders was dan de vorige dag, niets wat je gezegd zou hebben, geen enkel gebaar, absoluut niets. Ik was verliefd. En ik besefte dat het net als de voorgaande keren niet lang zou duren – jij bent totaal de verkeerde man voor mij.

Maar ik wachtte tot het gevoel voorbij zou gaan, en het

ging niet voorbij. Toen we meer met Rayan en Mirthe begonnen te praten, voelde ik jaloezie. Ik had al eens afgunst gevoeld, woede, onzekerheid, maar jaloezie? Dat maakte geen deel uit van mijn universum. Ik vond dat jullie meer aandacht voor mij moesten hebben, want ik ben zo onafhankelijk en zo mooi, zo intelligent en zo resoluut. Mijn conclusie was dat ik niet per se jaloers op een andere vrouw was, maar mijn jaloezie ging om het feit dat ikzelf niet in het centrum van de aandacht stond.'

Karla pakte zijn hand.

'En vanochtend, toen ik naar de rivier keek en me de avond herinnerde toen we samen rond een vuur dansten, ontdekte ik dat het geen verliefdheid was, geen sprake van, het was liefde. Zelfs na dat intieme moment van gisteravond, toen jij je zo'n slechte minnaar toonde, hield ik nog steeds van je. Toen ik aan de oever van de Bosporus zat, bleef ik van je houden. Ik weet dat ik van je hou en ik weet dat jij van mij houdt. En dat we de rest van ons leven samen door kunnen brengen, of het nou onderweg is, of in Nepal, of het in Rio is, of midden op een verlaten eiland, ik hou van jou en ik heb je nodig.

Vraag me niet waarom ik dit allemaal zo zeg – ik heb het nog nooit tegen iemand gezegd, en je weet dat wat ik zeg waar is. Ik hou van je en het kan me niet schelen waarom.'

Ze bracht haar gezicht naar het zijne, in de hoop dat Paulo haar zou kussen. Hij kuste haar op een vreemde manier en zei dat het misschien een goed idee was om weer terug naar Europa te gaan, naar het hotel – het was een overvolle dag geweest, met heftige emoties en prachtige ogenblikken.

Karla was bang.

Paulo was nog banger, omdat hij echt een mooi avontuur met haar beleefde – er waren momenten van verliefdheid, momenten waarop hij wilde dat zij voor altijd bij hem zou blijven, maar dat alles was al voorbij.

Nee, hij hield niet van haar.

Ze kwamen samen bij het ontbijt om ervaringen uit te wisselen en tips te horen. Karla zat er in haar eentje tussen, en toen ze haar vroegen naar Paulo, zei ze dat hij iedere seconde wilde benutten om de zogenoemde 'dansende derwisjen' beter te begrijpen en daarom ook 's ochtends naar iemand toe ging die hem onderricht gaf.

'"De monumenten, de moskeeën, de cisternen, de wonderen van Istanbul kunnen wachten," heeft hij me gezegd. "Want die zullen er altijd zijn. Maar wat ik aan het leren ben, kan van het ene op het andere moment zomaar verdwijnen."'

Ze begrepen het volkomen. Per slot van rekening was er – voor zover ze wisten – geen sprake van iets intiems tussen de twee, ook al hadden ze samen een kamer.

Weer in het hotel terug na het eten in Azië hadden ze fantastisch gevreeën, ze was er bezweet van geweest, tevreden en tot alles bereid voor die man. Wel was hij steeds minder spraakzaam.

De voor de hand liggende vraag 'hou je van me?' stelde ze niet, gewoon omdat ze zeker wist dat het zo was. Ze wilde nu haar egoïsme wat opzijzetten en toestaan dat hij naar de plek ging waar hij die Fransman zag en onderwezen werd in het soefisme, omdat het een unieke kans was. De jongen die op Raspoetin leek, nodigde haar uit om samen met hem het Topkapipaleis te bezoeken, maar ze ging er niet op in. Rayan en Mirthe vroegen haar om samen naar de bazaar te gaan – ze hadden het zo druk gehad met alles dat ze het belangrijkste vergeten waren: hoe de mensen leefden, wat ze aten, wat ze kochten. Ze stemde toe en ze spraken af voor de volgende dag.

De chauffeur zei dat het vandaag of nooit was – de conflicten in Jordanië waren onder controle, en ze zouden de volgende dag moeten vertrekken. Hij vroeg Karla dat tegen Paulo te zeggen, alsof zij zijn vriendin was, zijn minnares, zijn vrouw.

Het antwoord was: 'Ja, natuurlijk', terwijl ze vroeger iets geantwoord zou hebben in de trant van wat Kaïn over zijn broer Abel had gezegd: 'Ben ik soms mijn broeders hoeder?'

Degenen die de chauffeur hoorden, reageerden diep teleurgesteld. Wat was dit nou? Was het plan dan niet om de hele week in Istanbul te blijven? Dit was nog maar de derde dag, terwijl de eerste toch eigenlijk niet telde – want ze waren doodop aangekomen.

'Nee. Het plan was – en dat is nog steeds zo – naar Nepal te gaan. We zijn hier gebleven omdat het niet anders kon. En we moeten er nu snel vandoor omdat de ongeregeldheden volgens de kranten en volgens mijn busmaatschappij opnieuw kunnen uitbreken. Bovendien staan er in Kathmandu mensen klaar voor de terugreis.'

Het woord van de chauffeur was definitief. Wie de volgende dag om elf uur 's ochtends niet klaar was voor vertrek, zou op de volgende bus moeten wachten – twee weken later.

Karla besloot naar de bazaar te gaan met Rayan en Mirthe. Jacques en Marie sloten zich bij het groepje aan. Ze merkten dat er iets veranderd was, alles was minder zwaar, minder donker, maar niemand waagde er iets van te zeggen. Het altijd zo zelfverzekerde, besluitvaardige meisje was vast en zeker verliefd op die magere Braziliaan met snor en sik.

En zij dacht: ja, de anderen merken iets, omdat ik me anders voel. Ze kennen de reden niet, maar er valt hun iets op.

Wat is het toch fijn van iemand te kunnen houden. Ze begreep nu waarom dat zo belangrijk was voor zoveel mensen – beter gezegd voor iedereen. Ze herinnerde zich met pijn in het hart hoeveel verdriet ze altijd veroorzaakt had – maar ze kon er niets aan doen, de liefde is nu eenmaal zo.

Het is wat ons onze missie op aarde doet begrijpen, en ons doel in het leven. Wie handelt vanuit dat idee, zal worden gevolgd door een schaduw van goedheid en veiligheid, zal rust vinden in moeilijke tijden, zal alles geven zonder er iets voor terug te vragen, slechts de aanwezigheid van de geliefde aan haar zijde, het vat van het licht, de beker van de vruchtbaarheid, het schijnsel dat de weg verlicht.

Zo zou het moeten zijn – en de wereld zou altijd het gulst zijn voor hen die liefhebben; het slechte zou veranderen in het goede, de leugen in waarheid, het geweld in vrede.

De liefde licht de onderdrukker beentje met haar zachtmoedigheid, laaft de dorst van wie het levende water van genegenheid zoekt, houdt de deuren open om het licht en de weldadige regen binnen te laten.

En zorgt dat de tijd langzaam of snel voorbijgaat, maar nooit zoals hij eerder voorbijging – in steeds één en hetzelfde ondraaglijk eentonige ritme.

Ze veranderde beetje bij beetje omdat ware verandering tijd vergt. Maar ze veranderde.

Voordat ze naar buiten gingen, kwam Marie op haar toe: 'Ik hoorde je laatst tegen de Ieren zeggen dat je lsd bij je hebt, is dat waar?'

Het was waar. En het spul viel niet op te sporen, omdat ze een pagina uit *In de ban van de ring* had gedoopt in een oplossing van lysergisch zuur. Die pagina had ze in de Nederlandse wind laten drogen, en de lsd was nu gewoon een passage in het boek van Tolkien.

'Ik zou het heel graag vandaag willen proberen. Ik vind het een fascinerende stad, maar ik zou haar wel eens op een andere manier willen zien. Gebeurt dat dan?'

Jawel, dat gebeurde. Maar voor wie nog nooit lsd heeft genomen, kan het de hemel of de hel worden.

'Mijn plan is eenvoudig. We gaan naar de bazaar, waar ik zogenaamd verdwaal en dan neem ik het, ver van iedereen, zodat niemand er last van heeft.'

Ze had geen idee waar ze het over had. Een eerste lsd-trip in je eentje doen, zonder dat iemand er last van heeft?

In eerste instantie speet het Karla verschrikkelijk dat ze had opgebiecht dat ze een 'pagina' acid had meegenomen. Ze had tegen Marie kunnen zeggen dat ze het niet goed had gehoord, ze had kunnen zeggen dat ze over personages uit een boek had gesproken, maar ze had het niet over een boek gehad. Ze had kunnen zeggen dat het niet goed was voor haar karma om iemand toegang bieden tot wat voor drug dan ook, maar hoe geloofwaardig was ze dan? Vooral nu haar leven voorgoed was veranderd, omdat je als je eenmaal van iemand houdt, je van iedereen begint te houden?

En ze keek naar dat meisje, iets jonger dan zij, een meisje met de nieuwsgierigheid van de ware strijdsters, amazones, klaar om de confrontatie met het onbekende aan te gaan, met het gevaar, met het andere – wat leek op wat zijzelf nu meemaakte. Het joeg haar angst aan, maar het was goed, zoals het goed en tegelijkertijd angstaanjagend was om te ontdekken dat je leefde, weten dat er op het eind iets is wat ze dood noemen en toch iedere minuut kunnen ervaren zonder daaraan te denken.

'Kom mee naar mijn kamer. Maar eerst wil ik dat je me iets belooft.'

'Wat je maar wil.'

'Dat je hoe dan ook bij mij in de buurt blijft. Je hebt verschillende soorten lsd en deze heeft de sterkste werking – de ervaring kan fantastisch zijn, maar ook verschrikkelijk.'

Marie lachte. De Nederlandse had geen idee wie ze voor zich had, en wat zij in haar leven al had uitgeprobeerd.

'Je moet het beloven,' drong ze aan.

'Ik beloof het.'

De anderen maakten zich al klaar om weg te gaan, en het smoesje 'vrouwenzaken' was geknipt voor dat moment. Ze zouden binnen tien minuten terug zijn.

Karla opende de deur en was maar wat trots haar kamer te laten zien; Marie zag de kleren die te drogen hingen, het raam dat openstond voor frisse lucht en een bed, één bed met twee kussens, in complete wanorde alsof er een orkaan had gewoed – wat ook daadwerkelijk zo was, een die veel dingen naar buiten had gewerkt en andere naar binnen had gebracht.

Ze pakte haar rugzak, haalde het boek eruit, sloeg het open op pagina 155 en knipte er met het schaartje dat ze altijd bij zich had, een stukje van een halve vierkante centimeter af.

Vervolgens gaf ze dat aan Marie en zei dat ze erop moest kauwen.

‘Niet meer?’

‘Eigenlijk had ik gedacht je de helft van de dosis te geven. Maar ik was bang dat het misschien geen enkel effect zou hebben, ik geef je de portie die ik zelf altijd nam.’

Dat was niet waar. Ze gaf haar de helft van de dosis en afhankelijk van hoe Marie zich gedroeg en wat ze aankon, zou ze ervoor zorgen dat ze de echte ervaring kreeg – later pas.

‘Vergeet niet wat ik je zei: die ik zelf altijd nam. Maar ik gebruik al een jaar geen lsd meer en ik weet niet of ik het nog weer ga doen. Er zijn andere en effectievere manieren om hetzelfde te bereiken, hoewel ik niet het geduld heb om alles uit te testen.’

‘Zoals wat, bijvoorbeeld?’ Marie stopte het papiertje in haar mond, nu was het te laat om nog van gedachten te veranderen.

‘Meditatie. Yoga. Een overweldigende verliefdheid. Zulke dingen. In ieder geval alles wat ons naar de wereld laat kijken alsof we hem voor het eerst zien.’

‘Hoe lang duurt het voor het begint te werken?’

‘Weet ik niet. Het hangt van de persoon af.’

Ze deed het boek dicht en stopte het terug in de rugzak. Ze liepen naar beneden en gingen met z’n allen op weg naar de grote bazaar.

Mirthe had bij de receptie van het hotel een folder gekregen over de bazaar, die in 1455 was gesticht door een sultan die erin geslaagd was Constantinopel te heroveren op de paus. In een tijd waarin het Ottomaanse Rijk de wereld domineerde, was de bazaar de plek waar mensen hun koopwaar naartoe brachten, de bazaar maakte zo'n gigantische groei door dat de dakconstructies tal van keren moesten worden uitgebreid.

Zelfs als je dat las, was je bij lange na niet voorbereid op wat je er aantrof – duizenden door overvolle gangen voortsjokkende mensen, fonteinen, restaurants, gebedsruimten, cafés, tapijten – nou ja, werkelijk alles wat je ook zou tegenkomen in het beste warenhuis van Frankrijk: fijn gesmede gouden sieraden, kleding in alle kleuren en maten, schoenen, alle mogelijke tapijten, ambachtslieden die helemaal opgingen in hun kunstzinnige werk.

Een van de verkopers wilde weten of ze geïnteresseerd waren in antiquiteiten – immers aan hun gezichten was zonder uitzondering te zien dat ze toeristen waren, alleen al door de manier waarop ze rondkeken.

'Hoeveel winkels zijn er hier?' vroeg Jacques aan een verkoper.

'Drieduizend. Twee moskeeën. Verschillende fonteinen, een enorm aantal ruimten waar jullie het beste van de Turkse keuken kunnen proeven. Maar ik heb een aantal religieuze iconen die jullie nergens anders zullen vinden.'

Jacques bedankte hem, zei dat hij binnenkort terug zou komen – de verkoper wist dat het een leugen was en drong nog wat aan, maar zag dat het geen nut had en wenste hun allemaal een fijne dag.

'Wisten jullie dat Mark Twain hier ooit was?' vroeg Mirthe, die overvloedig zweette en lichtelijk aangedaan was door alles wat ze zag. Want wat als er brand uitbrak, waarlangs zouden ze dan naar buiten moeten? En waar was de poort, de kleine poort waardoor ze waren binnengekomen? En hoe de groep bij elkaar te houden als iedereen op een andere plek wilde stoppen?

'En wat zei Mark Twain?'

'Hij zei dat met geen pen te beschrijven viel wat hij had gezien, maar dat het een veel heftigere en veel belangrijkere ervaring was geweest dan de stad zelf. Hij had het over kleuren, over de immense variëteit aan kleuren, over tapijten, over mensen die met elkaar stonden te praten, over de ogenschijnlijke chaos waarin alles een voor hem onverklaarbaar patroon leek te volgen. "Als ik schoenen wil kopen," schreef hij, "hoef ik niet de winkels in de straat af te lopen, en prijzen en modellen te vergelijken, maar moet ik heel simpel alleen de vleugel van de schoenmakers zien te vinden, een hele rij ambachtslieden naast elkaar, zonder ook maar de geringste onderlinge concurrentie of irritatie; alles hangt af van wie er het beste kan verkopen."'

Mirthe wilde niet melden dat de bazaar al met vier branden en een aardbeving te maken had gehad – ze wist niet hoeveel doden er waren gevallen omdat de folder niet sprak over het aantal slachtoffers.

Karla zag dat Maries blik gefixeerd was op het plafond,

de balken en gewelven, en dat ze aan één stuk door glimlachte en niets anders leek te kunnen uitbrengen dan 'wauw, wauw!'.

Ze vorderden langzaam, nog geen kilometer per uur. Als een van hen bleef staan, bleven ze allemaal staan. Karla kreeg behoefte om iets meer op zichzelf te zijn.

'Als we zo doorgaan, bereiken we niet eens de hoek van de volgende vleugel. Waarom splitsen we niet en zien we elkaar terug in het hotel? Helaas – ik herhaal, helaas – vertrekken we morgen al en moeten we er nu het maximale zien uit te halen.'

Het idee werd enthousiast ontvangen, en Jacques kwam naar zijn dochter toe om haar mee te nemen, maar Karla sprak hem aan:'Ik kan hier niet in mijn eentje blijven. Als je Marie en mij nu eens samen deze buitenaardse wereld liet ontdekken.'

Jacques zag dat zijn dochter hem niet eens aankeek en alleen maar 'wauw!' zei terwijl ze naar het plafond staarde. Zou iemand haar bij binnenkomst in de bazaar hasj hebben aangeboden en had zij dat aangenomen? Maar ze was volwassen genoeg om voor zichzelf te zorgen – hij liet haar achter bij Karla, dat meisje dat haar tijd ver vooruit was en voortdurend wilde laten blijken dat ze slimmer en meer onderlegd was dan de rest, al was ze tijdens deze twee dagen in Istanbul wel een heel klein beetje zachter geworden.

Jacques liep door en ging op in de menigte. Karla pakte Marie stevig bij de arm.

'We gaan hier onmiddellijk weg.'

'Maar alles is prachtig. Moet je die kleuren zien: wauw!'

Karla liet er geen gras over groeien, en trok haar meteen mee richting uitgang.

De uitgang?

Waar was de uitgang? 'Wauw!' Marie raakte steeds meer geobsedeerd door wat ze zag, en was tegelijkertijd volstrekt willoos, en ondertussen vroeg Karla het aan verschillende voorbijgangers die haar telkens een ander antwoord gaven over waar de dichtstbijzijnde uitgang was. Ze werd nerveus, wat op zich een even heftige ervaring was als een lsd-trip en als die twee dingen samenkwamen, zou ze niet weten hoe het met Marie moest aflopen.

Haar agressievere, dominante gedrag liet zich als vanouds gelden; ze liep nu eens deze dan weer die kant op, maar kon de poort waardoor ze waren binnengekomen, niet vinden. Dezelfde weg terug nemen hoefde niet, maar iedere seconde telde nu – de lucht was drukkend, de mensen zweetten en hadden alleen aandacht voor hun aankopen of onderhandelingen.

Ten slotte kwam ze op een idee. In plaats van te blijven zoeken, moest ze een rechte lijn aanhouden, in één richting lopen, want vroeg of laat zou ze dan bij de muur aankomen die de grootste consumptietempel die ze kende, scheidde van de buitenwereld. Ze stippelde een rechte lijn uit, bad God (God?) dat het de kortste mocht zijn. Terwijl ze de gekozen richting volgden, werd ze aanhoudend gestoord door verkopers die hun producten kwijt wilden, maar ze duwde hen ruw opzij en nam de duw die ze terug kon verwachten maar voor lief.

Onderweg kwam ze een jonge jongen met een pril snorretje tegen, die net moest zijn binnengekomen – want hij leek iets te zoeken. Ze besloot al haar charme, haar verleidingskunsten en overtuigingskracht in te zetten, en vroeg of hij haar naar de uitgang wilde brengen, omdat haar zus zich niet goed voelde.

De jongen keek naar de zus en zag dat ze werkelijk ver heen was. Hij wilde een gesprekje beginnen, zeggen dat een oom van hem die ginds aan het werk was, hulp zou kunnen bieden, maar Karla smeekte hem van niet, dat ze de symptomen kende, dat het enige wat ze nu nodig had, een beetje frisse lucht was, verder niets.

Met enige tegenzin, in de wetenschap dat hij nu twee zulke interessante meisjes voorgoed uit het oog zou verliezen, bracht hij hen naar een van de uitgangen, op nog geen twintig meter van waar ze waren.

Op het moment dat ze een voet buiten de bazaar zette, besloot Marie haar dromen van een revolutie serieus te laten varen. Ze zou nooit meer zeggen dat ze communiste was en streed om de door de bazen onderdrukte arbeiders te bevrijden.

Ja, ze was zich als een hippie gaan kleden, omdat het af en toe fijn was om met de mode mee te gaan. En ja, ze had begrepen dat haar vader daar enigszins bezorgd over was en koortsachtig begonnen was te onderzoeken wat dat betekende. En ja, ze waren op weg naar Nepal, maar niet om in grotten te mediteren of tempels te bezoeken; haar doel was in contact te komen met de maoïsten die een grote opstand voorbereidden tegen wat ze zagen als een achterhaalde en tirannieke monarchie, geleid door een koning die onverschillig stond tegenover het lijden van zijn volk.

Op de universiteit had ze een maoïst in zelfverkozen ballingschap ontmoet die naar Frankrijk was gereisd om aandacht te vragen voor de enkele tientallen guerrillastrijders die ginds waren afgeslacht.

Nu deed dat alles er niet meer toe. Ze wandelde samen met de Nederlandse door een gewone straat zonder ook maar iets bijzonders – maar alles leek een hogere betekenis te hebben, een die de afbladderende muren en de met gebogen hoofd passerende mensen die nauwelijks opkeken, oversteeg.

'Zouden ze echt niets aan me zien?'

'Nee, behalve die stralende glimlach op jouw gezicht. Het is niet een drug die werd uitgevonden om aandacht te trekken.'

Ondertussen zag Marie wel iets aan haar vriendin: ze was zenuwachtig. Karla hoefde niet eens iets tegen haar te zeggen, en ze kon het ook niet aan de toon van haar stem horen, maar wel merkte ze het aan de 'vibe' die van haar uitging. Ze had altijd een hekel gehad aan dat woord vibe, ze geloofde niet in die dingen – maar nu zag ze dat het waar was.

'Waarom zijn we uit die tempel weggegaan waar we waren?'

Karla keek haar verwonderd aan.

'Ik weet wel dat we niet in een tempel waren, ik gebruik alleen maar een beeld. Ik weet hoe ik heet, hoe jij heet, de stad waar we nu lopen, en onze eindbestemming – Istanbul, toch lijkt alles anders, alsof...'

Ze zocht even naar woorden.

'... alsof ik door een deur ben gegaan en de hele bekende wereld achter me heb achtergelaten, inclusief angsten en zorgen, depressies en twijfels. Het leven lijkt eenvoudiger en tegelijkertijd rijker en vrolijker. Ik ben vrij.'

Karla ontspande een beetje.

'En ik zie kleuren die ik nooit heb gezien, de hemel lijkt te leven, de wolken tekenen dingen die ik nú nog niet begrijp, maar ik weet zeker dat het een boodschap voor me is, om me de weg vooruit te wijzen. Ik heb vrede met mezelf en bekijk de wereld niet van buitenaf: ik ben de wereld. Ik draag de wijsheid bij me van iedereen die eerder heeft geleefd en iets in mijn genen heeft vastgelegd. Ik ben mijn dromen.'

Ze kwamen langs een café dat niet verschilde van de honderden cafés die er in die buurt waren. Marie bleef maar 'wauw!' mompelen en Karla vroeg haar daarmee op te houden, omdat ze nu, jawel, een in zekere zin verboden ruimte binnengingen – waar alleen maar mannen kwamen.

'Ze weten dat we toeristen zijn en ik hoop dat ze niets doen, ons er ook niet uitzetten. Maar gedraag je alsjeblieft.'

En zo geschiedde. Ze gingen naar binnen en kozen een tafeltje in de hoek. De mannen keken verbaasd op, maar hervatten algauw hun gesprekken toen ze begrepen dat de twee vrouwen de plaatselijke gebruiken niet kenden. Karla bestelde muntthee met heel veel suiker – het verhaal ging dat van de suiker het hallucineren minder werd.

Maar Marie hallucineerde nu aan één stuk door. Ze had het over oplichtende aura's om mensen heen, zei dat ze de tijd kon manipuleren en een paar minuten eerder had ze nog een gesprek kunnen voeren met de ziel van een christen die gesneuveld was tijdens een veldslag op de plek waar het café lag. De christen verkeerde nu in absolute vrede, in het paradijs, en was blij geweest weer contact te kunnen hebben met iemand op aarde. Hij wilde haar vragen een briefje aan zijn moeder te geven, maar toen hij begreep dat er sinds zijn dood eeuwen waren voorbijgegaan – zoals Marie hem had gezegd – zag hij daarvan af, bedankte hij haar en was meteen daarop verdwenen.

Ze dronk haar thee alsof ze nog nooit thee had geproefd. Ze wilde met gebaren en zuchten laten blijken hoe lekker het was, maar opnieuw verzocht Karla haar zich te beheersen, en opnieuw voelde Marie de vibe die om haar vriendin heen hing, haar aura liet nu verschillende lichtende gaten zien. Zou dat een negatief signaal zijn? Nee. Het leek eerder of die gaten oude wonden waren die snel tot littekenvorming overgingen. Ze probeerde haar gerust te stellen – ze kon dat doen, zomaar een gesprek beginnen en helemaal in trance blijven.

'Ben je verliefd op de Braziliaan?'

Karla gaf geen antwoord. Een van de lichtende gaten leek een beetje kleiner te worden, en ze veranderde van onderwerp.

'Wie heeft dat spul uitgevonden? En waarom wordt het niet gratis verstrekt aan iedereen die één wil worden met het onzichtbare, wat zo nodig is om onze perceptie van de wereld te veranderen?'

Karla merkte op dat lsd bij toeval was ontdekt, in een land waar je dat allerminst verwachten zou: in Zwitserland.

'In Zwitserland? Dat alleen maar bekendstaat om zijn banken, horloges, koeien en chocola?'

'En laboratoria,' vulde Karla aan. Oorspronkelijk was het een middel om een bepaalde ziekte te genezen, welke herinnerde ze zich nu niet. Totdat de samensteller – of laten we zeggen: uitvinder – jaren later besloot een beetje te proeven van het product dat farmaceutische bedrijven over de hele wereld inmiddels al miljoenen opleverde. Hij nam een heel kleine hoeveelheid in en wilde naar huis fietsen – het was midden in de oorlog en zelfs in het neutrale Zwitserland van de chocola, de horloges en de koeien was de benzine gerantsoeneerd – en merkte toen dat hij alles anders zag.

Marie onderging stemmingswisselingen, maar Karla probeerde het gesprek gaande te houden.

'Oké, die Zwitser – en jij zult me nu natuurlijk vragen hoe ik dat hele verhaal ken, maar het stond pasgeleden in een tijdschrift dat ik altijd lees – die wetenschapper merkte dat hij niet meer op zijn fiets kon komen... Hij verzocht een van zijn assistenten mee te fietsen naar zijn huis, vervolgens bedacht hij dat het misschien het beste was niet naar huis te gaan maar naar een ziekenhuis, want hij had vast een infarct. Maar plotseling, in zijn eigen woorden – of wat daar in de buurt komt, omdat ik het me niet precies herinner: *Begon ik kleuren te zien die ik nooit had gezien, vormen die me nooit waren opgevallen en die niet verdwenen zelfs niet als ik mijn ogen sloot. Het was alsof ik me voor een grote caleidoscoop bevond, die open- en dichtging, met cirkels en spiralen, een vuurwerk van kleurenfonteinen en vrolijke rivieren.*'

'Luister je wel?'

'Zo'n beetje. Ik weet niet of ik kan volgen wat je zegt, het is veel informatie: Zwitserland, fiets, oorlog, caleidoscoop – zou je het niet simpeler kunnen maken?'

De rode vlag. Karla bestelde meer thee.

'Doe je best. Kijk me aan en luister naar wat ik vertel. Concentreer je. Dat gevoel van onbehagen gaat zo voorbij. Ik moet je iets bekennen: ik heb je maar de helft gegeven van de dosis die ik altijd nam toen ik lsd gebruikte.'

Dat luchtte Marie op, zo leek. De ober bracht de thee die Karla had besteld. Ze zei haar vriendin die op te drinken, betaalde de rekening, en ze stapten weer de buitenlucht in.

'En de Zwitser?'

Het was goed dat ze zich herinnerde waar ze gebleven waren. Ze vroeg zich af of ze ergens een of ander sterk kalmeringsmiddel zou kunnen kopen voor het geval de situatie ernstiger zou worden, en de poorten van de hel zich aandienden in de plaats van de poorten van de hemel.

'De drug die jij hebt genomen, is meer dan vijftien jaar lang openlijk en vrij verkocht in drogisterijen en apotheken in de Verenigde Staten, en je weet hoe streng ze daar zijn op dat gebied. Het spul haalde de voorpagina van het tijdschrift *Time* vanwege de goede resultaten bij psychiatrische behandelingen en alcoholisme. En uiteindelijk werd het verboden, omdat het af en toe onverwachte resultaten gaf.'

'Zoals bijvoorbeeld?'

'Daar hebben we het later wel over. Zorg er nu maar voor dat de poort van de hel uit het zicht verdwijnt, en maak de poort van de hemel open. En geniet daarvan. Wees niet bang, ik ben bij je en ik weet waar ik het over heb. De toestand waarin je je nu bevindt duurt zo'n twee uur, hooguit.'

'Ik zal de poort van de hel dichtdoen, en ik maak die van de hemel open,' zei Marie. 'Maar ik weet dat, ook al kan ik mijn angst beheersen, jij de jouwe niet kunt beheersen. Ik zie je aura. Ik lees je gedachten.'

'Je hebt gelijk. Maar dan lees je vast ook dat je niet het minste risico loopt om hieraan dood te gaan, of je moet het al in je hoofd halen het dak van een flat op te zoeken en eindelijk eens te kijken of je kunt vliegen.'

'Ik snap het. Ik heb trouwens het idee dat de werking minder aan het worden is.'

En nu ze besefte dat ze er niet aan kon doodgaan en dat de vrouw aan haar zijde haar nooit mee naar het dak van een gebouw zou nemen, hield haar hart op met bonzen, en ze besloot te genieten van de twee nog resterende uren.

Al haar zintuigen – voelen, zien, horen, ruiken, proeven – werden één, en het was alsof ze alles tegelijkertijd kon ervaren. De lichten om haar heen werden langzaam minder intens, maar toch bleven de aura's van de mensen nog zichtbaar. Ze wist wie het moeilijk had, wie gelukkig was, wie binnenkort zou sterven.

Alles was nieuw. Niet alleen maar omdat ze in Istanbul was, maar omdat ze met een Marie was die ze niet kende, een veel intensere en oudere Marie dan de Marie met wie ze al zoveel jaren geleefd had.

De wolken aan de hemel werden steeds donkerder, een voorbode van onweer, maar hun vormen verloren beetje bij beetje de betekenis die voorheen zo duidelijk was. Maar ze wist dat de wolken een eigen code hebben om met mensen te praten en als ze de komende dagen maar voldoende naar de luchten keek, zou ze ten slotte leren wat ze wilden zeggen.

Ze probeerde te bedenken of ze haar vader wel of niet vertellen moest waarom ze ervoor gekozen had om naar Nepal te gaan, maar het zou dom zijn om niet door te zetten nu ze zo ver gekomen waren. Ze zouden nu dingen kunnen ondernemen die later met het klimmen van de jaren voor allebei moeilijker zouden worden.

Hoe kon het dat ze zichzelf zo slecht kende? Een paar nare ervaringen uit haar jeugd kwamen terug, en leken al niet zo vervelend meer, ze waren nu alleen maar ervaringen. En ze had er zo lang aan vast gehouden – waarom?

Een antwoord hoefde ze niet te geven, ze voelde dat die dingen bezig waren zich vanzelf op te lossen. Soms als ze iets om zich heen zag waarvan ze dacht dat het geesten waren, kwam de poort van de hel weer aanschuiven, maar ze was vastbesloten die niet opnieuw open te maken.

Ze genoot op dat moment van een wereld zonder vragen en zonder antwoorden. Zonder twijfels en zonder zekerheden – ze genoot van de wereld omdat ze een onlosmakelijk deel ervan was. Ze genoot van een wereld zonder tijd, waarin verleden en toekomst een moment in het heden waren, meer niet. Haar geest leek soms stokoud, en soms leek hij een kind, genietend van al het nieuwe, kijkend naar zijn vingertjes waarbij het hem opvalt dat ze los van elkaar zijn en bewegen, dat ze de vrouw naast zich zag en blij was te weten dat ze kalmer was, haar licht was weergekeerd, dat ze echt verliefd was – de vraag die ze eerder had gesteld was zinloos geweest, we weten altijd wanneer we verliefd zijn.

Toen ze na bijna twee uur lopen bij de deur van het hotel kwamen, besefte ze dat de Nederlandse besloten had door de stad te zwerven tot de werking voorbij was, voordat ze de anderen zou treffen. Marie hoorde de eerste donderslag. En ze wist dat het God was die met haar sprak en haar zei dat ze nu terugkeerde naar de wereld, ze hadden samen nog veel werk te doen. Ze zou meer haar vader moeten helpen, die ervan droomde schrijver te worden, maar nog nooit één woord op papier had gezet, anders dan voor een presentatie, een studie, een artikel.

Ze wilde haar vader helpen zoals hij haar had geholpen – dat was zijn vraag geweest, hij zou vast nog lang leven, op een mooie dag zou zij trouwen, iets wat ze nooit had gedacht, omdat ze trouwen beschouwde als de laatste stap van haar leven zonder beperkingen en zonder limieten.

Op een dag zou ze trouwen en moest haar vader gelukkig zijn met zijn eigen leven, doen wat hij leuk zou vinden. Ze hield erg veel van haar moeder en gaf haar niet de schuld van de scheiding, maar ze hoopte oprecht dat haar vader iemand zou vinden om samen de weg mee te gaan die we allemaal op deze heilige aarde moeten gaan.

Ze begreep nu waarom ze haar deze drug verboden hadden; een wereld met lsd zou niet functioneren. De mensen zouden alleen met zichzelf contact hebben, alsof miljarden monniken tegelijkertijd aan het mediteren waren in hun eigen innerlijke grotten, onverschillig voor de doodsangst en de glorie van de anderen. Auto's zouden niet meer rijden, vliegtuigen niet meer opstijgen. Er zou niet meer gezaaid en geoogst worden – er zou alleen maar fascinatie en extase zijn. En binnen de kortste keren zou de mensheid van de aarde zijn weggevaagd door wat in principe een zuiverende wind was die alles schoonveegde, maar uiteindelijk een wind zou blijken die alles en iedereen verwoestte.

Ze was op de wereld, hoorde tot de wereld, moest gehoor geven aan het bevel dat God haar met zijn donderstem had gegeven – werken, haar vader helpen, strijden tegen wat zij voor verkeerd hield, zich mengen in de dagelijkse strijd zoals ieder ander.

Dat was haar missie. En zij zou die ten einde brengen. Dit was haar eerste en laatste lsd-trip geweest, en ze was blij dat die voorbij was.

Die avond kwam het vaste groepje bij elkaar, en ze besloten de laatste dag in Istanbul te vieren in een restaurant dat alcoholische drank verkocht, waar ze wat konden eten, samen dronken worden en weer de ervaringen van de dag met elkaar konden delen. Rahul en Michael, de chauffeurs, werden ook uitgenodigd. Ze zeiden dat het niet strookte met de regels van het bedrijf, maar gingen zonder veel aandringen overstag.

'Maar jullie gaan niet met het verzoek komen om nog een dag te blijven, dat kan ik niet doen, anders verlies ik mijn baan.'

Ze zouden met geen enkel verzoek komen. Ze hadden nog een heel stuk Turkije voor de boeg, vooral Anatolië, waarvan iedereen zei dat het er prachtig was. En eigenlijk hadden ze heimwee naar het steeds wisselende landschap.

Paulo was al terug van zijn mysterieuze plek, had zich aangekleed om uit te gaan, wist dat ze de volgende dag vertrekken zouden. Hij bood zijn excuses aan en zei dat hij graag met Karla alleen zou eten.

Dat konden ze allemaal begrijpen en ze vierden op een discrete manier die 'vriendschap'.

Twee vrouwen hadden stralende ogen. Marie en Karla. Niemand vroeg waarom, en geen van twee voelde zich geroepen er meer over te zeggen.

'En hoe was jouw dag?'

Ook zij hadden een plek gezocht waar ze konden drinken, en ze hadden hun eerste glas wijn al op.

Paulo stelde voor dat ze eerst het eten zouden bestellen, en dat hij daarna antwoord zou geven. Karla vond het goed. Nu ze eindelijk een echte vrouw was geworden, en kon liefhebben met alles wat ze in zich had zonder er ook maar enig soort drug voor nodig te hebben, was de wijn er alleen maar voor de feestelijkheid.

Ze wist al wat haar te wachten stond. Ze wist al wat voor gesprek het zou worden. Ze wist het sinds ze zo heerlijk gevreeën hadden de avond tevoren; toen had ze willen huilen, maar ze had haar lot aanvaard alsof alles al geschreven stond. Het enige wat ze altijd had gewild in het leven was een hart in vuur en vlam, en de man die op dat ogenblik in haar was, had haar dat gegeven. Maar diezelfde avond, toen zij hem ten slotte haar liefde had bekend, hadden zijn ogen niet geschitterd zoals zij zich wel had voorgesteld.

Ze was niet naïef, ze had bereikt wat ze het meest wilde in het leven – ze was niet verdwaald in de woestijn, maar stroomde als het water van de Bosporus naar een reusachtige oceaan waarin alle rivieren samenkomen, en nooit zou ze Istanbul en de magere Braziliaan met zijn soms onnavolgbare gesprekken vergeten. Hij had een wonder verricht, maar hoefde dat niet te weten – anders zou schuldgevoel hem misschien van gedachten doen veranderen.

Ze bestelden een fles wijn. En toen pas begon hij te praten.

'Toen ik in het Cultureel Centrum aankwam, was de man zonder naam daar al. Ik groette hem, maar hij groette niet terug. Hij had zijn ogen als in trance strak op een bepaalde plek gericht. Ik knielde, probeerde mijn hoofd leeg te maken en te mediteren, in contact te komen met de zielen die daar dansten en zongen en het leven vierden. Ik wist dat hij op een zeker ogenblik uit die bewustzijnstoestand zou komen en ik wachtte – ik "wachtte" niet in de letterlijke zin van het woord, maar gaf me over aan het moment zelf, zonder ergens op te wachten, op wat ook.

De luidsprekers riepen de stad op tot gebed, de man kwam uit zijn trance en verrichtte een van de vijf dagelijkse rituelen. Toen pas kreeg hij in de gaten dat ik er was. Hij vroeg waarom ik was teruggekeerd.

Ik vertelde dat ik de hele nacht aan onze ontmoeting had liggen denken en dat ik me graag met lichaam en ziel zou overgeven aan het soefisme. Ik had hem graag verteld dat ik voor het eerst van mijn leven de liefde had bedreven – omdat het, toen we in bed lagen, toen ik in jou was, voelde alsof ik echt uit mezelf trad. Ik had dat niet eerder ervaren. Maar ik vond het geen geschikt onderwerp en zei niets.

"Lees de dichters," was het antwoord dat de man zonder naam me gaf. "Meer is niet nodig."

Voor mij was dat niet genoeg, ik had discipline nodig, strengheid, een plek waar ik God kon dienen, maar dan meer in de wereld. Voordat ik voor het eerst daarnaartoe ging, was ik gefascineerd door de dansende derwisjen die in een soort trance raakten. Nu voelde ik de behoefte dat mijn ziel met mij zou dansen.

Moest ik duizend-en-één dagen wachten om dat mee te maken? Goed, ik zou wachten. Tot dat moment had ik al het nodige beleefd – misschien wel het dubbele van wat mijn vrienden van school hadden beleefd. Ik kon drie jaar van mijn leven besteden om, als dat nodig was, te proberen in de volmaakte trance te raken van de dansende derwisjen.

"Beste vriend, een soefi is iemand die in het moment leeft. Het woord 'morgen' maakt geen deel uit van onze woordenschat."

Ja, dat wist ik. Mijn grootste twijfel was of ik verplicht zou worden me tot de islam te bekeren, wilde ik door kunnen gaan als leerling.

"Nee. Je hoeft alleen maar te beloven dat je je overgeeft aan Gods weg, dat je Zijn gezicht ziet telkens als je een glas water drinkt, Zijn stem hoort telkens als je op straat een bedelaar passeert. Dat is wat alle religies prediken en het is de enige belofte die je hoort te doen – geen enkele andere."

"Daarvoor heb ik nog niet genoeg discipline, maar met uw hulp zou ik kunnen proberen daar te komen waar de hemel de aarde ontmoet – in het hart van de mens."

De oude man zonder naam zei dat hij me zou kunnen helpen, als ik mijn hele leven achter me zou laten en hem in alles zou gehoorzamen. Leren aalmoezen te vragen wanneer het geld op was, leren op de juiste momenten te vasten, de leprozen te dienen, de wonden van de zieken te wassen. Dagen door te brengen zonder ook maar iets te doen, behalve naar een vast punt kijken en zonder ophouden hetzelfde mantra herhalen, dezelfde zin, hetzelfde woord.

“Verkoop je wijsheid en koop ruimte in je ziel die zich zal vullen met het absolute. Omdat de wijsheid van mensen waanzin is in het aangezicht van God.”

Op dat moment twijfelde ik of ik daartoe in staat zou zijn – misschien stelde hij me op de proef mét die absolute gehoorzaamheid. Maar ik hoorde geen enkele aarzeling in zijn stem, en ik wist dat hij het serieus meende. Hoewel mijn lichaam de zaal was binnengegaan – de groene zaal die aan het vervallen was, gebarsten ruiten had, waardoorheen vooral die dag nauwelijks licht binnendrong, want er was nu eenmaal onweer op komst – wist ik óók dat mijn ziel buiten was blijven wachten totdat ze zien zou waartoe dat alles zou leiden. In afwachting van de dag waarop, door simpel toeval, ik daar binnen zou gaan en andere mensen om hun as zou zien draaien, maar alles zou dan alleen maar een zeer gestructureerd ballet zijn, verder niets. En dát was niet wat ik zocht.

En ik wist dat, als ik de voorwaarden die hij me op dat moment oplegde niet zou accepteren, de eerstvolgende keer de deur voor mij gesloten zou zijn – zelfs al kon ik doorgaan met naar binnen gaan en weggaan, zoals de eerste keer was gebeurd.

De man las mijn ziel en zag mijn tegenstrijdigheden en twijfels, maar toonde zich geen moment toegeeflijker – het was alles of niets. Hij zei dat hij weer verder moest met zijn speciale meditatie, en ik smeekte hem dan ten minste nog drie vragen te beantwoorden.

“Neem je me aan als leerling?”

“Ik neem je hart aan als leerling, omdat ik niet mag weigeren – anders zal mijn leven geen enkel nut hebben. Ik ken twee manieren om mijn liefde aan God te tonen: de eerste is Hem dag en nacht aanbidden, in de eenzaamheid van deze zaal, maar dat zou het minste nut hebben voor Hem en voor mij. De tweede manier is zingen, dansen en Gods gezicht tonen aan iedereen, door mijn blijdschap."

"Neem je me aan als leerling?" vroeg ik voor de tweede keer.

"Een vogel kan niet vliegen met maar één vleugel. Een soefimeester is niets als hij zijn ervaring niet aan iemand kan overdragen."

"Neem je me aan als leerling?" vroeg ik voor de derde en laatste keer.

"Als jij morgen door deze deur komt zoals je de afgelopen twee dagen hebt gedaan, neem ik je als leerling aan. Maar ik ben er vrijwel zeker van dat jij je bedenkt."'

Karla vulde opnieuw de glazen en proostte met Paulo.

'Mijn reis is hier ten einde,' herhaalde hij, misschien omdat hij twijfelde of zij had begrepen wat hij zojuist had gezegd. 'Ik heb niets te zoeken in Nepal.'

En hij bereidde zich voor op de huilbui, de woede, de wanhoop, de emotionele chantage, alles wat nu gezegd zou worden door de vrouw die de avond tevoren had gezegd: 'Ik hou van jou.'

Maar zij glimlachte alleen maar.

'Ik had nooit gedacht dat ik in staat zou zijn van iemand te houden zoals ik van jou hou,' antwoordde Karla, nadat ze de glazen hadden geleegd en zij ze opnieuw vulde. 'Mijn hart was gesloten, en dat heeft niets te maken met psychologen, een tekort aan chemische stofjes, of dat soort zaken. Het is iets wat ik nooit zal kunnen verklaren, maar plotseling, ik weet het moment niet precies aan te wijzen, opende mijn hart zich. Ik zal de rest van mijn leven van je houden. Als ik in Nepal ben, zal ik van je houden. Als ik terug ben in Amsterdam, zal ik van je houden. Als ik op den duur verliefd word op iemand anders, zal ik van je blijven houden, al zal het op een andere manier zijn dan vandaag.

God – van wie ik niet weet of Hij bestaat, maar van wie ik hoop dat Hij hier bij ons is en mijn woorden hoort – vraag ik nooit meer toe te staan dat ik tevreden ben met alleen maar mezelf als gezelschap. Ik bid Hem niet meer toe te staan dat ik ooit nog bang zal zijn om iemand nodig te hebben en ooit nog bang zal zijn om te lijden, want erger lijden dan de grijze en donkere kamer waar de pijn niet binnen kan, bestaat niet.

En laat de liefde waarover zoveel mensen praatten, die zoveel mensen deelden, waardoor zoveel mensen verdriet hadden, me naar dat leiden wat me onbekend was en dat zich nu openbaart. Moge de liefde, zoals een dichter ooit zei, me leiden naar het land waar geen zon is, maan noch sterren, aarde noch de smaak van wijn in mijn mond, alleen de Ander, degene die ik zal ontmoeten omdat jij de weg hebt vrijgemaakt.

En laat me mijn weg kunnen gaan zonder mijn voeten te gebruiken, laat me kunnen zien zonder te hoeven kijken, kunnen vliegen zonder te bidden om vleugels.'

Paulo was verbaasd en blij tegelijkertijd. Allebei gingen ze nu een onbekende ruimte binnen met de daarbij horende angsten en wonderen. Daar in Istanbul – een plaats waar ze zoveel bruggen hadden kunnen bezoeken als de folders maar aanprezen, maar waar zij gekozen hadden voor een bezoek aan hun eigen ziel, iets beters en weldadigers dan dat bestond er niet.

Hij stond op, liep om de tafel heen en kuste haar, terwijl hij wist dat het tegen de lokale mores was en dat de andere gasten er aanstoot aan konden nemen – toch kuste hij haar liefdevol en zonder wellust, met plezier en zonder schuldgevoel, omdat hij wist dat het de laatste kus was die ze elkaar gaven.

Hij wilde de magie van het moment niet tenietdoen, maar wilde het toch vragen: 'Had jij dít verwacht? Had jij dit zien aankomen?'

Karla zei niets, glimlachte alleen maar, en hij zou het antwoord nooit weten – en dat was de ware liefde, een vraag zonder antwoord.

Hij stond erop haar naar de bus te brengen, had de chauffeur al laten weten dat hij in Istanbul zou blijven, om te leren wat hij moest leren. Heel even voelde hij de neiging om de beroemde zin uit de film *Casablanca* te herhalen, 'We'll always have Paris'. Maar hij besefte dat het een flauwe opmerking was en dat hij zich moest haasten om terug te keren naar de groene zaal, naar de meester zonder naam.

De mensen in de bus deden alsof ze niets zagen. Niemand nam afscheid van hem, want niemand – op de chauffeur na – wist dat dit voor hem het eindpunt van de reis was.

Karla omhelsde hem zonder iets te zeggen, maar ze kon zijn liefde voelen als iets bijna-fysieks, een licht dat steeds sterker werd, als van de ochtendzon die met zijn roze stralen eerst de bergen bereikt, daarna de steden, daarna de vlakten en daarna de zee.

De deur klapte dicht, de bus vertrok. Meer dan één stem daarbinnen hoorde hij nog zeggen: 'Hé, de Braziliaan is nog niet ingestapt!' Maar de bus was al ver.

Op een dag zou hij Karla weerzien en horen hoe de rest van de reis was geweest.

EPILOOG

❀

In februari 2005, toen hij over de hele wereld al een bekende schrijver was, gaf Paulo een lezing in Amsterdam. 's Ochtends was hij in het voormalige hostel – nu een duur hotel voor niet-rokers, met een klein maar goed aangeschreven exclusief restaurant – geïnterviewd voor een van de belangrijkste tv-programma's van Nederland.

Van Karla had hij nooit meer iets vernomen. De gids *Europe on 5 Dollars a Day* was veranderd in *Europe on 30 Dollars a Day*. Paradiso was gesloten (het zou een paar jaar later weer opengaan als concertzaal), de Dam was uitgestorven en was nu gewoon een plein met in het midden een mysterieuze obelisk waarvan hij nooit had geweten wat er de bedoeling van was – en dat hield hij ook graag zo.

Hij had door de straten willen lopen die ze naar het restaurant hadden genomen waar je toen gratis at, maar degene die de lezing had georganiseerd, week niet van zijn zijde. Het leek hem daarom maar beter meteen naar zijn hotel terug te keren om zich voor te bereiden op wat hij die avond zou gaan zeggen.

Hij koesterde vage hoop dat Karla zou komen, als ze hoorde dat hij in de stad was. Hij vermoedde dat ze niet lang in Nepal was gebleven, net zoals hij van het plan was afgestapt een soefi te worden, hoewel hij het bijna een jaar had volgehouden en dingen had geleerd die hem de rest van zijn leven zouden bijblijven.

Tijdens de lezing vertelde hij een gedeelte van de geschiedenis waar dit boek over gaat. Op een bepaald moment kon hij zich niet beheersen en vroeg: 'Karla, zit je soms in de zaal?'

Niemand stak zijn hand op. Misschien zat ze er wel, misschien had ze niet gehoord dat hij in de stad was of misschien was ze er, maar keerde ze liever niet terug naar het verleden.

Beter zo.

Genève, 3 februari 2018

Alle personages in dit boek zijn echt, maar – met uitzondering van twee – hebben ze andere namen vanwege de volstrekte onmogelijkheid om hen te lokaliseren (ik kende alleen hun voornamen).

Ik heb mijn gevangenschap in Ponta Grossa (in 1968) gebruikt en daaraan details toegevoegd van de andere twee waaraan ik onderworpen was tijdens de militaire dictatuur (in mei 1974, toen ik tekstdichter was).

Ik bedank mijn uitgever, Matinas Suzuki Jr., mijn literair agente en vriendin, Mônica Antunes, en mijn vrouw, beeldend kunstenares Christina Oiticica (die de kaart tekende van de volledige route van de Magic Bus). Wanneer ik een boek schrijf, sluit ik mezelf op, ik spreek vrijwel niemand en hou er niet van te praten over wat ik aan het doen ben. Christina doet net of ze het niet weet, en ik doe net of ik geloof dat ze het ook echt niet weet.